Northanger Abbey

Northanger Abbey was the first of Jane Austen's novels to be completed for publication, in 1803. However, it was not published until after her death in 1817, along with another novel of hers, Persuasion. Northanger Abbey is a satire of Gothic novels, which were quite popular at the time, in 1798–99.
This coming-of-age story revolves around Catherine Morland, a young and naïve "heroine," who entertains the reader on her journey to a better understanding o[f] the world and those around her. In the course of the novel, she discovers that she differs from those other women who crave wealth or social acceptance, as instead she wishes only to have happiness supported by genuine morality.

珍 奧 斯 汀 愛 好 者 的 必 收 愛 藏 版 本

經 典 插 圖

諾 桑
寺

Jane Aust

珍·奧斯汀
著

簡伊婕、伍晴文
譯

新 裝 插 圖 珍 藏 版 ， 收 藏 英 國 初 版 插 畫 數 十 張 ，
原 文 全 譯 本 ， 一 字 不 漏 ， 呈 現 原 汁 原 味 的 經 典 文 學 名 著

Austen first titled the novel Susan, when she sold it in 1803 for £10 to a London bookseller, Crosby & Co..
This publisher did not print the work but held on to the manuscript. Austen reportedly threatened to take her work back from them, but Crosby & Co responded that she would face legal consequences for reclaiming her text. In the spring of 1816, the bookseller sold it back to the novelist's brother, Henry A[usten] for the same sum as he had paid for it. There is evidence that Austen further revised the novel in 1816-1817 with the intention of having it published. Austen rewrote sections, renaming the main character Catherine and using that as her working title.

After her death, Austen's brother Henry gave the novel its final name and arranged for publication of Northanger Abbey in late December 1817, as the first two volumes of a four-volume set, with a preface for the first time publicly identifying Jane Austen as the author of all her novels. Neither "Northanger Abbey" nor "Persuasion" was published under the working title Jane Austen used. Aside from first being published together, the two novels are not connected; later editions were published separately.

有關《諾桑覺寺》一書，作者啓事

這本小書原於一八〇三年完成，並打算立即出版。在當時書稿已交由出版商全權處理，甚至連書籍廣告也已刊登，但最後爲何仍無疾而終，作者本人不得而知。出版商當初何以願意耗資買下他們認爲不值得出版的作品，此舉頗令人費解；關於這一點，作者本人與讀者大眾多想無益，倒是在此必須向諸位說明，由於本書爲十三年前之舊作，多年下來，許多人事物不免因物換星移而顯得不合時宜。書中提及的年代、地點、民情風俗、流行讀物、觀點，若因十三年歲月的淘洗而大幅變遷，在此懇請各位讀者多多包涵。

譯者按：

一八一六年，當珍．奧斯汀從倫敦的 Richard Crosby & Sons 出版商那兒取回這部完成於一八〇三年卻一直未能出版的舊作（本書原名《Susan》）後，立刻寫下這篇公告啓事，可以猜出她原想立即出版此書，後來又改變心意，直到她過世前仍未見此書面世。從這則小啓，我們可看出作者本人因自己早期作品受到漠視深感氣憤，然而若以此做為本書的「作者序」亦頗貼切。

※巴斯市區，由南邊的舊城區往北邊的新市區，地勢逐漸攀升，越往上越是爬坡。

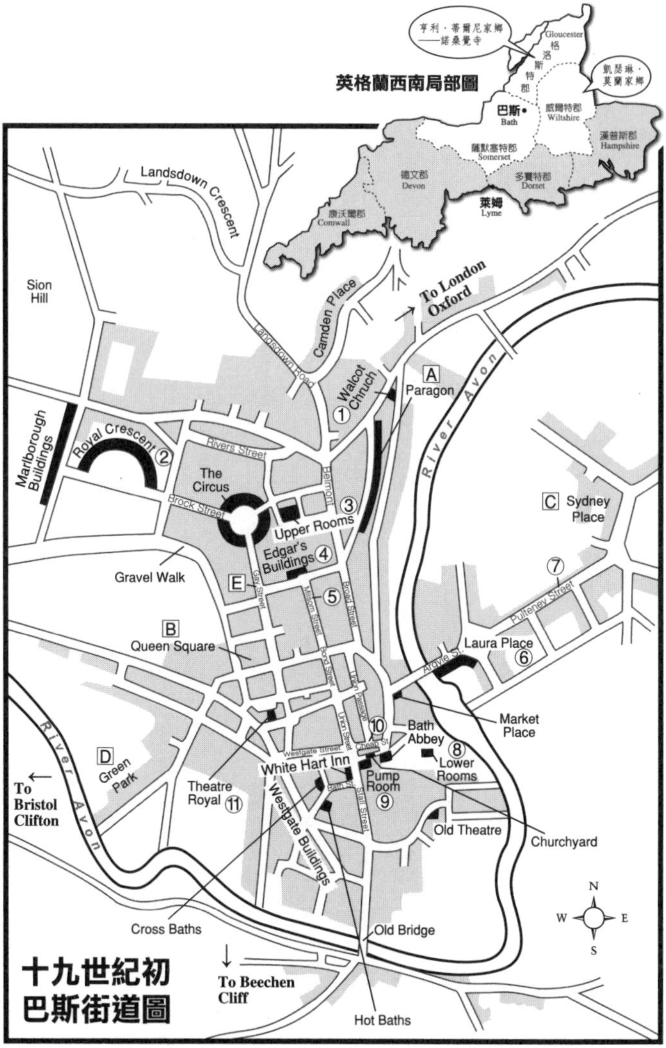

十九世紀初巴斯街道圖

①沃卡教堂，位於巴斯新市區邊緣，這裡是珍・奧斯汀父母舉行婚禮之地。
②皇家廣場，巴斯最時髦氣派、氣氛悠閒的住宅區。
③新社交堂，全名Upper Assembly Rooms，位在新市區，愛慕虛榮的伊莎貝拉喜歡來這兒勝過舊社交堂。
④艾德格住宅區，索普一家人居於此。
⑤米爾森街，蒂爾尼一家人居於此。此街商店林立，人來人往，十分熱鬧。
⑥羅拉廣場，寬敞又氣派的住宅區。
⑦帕特尼街，艾倫夫婦與凱瑟琳居於此。
⑧舊社交堂，全名Lower Assembly Rooms，位在舊城區，毀於1820年一場火災。
⑨泉廳，底下設有溫泉水汲取設備，任何人都可適量取用溫泉水喝飲，此場所最初即設定為高級社交餐飲場地（設有現場演奏）。
⑩奇普街，凱瑟琳和伊莎貝拉在此等候過街至對面的聯合廊巷時，意外遇見她們的兄長駕車抵達巴斯。
⑪皇家劇院，對蒂爾尼兄妹失約一事，滿腹愧疚與委屈的凱瑟琳於看戲時，不斷望向對面包廂的亨利・蒂爾尼，試圖找機會自白。

A 派拉岡，珍・奧斯汀第一次到巴斯，即居於此。
B 皇后廣場，1799年，珍・奧斯汀居於此。
C 雪梨廣場，1801年，珍・奧斯汀居於此，她在這裡住最久。
D 格林公園樓，短暫離開巴斯一陣子的珍・奧斯汀，1804年返回後即居於此。
E 蓋伊街，1805年，珍・奧斯汀居於此。這一年她的父親過世，她和家人亦從此搬離巴斯。

Chapter 1
第一章

若有人見過幼年時期的凱瑟琳．莫蘭，哪會想到她天生注定要當小說女主角，畢竟，造就一名女主人公所需的特定條件如生長環境、雙親性格以及人格特質，她全無一樣[1]。首先，她的父親絕非什麼無足輕重或生活拮据者，相反地，做爲一名牧師，他可是頗受人尊重呢，儘管他的名字叫理察（好個乏善可陳的教名），長相也和英俊沾不上邊，其身家甚至缺乏半點戲劇性。除了身擁兩份豐厚的薪俸，理察尚有一筆可自由支配的資產；此外，他並不限制女兒們的自由發展。

凱瑟琳的母親則是個脾氣溫和、個性樸實、相貌不出眾的賢內助，她最大的優點是先天體質強健；凱瑟琳出生前，她已有三個兒子，而有別於一般人對婦女難產瀕死的擔心，凱瑟琳的出生不但絲毫未損她的健康活力，之後甚至又接連生下六名子女，且體魄一如往常健壯，令她得以看著自己的孩子日漸成長。一個擁有十個健康孩子的家庭，人們總認爲十全十美再好不過，除此之外莫蘭家便沒什麼特別的了。孩子們全都長得不怎麼出色，即使是凱瑟琳，早年的她也和其他人一樣是相貌平凡的孩子。她長得瘦巴巴的，一點也不靈巧，膚色暗黃、留著一頭塌直黑髮，五官線條剛硬……不僅外表貌不驚人，就連心智條件也不利她成爲一名女主角。

凱瑟琳總是熱中於玩些男孩子的遊戲，她喜歡打板球勝過玩洋娃娃，即使在她還年幼時，她對照顧睡鼠、飼養金絲雀、替玫瑰花叢澆水這類更符合一般人對女主角印象的靜態雅好，亦提不起任何興致。的確，她對花花草草興趣索然，假使她眞的去採花也不過是爲尋開心惡作劇罷了，這一點從她天生反骨的性格即可推斷。這就是凱瑟琳的天生氣質。其學習能力也令人驚嘆！她絕非無師自通的那種類型，有時即便試著教她，她要麼心不在焉，要麼就是腦筋轉不過來。她的母親曾花了三個月教她記誦〈乞丐的懇求[2]〉這首詩，到最後反而是她妹妹莎莉唸得比她還好。但凱瑟琳並非總是資質駑鈍（事實上，她絕對不笨），比如〈野兔與朋友們[3]〉這首寓言詩，她也像千千萬萬個英國女孩那樣，沒花多久時間就學會了。她的母親曾要她學習彈鋼琴，凱瑟琳這廂也一向樂於惹得那架乏人問津的老舊小鋼琴叮叮咚咚作響，篤定自己喜歡彈琴，因此她從八歲開始學琴。不過呢，

---

1 在珍．奧斯汀的時代，哥德式小說（Gothic Novel）非常流行，因此她於本書中開了許多相關的風雅玩笑。像是她在開篇第一段，即感嘆自己筆下女主角實在很不「典型」，只因哥德式小說對主角的身世設定通常是：父親為生計困窘的牧師，母親理應死於難產，女主角本人應貌美而端莊，而非相貌平凡又男孩子氣。

2 〈乞丐的懇求〉（The Beggar's Petition）一詩由英國牧師湯瑪斯．莫斯（Thomas Moss, 1740-1808）作，是彼時孩童上朗誦課時的教材。

3 〈野兔與朋友們〉（The Hare and Many Friends）一詩是英國知名劇作家、詩人約翰．蓋伊（John Gay, 1685-1732）的作品，收錄於《寓言》一書，其人以《乞丐歌劇》聞名後世。

才學了一年就告放棄，而莫蘭太太也准許了，畢竟無論是出於資質貧乏或興趣缺缺，莫蘭太太從不逼迫自家女兒們非學成什麼才藝[4]不可。辭退鋼琴老師的那一天，成了凱瑟琳一生中最歡欣雀躍的一天。即使是畫畫，她的天分和興趣均不突出；她從不放過母親收到的信件如各式信封、任何奇奇怪怪的小紙片，然後在上面大畫特畫一番，只是房子、樹木、母雞、小雞畫來畫去卻全是同一副模樣。至於她父親教的作文和算術，母親教的法語，無論哪一門她都學得零零落落，這些課她總是能躲便閃。這是何等奇特而不可思議的性格啊，才十歲大的孩子就這麼恣肆妄爲。不過，她的個性倒很善良溫和又不倔強，不喜歡與人爭吵，對弟弟妹妹也很和氣，從不偷偷欺負他們，加之她非常外向，最討厭受約束和保持整齊清潔，尤其最愛爬到屋子後方，從那片大斜坡一滾而下。

前面這些描述是凱瑟琳長到十歲大的模樣。到了十五歲，她的外表開始轉變——她燙鬈了頭髮，盼望著參加舞會；容貌也變美了，原本剛硬的五官線條因面頰圓潤、氣色緋紅而柔順不少；眼神充滿光彩，身形越見婀娜；因喜歡穿華美的衣裳而不再混跡泥巴堆，越是愛乾淨就出落得越美麗。現在的她很樂意三不五時聽見父母讚美自己的容貌，誇說「凱瑟琳長得可眞好看，她眞是個美人兒」，這些話聽起來眞是悅耳極了。相較於那種打從襁褓歲月便天生麗質難自棄的女孩，「眞是

4 這裡所謂的才藝，是指良好人家的女孩們為了求得好姻緣，須接受各式各樣的才情文藝薰陶，如：演奏樂器、歌唱、舞蹈、學習至少一種外語、素描、刺繡。很顯然地，凱瑟琳幾乎各方面才藝都不精通。

凱瑟琳·莫蘭到了十五歲，出落得越來越美麗，
父母欣喜地誇她爲「美人兒」。

個美人兒」這句話對一個在過去十五年生命裡一直長得普普通通的女孩而言，眞是無上的讚美。

莫蘭太太是個百分百賢慧的好女人，縱使期盼孩子們個個出類拔萃饒有出息，無奈她的時間幾乎都花在孩子相繼接棒出生以及教養照料那些更年幼的孩子身上，因此無暇兼顧那幾個年長的女兒，只好任由她們自行發展。說實在的，這種放牛吃草的教養方式對天生資質顯然平庸的凱瑟琳來說實在不妙，她寧願玩板球、棒球、騎馬，像野孩子般奔來跑去，也不願好好讀些可以增長知識的書。但若有那種絲毫不帶知識性、毫無啓發意義的故事書，她倒也不排斥讀上一讀。時光荏苒，沒想到她卻在十五歲到十七歲這段期間，悄悄開始了最佳女主角的自我養成計畫。成爲一名女主人公所有該讀的書，她全都熟讀遍記，因爲書裡各式各樣的名言金句是那麼受用，足以在充滿無數驚喜的多彩人生中帶來片刻撫慰。

從詩人波普那兒，她學會如何譴責「惺惺作態假慈悲」的人[5]。從詩人格雷那兒，她學到了「芳草兀自美麗而芬芳無人問」這一句[6]。從詩人湯姆森那兒，她記住了「引領年輕人盡情揮灑所思，不亦樂乎」這一句[7]。此外，她也從莎士比亞那兒習得了大量知識，像是「對善妒之人而言，空氣般的瑣事亦繪聲繪影鑿若《聖經》所載」、「讓我們踩壞了的可憐昆蟲，牠所承受的肉體痛楚與巨人瀕死前的疼痛毫無二致」，以及明白了苦戀中的女子看起來就像「一塊恆存的墓碑，只能朝著悲傷微笑[8]」。

時至今日，凱瑟琳在前述這些方面可說已有了長足進步，其他方面亦表現得可圈可點。儘管還不懂得如何作十四行詩[9]，但她已立志要好好研讀；儘管可能寫不出一首足以令眾人聽得如癡如醉的鋼琴序曲，但她懂得聆賞，且樂在其中不知倦。然而，炭筆才是她的最大弱點，她毫無繪畫天分，就連試著想畫下心上人的肖像好讓人一窺自己心意[10]，也無從落筆；光是這一點便足以凸顯她的美感素養如何貧乏，連女主角的邊都沾不上。凱瑟琳目前還意識不到，畢竟她並沒有什麼心上人可畫上一畫。她已經十七歲了，別說還不見任何撥動她心弦、激起她滿腔情意的可愛男子出現[11]，

---

5 此為〈悼念一位不幸的女士〉（Elegy to the Memory of an Unfortunate Lady）一詩中的句子：「bear about the mockery of woe.」，由英國詩人波普（Alexander Pope, 1688-1744）作，他曾將《荷馬史詩》譯成英文版。

6 此為〈墓園輓歌〉（Elegy Written in a Country Churchyard）一詩中的句子：「Full many a flower is born to blush unseen, And waste its sweetness on the desert air.」（本書原文中作者將sweetness誤植為fragrance），由英國詩人湯瑪斯・格雷（Thomas Gray, 1716-1771）作，這是他最有名的一首詩。

7 濃縮引自湯姆森（James Thomson, 1700-1748）最有名的詩作〈四季・春〉。

8 此三句引言皆出自莎士比亞的劇作，依序是《奧賽羅》、《量・度》、《第十二夜》。哥德式小說往往喜歡引用經典文學的詞句。

9 然本書中俟後將大量提及的哥德式小說《烏多夫堡祕辛》，女主角艾蜜莉卻能作十四行詩。

10 曾有哥德式小說的女主角，允許男主角探看她筆下正在畫的人物，而畫中人正是男主角！

11 珍・奧斯汀故意模仿哥德式小說／情感小說（Sentimental novels）的語調，將令人心儀的年輕紳士，形容成多情、易感的可愛男子。

就連一個能使她心頭稍稍爲之一顫、激起片刻情懷的對象也沒有。這未免太奇怪了！不過即使是怪事也有跡可循。原來問題出在，咳，她居住的這一帶沒有貴族階級人家，甚至連所謂的準貴族「從男爵[12]」家庭也不可得。莫蘭家的熟人舊識之中沒有那種身分不詳的年輕人，更不曾有人在自家門前發現棄嬰然後將他扶養長大[13]，而凱瑟琳的牧師父親也並未擔任其他年輕男子的監護人，此外，本地教區的鄉紳偏又膝下無子。

但是一名注定要成爲女主角的年輕女孩，哪怕方圓數哩內所有人家的條件都不作美，也阻礙不了她的大好前程。必定會有什麼事情即將發生，然後這種種造化勢必會爲她送上一名天造地設的男主角。

與莫蘭家同住威爾特郡[14]內富勒頓村的艾倫先生，村內大部分地產皆歸他擁有，爲了緩解痛風痼疾，他正預備遵從醫囑前往巴斯[15]療養。艾倫太太性情和善，且十分喜愛凱瑟琳，她大概也意識到——假使一名年輕小姐總待在這小村莊的話，奇遇邂逅不會憑空降臨。那麼就該到外面找尋，於是她邀請凱瑟琳一塊同行。莫蘭夫婦欣然同意，凱瑟琳自是雀躍不已。

12 從男爵（Baronet），英國榮譽制度中位階最低的爵位，世襲但非貴族，位在最低階貴族男爵（Baron）之下、騎士（Knight）之上。此爵位由英王於一六一一年設立，當時國家需要民間贊助金錢以養活軍隊士兵，故設定條件開放有錢人以金錢換取爵位。英國榮譽制度，是封建制度下的階級劃分，可分為貴族和平民。除了王室，其下的貴族共可分五等（公／侯／伯／子／男爵，均為世襲，一般統稱為勛爵Lord），貴族之下、平民之上另有兩等爵位：從男爵（世襲）與騎士（非世襲），均非貴族，僅為榮譽封號，一般都以爵士（Sir）敬稱之。

13 棄嬰或身分不明的年輕男子很可能是貴族的私生子，即便如此身分仍較一般人高貴。

14 威爾特郡（Wiltshire），位處英格蘭西南部，知名旅遊景點巨石陣即位於此。索爾茲伯里（Salisbury）是為首府，本小說中的莫蘭一家和艾倫夫婦便住在距此僅八、九哩遠的村莊。

15 巴斯（Bath），字面即「沐浴」之意，為英國著名的溫泉鄉、旅遊勝地，溫泉設施建置始於西元一世紀的羅馬帝國時期。

Chapter 2

第二章

凱瑟琳．莫蘭的天賦資質與心智能力之不足，先前雖已敘述，但由於接下來這爲期六週的巴斯之旅將充滿重重困境與險惡，爲不使讀者們在對這位女主角性格一無所知的情況下，越往下讀越感匪夷所思，特別在此清楚交代一番。凱瑟琳的心性溫柔深情，褪下小女孩式粗鄙和怯懦舉止的她，此時正轉爲爽朗隨和的性情，絲毫不自負驕傲或矯揉造作。即便她的心智表現明顯暴露出無知，也無非就像一般十七歲女孩多半有的那樣，愉悅面容亦散發出嬌俏魅力。

當別離的時刻越來越近，莫蘭太太這爲人母內心的憂慮想必不言可喻。一想到將與親愛的凱瑟琳分開這麼久，傷感之情必將使莫蘭太太心頭莫名升起無數不祥的預兆，且必然在女兒出發前一兩天整日以淚洗面；爲了交代一些絕對要遵守的勸誡，她必得特別覓一處小室，與女兒來場傳遞母親智慧的話別深談；最後，當她說出「務必謹防貴族、從男爵這類圖謀不軌的世家公子，他們往往會把年輕小姐強行帶往偏遠農場加以欺辱」的最終警告之後，做母親的才能眞正鬆下一口氣。畢竟，哪個做母親的會不擔憂呢？只是沒想到，我們的莫蘭太太由於對貴族、從男爵這類上流社會分子所知甚少，對他們的惡意行徑一無所悉，完全不懂得提醒女兒務必遠離他們的魔爪。她的耳提面命僅限於以下幾件事：「凱瑟琳，當你深夜步出社交堂[1]時，務必留意頸部的保暖，保護你的喉嚨。還有，我會替你準備一本支出小冊，希望你好好記下所有花費。」

至於凱瑟琳的妹妹莎莉（噢，或者更確切的稱呼是「莎拉」，畢竟有哪戶出身良好的女孩到了十六歲大年紀，會不想讓自己的名字聽起來更端莊呢），通常在小說中這種場面底下，往往是自己姐姐身兼最親密、最知心的朋友；但令人訝異的是，她不僅沒要求姐姐得每天捎信給她，也沒盼求姐姐答應她務必詳述每位在巴斯認識的新朋友，或是在巴斯見聞的每一場有趣談話內容。凱瑟琳遠行所需的一切已萬事俱備，就莫蘭家而言，他們的態度可說是保持一貫平常心，生活依舊尋常，日子流逝得波瀾不驚。就是缺乏小說女主角初次離家、與親愛家人分別時，理當表現出的那份細緻感懷和感性心緒。最後，就連凱瑟琳的父親也仍是一派平常，他沒開給女兒一張金額無上限的銀行匯票，或至少塞給她一張大器寫上一百英鎊的匯票，而是只給了她十畿尼[2]，並承諾若需要用錢再向他開口。

在此平淡有餘的祝福之下，女孩告別家人，展開了旅程。旅途一路平安順利，沒遇上搶匪或暴風雨，也沒碰上帶出男主角戲劇性現身的馬車翻覆幸運相逢橋段[3]。唯一讓人心驚的場面是，艾倫

---

1 社交堂（The Rooms），全名應為 The Assembly Rooms，是當時舉行舞會和音樂會的交誼場所。

2 十畿尼在當時折合為一英鎊一先令／二十一先令，即今日十英鎊十先令／十英鎊五十便士。

3 哥德式小說《烏多夫堡祕辛》中，男女主角便是藉著馬車發生翻覆意外而結識。馬車翻覆當然很危險，但珍·奧斯汀卻視其為天上掉下來的良緣安排，自是再次取笑哥德式小說的公式情節。

太太擔憂自己的木套鞋[4]疑似忘在途中旅店，但幸運之神證明這純屬莫須有的緊張。

他們抵達了巴斯。當一行來到景致宜人、優美脫俗的巴斯近郊，隨後駛進城裡數條矗立著旅館的大街，凱瑟琳滿心歡喜不言可喻，她的雙眼望向這裡、瞧向那裡，簡直無所不看。凱瑟琳原本便打算來此感受快樂，如今她已然置身快樂之中。

很快地，他們在帕特尼街一處舒適的寓所安頓了下來。

現在該是稍稍介紹艾倫太太這個人的時候了，如此一來讀者們才能從這位夫人的舉措判斷，她究竟是因性情輕率、粗鄙或善妒，或是因爲做出攔截女主角信件、破壞女主角名譽或將女主角攆出門外的舉動[5]，而爲本小說帶來一波又一波的哀事高潮，且成了令小可憐凱瑟琳在書中嘗盡絕望悲慘滋味的那位衰神。

艾倫太太是那種——和她往來相交之後，不禁教人訝異在這個世界上居然會有男人喜歡她，甚至愛她愛到想娶她的女人；可嘆的是，這種類型的女人竟不在少數。艾倫太太既不具備才華美貌，也無才藝教養可言，但在聰明又有智慧的艾倫先生眼裡，她具備上流社會淑女該有的嫻靜溫雅、歡快無憂性情，這就夠了。某方面來說，由她領著年輕女孩踏入社交圈再合適不過，畢竟她自己也像個年輕女孩般熱中四處走走看看。美麗的衣裳是她心之所繫，打扮精美是她最大的樂趣（事實上也無傷大雅）。來到巴斯之後，做爲小說女主角監護人的艾倫太太便刻不容緩開始掌握時下穿著情報，替自己置辦了一套最時尚的禮服，也爲此讓凱瑟琳多等三、四天才終於踏入她的社交新生活。

凱瑟琳自然也添購了一些行頭，而當一切安排妥當，那個帶領她走進新社交堂[6]的重要夜晚終於來到——有雙最精湛的巧手為她剪了一款新髮型，然後才愼重地穿上禮服，艾倫太太和女僕無不同聲讚嘆她的造型完全襯托出她的美。有了此番鼓舞話語，凱瑟琳只希望自己的打扮不至於在穿越人群時引來批評，至於美言讚賞，若眞翩然而至她自然樂於接受，但對此她並不抱期望。

由於艾倫太太實在花上太多時間打扮了，她們稍晚才抵達宴會廳。時值觀光旺季，廳堂裡人潮洶湧，艾倫先生前腳剛抵達、後腳便一溜煙地逕往牌室而去，徒留兩位渴盼加入擁擠人流的女士勇往直前擠去。在竭盡所能看顧一身嶄新禮服不受絲毫折損的意志底下，艾倫太太無懼門口人潮的逼仄，不惜犧牲身旁稚幼女伴的安適，行動敏捷地突破人群重圍，凱瑟琳只好自求多福地緊隨在她身旁，牢牢攀住艾倫太太的手臂，才能不被這流水般匯集的社交男女沖散。進了宴會廳，眼前光景令

---

4 一種鞋底以削尖木頭或圓形鐵環支架墊高約七、八公分的鞋（或是類似為人熟知的荷蘭木鞋款式），供女性在雨天時行走，以免裙裾沾染地上的濕濘。

5 哥德式小說中，女主角的命運往往多舛，所謂「造化弄人」——不外乎可恨的男性角色，冷血蠻橫的女性角色如姨媽、姑媽或心上人的母親。

6 新社交堂（Upper Assembly Rooms），位在巴斯新市區，落成於一七七一年，至今功能不輟，仍是巴斯重要展演與會議場所。這裡規畫了多間廳室，包括進入社交堂後，首先會來到功能類似交誼大廳的「八角廳」（Octagon，黃色調），呈對稱優美的八角形狀，設有四座壁爐台，四道通往其他廳室的門。此外，本小說也提及宴會廳（Ball Room，粉藍色調），全飾以古典的喬治亞風情，尤其適合舉行音樂會，甚至還曾舉辦超過千人的舞會，做為現代化大型會議廳亦功能齊備。

凱瑟琳驚訝不已——看來她們絕無可能擺脫洶湧人群，廳裡的擁擠程度更甚廳外，這會兒她徹底打消以為一進門就能輕鬆找到座位、舒服無礙欣賞群舞場面的企望。她真的想得太樂觀了，儘管興致不減地繼續朝前邁進，努力擠到宴會廳的另一端，人潮擁擠依舊，她們根本看不到任何跳舞場面，只有仕女們頭上一頂頂爭奇鬥豔的羽毛帽飾在眼前晃動。兩位女士繼續移動腳步，繼續尋找視野較佳的位置，最後在努力不懈的聰明巧尋之下，她們來到最高處一條長凳的後方，那兒有條可容人立足的過道。這裡的人潮不像底下那麼多，凱瑟琳因而能將下方的一切盡收眼底，並看清方才一路行來的種種危險。此處的視野煞是壯觀，這是今晚她首次感到自己實然置身舞會的一刻——啊，她是多麼想跳舞，卻一個人也不認識。為了不讓凱瑟琳難過，艾倫太太每每只是故作平靜地說：「親愛的，我真希望你能去跳支舞，若你能有個舞伴那該多好。」一開始，凱瑟琳還很感激艾倫太太的一片真心誠意，到後來發現這些重複過了頭的安慰話語純屬不可能的想望，她便聽膩了，也不再致謝。

對於這好不容易佔據的高處位置，她們終究無法安適地久待。才一轉眼，所有人都準備於中場休息去喝點茶，而她們也得跟著其他人一路擠出去。凱瑟琳開始感到沮喪，她厭倦了一再被人擠來攘去，再說眼前這些人的容貌也無甚可觀之處，困陷於此摩肩擦踵、進退兩難情勢，不認識任何人的她，自然沒可能與身旁的囚友說上一兩句話。兩位女士終於來到茶室，凱瑟琳越發地感到尷尬，因為她們沒有任何小圈子可加入，沒有認識的人可打招呼，也沒有紳士能協助她們入座。艾倫先生不見蹤影，而環顧四周亦不見較合適的座位，兩位女士只得就著一張已有一大群人進駐的餐桌邊緣而坐，她們無事可做，除了彼此外無人可說話。

就在她們入座後，艾倫太太便為自己一身禮服如新無恙感到欣慰。

「禮服要是被扯壞就糟糕了！這可是上好的布料呢，我確信今晚在這廳堂裡沒有哪位女士的禮服更勝我一籌。」她滿意地說。

「這種感覺好不自在啊！」凱瑟琳輕聲地說，「連一個認識的人都沒有。」

「是呢，親愛的。」艾倫太太面不改色，沉著地說：「這種感覺的確教人很不自在。」

「我們該怎麼做才好呢？這張桌子的先生女士看著我們的神情，好像在說我們為什麼坐到這一桌，不請自來加入了他們。」

「是啊，的確像是如此。這感覺糟透了，我真希望我們有很多熟人舊識在這裡。」

「我只盼望至少有那麼一位，這樣我們就有朋友可找了。」

「親愛的，的確是如此。如果這裡有認識的人，我們一定會過去加入他們。倘若是去年，起碼有史基納一家人可找，他們今年也在就好了。」

「我們不如離開吧？您瞧，我們連副茶具也沒有。」

「真的沒有，多麼令人氣惱啊！但我想我們最好繼續坐著，在人群中萬一腳步沒踏穩可會摔跤的。親愛的，幫我看看我的髮型還好嗎？我擔心剛才有人推了我一把，弄壞了我的造型。」

「沒事的，髮型看起來好端端的。但是親愛的艾倫太太，您確定現場這麼多人當中沒有您的舊識嗎？我想您一定認識些什麼人吧！」

「眞的沒有，說實話，我也希望我有。我發自內心期盼有一大群朋友在這裡，然後替你找個舞伴。能讓你去跳跳舞，我再開心不過。哎呀，那裡來了個裝扮怪異的女人！她身上穿的禮服眞怪異，款式好過時啊，瞧那禮服的背面。」

不久，她們身旁有位男士遞來茶品，兩位女士滿懷感激地接受了，還因此與那位紳士稍稍交談了一會兒，這是一整晚唯一一次的社交談話。直到舞會結束，艾倫先生才來找兩位女士會合。

「莫蘭小姐，」艾倫先生立刻關切道，「希望你度過了一個愉快的舞會之夜。」

「的確非常愉快。」凱瑟琳回應著，但還是忍不住打了個大大的呵欠。

「能去跳跳舞更好。」艾倫太太說，「如果我們能替她找個舞伴就好了。我剛剛一直在說，如果史基納一家是今年而不是去年冬天來巴斯，該有多好。如果培里一家人能依他們所說的前來，凱瑟琳或許就可以和喬治·培里跳舞。眞是遺憾，沒能為她找個舞伴。」

「我相信下次舞會會更好些的。」艾倫先生安慰地說。

舞會結束，人潮漸漸散去，餘下的人得以舒適不受擠迫地離場。這會兒總算輪到我們的女主角表現了，該是時候讓她接受眾人讚嘆的注目禮，畢竟這一整晚她都沒能成為目光的焦點。每隔五分鐘，隨著人群逐漸減少，便增添她展現魅力的時刻。終於有許多年輕男子瞧見了她（他們在舞會中

向來注重衣著搭配的艾倫太太，
在社交舞會中驚詫地批評某位女士裝扮怪異、禮服款式過時。

沒能發現她的存在），然而，並沒有人對她的出色美貌發出如癡如狂的讚嘆，也不見有人在廳堂裡細語探問，更沒有人視她爲女神降臨[7]。凱瑟琳當然很美，美極了，廳堂裡這些人只要見過三年前的她，肯定會認爲現在的她簡直美呆了。

但還是有人對凱瑟琳抱以欣賞仰慕的目光，她聽見兩名紳士說她是個漂亮女孩。這些讚美之辭立刻滿足了凱瑟琳的小小虛榮心，她頓時覺得今晚的舞會其實比她先前所領略的還要愉快。那兩名年輕男子對她的稍稍讚美，已令她不勝欣喜與感激，簡直比一名眞正天生麗質的女主角，收到多達十五首歌頌自己美貌的十四行詩還開心。凱瑟琳轉而帶著一股輕飄飄的好心情去搭人力轎子，她對今晚自己的容貌受到外界些許矚目，滿意極了。

---

7 珍・奧斯汀故意模仿哥德式小說／情感小說慣用的誇飾說法，將美貌的女主角形容成簡直如女神或天使下凡。

第三章

Chapter 3

現在，每天上午都有一些固定行程——逛逛商店、參觀城裡沒去過的景點，以及前往泉廳[1]，在裡頭悠閒散步約一小時光景，看人也被看，但依然沒能跟任何人交談。如此這般逛啊逛，艾倫太太仍舊沒遇到半個認識的人，「在巴斯能遇到許多熟人舊識」成了她最大心願，而伴隨著每天上午希望升起又落空，她總是如此重複著同一句話。

她們也去了舊社交堂[2]，來到這裡，好運明顯眷顧我們的女主角。禮儀官[3]為她引見了一名舞伴，這位年輕紳士名叫蒂爾尼，他大約二十四、五歲年紀，身形頎長，容貌頗討人喜歡，一雙眼睛閃耀著聰明、智慧與活力，整體而言即使算不上非常英俊，卻也不遠了。他的氣質談吐無懈可擊，

---

1 泉廳（The Pump Room），底下設有溫泉水汲取設備，任何人都可適量取用溫泉水喝飲。此場所最早建於一七〇六年，當初即設定為高級社交餐飲場地（設有現場演奏），後不敷使用而數次增建，目前所見即為十八世紀末期完成的樣貌，是英國重要的歷史古蹟。

2 舊社交堂（Lower Assembly Rooms），位在巴斯舊城區，緊鄰泉廳，毀於一八二〇年一場火災。

3 禮儀官的職責為掌管社交禮節是否得宜，以及為兩名素不相識的男女正式引見彼此，如此一來嗣後才能於舞會中得體地共舞。彼時，一七八五至一八〇五年間，舊社交堂的禮儀官為金先生（James King）。

令凱瑟琳深感幸運。兩人跳舞時，手腳並用忙得很，要談話不是那麼容易，等他們坐下來喝茶，凱瑟琳發現他的心智與談吐正如她所想的那般風采斐然。他說話時，口才絕佳，表達生動，儘管她一直處於一知半解的狀態，蒂爾尼先生言談間展現出的幽默風趣依然十分吸引她[4]。聊了好一會兒自然而然迸出了各種話題，他突然對她說：「小姐，做爲一名舞伴，我眞是失禮，居然到現在都還沒請教您——來到巴斯已有幾日？以前曾來過嗎？是否已經去過新社交堂、看戲、聽音樂會？以及是否喜歡這裡？在下個性著實太過粗疏，不知您是否願意抽空回答這些問題呢？如果您願意，我便開始一一請教。」

「先生，你不需要給自己添麻煩的。」

「小姐，我向您擔保，一點也不麻煩。」他隨即刻意換上生硬的笑容，故作溫柔的聲音暗藏竊笑，「小姐，請教您來到巴斯已有幾日？」

「先生，大約一個星期。」凱瑟琳亦配合回答，試著不讓自己笑出聲來。

「當——眞！」他的語氣帶著無比驚訝。

「先生，你爲何如此訝異？」

「爲什麼不！」他換回原先的自然口吻解釋道，「在進行這類社交談話時，回應時務求展現出某種情緒，而較容易佯裝且似乎合情理的反應，自然是『驚訝之情』。好了，我們往下繼續吧——小姐，您以前曾經來過巴斯嗎？」

「先生，這是我第一次來。」

「當──眞！那麼您已經光臨過新社交堂？」

「先生，是的，就在上星期一。」

「那麼您去過劇院了嗎？」

「先生，是的，我星期二去看過戲了。」

「音樂會呢？」

「先生，是的，就在星期三。」

「那麼您喜歡巴斯嗎？」

「是的，我非常喜歡。」

「最後，我必須再擠出一個假笑，接著我們就可以恢復正常談話了。」

凱瑟琳別過頭去，不確定如果她笑出聲來是否太顯失禮。

「我知道，你會怎麼看待我。」他肅然地說，「明天我就會以一副可憐蟲模樣出現在你的日記裡了。」

---

4 亨利．蒂爾尼的初登場介紹，也如同凱瑟琳那般，為「非典型」男主角。哥德式小說的男主角總是長得很英俊，他卻「算不上非常英俊」；典型的男主角總是多情又易感，他卻生就一副嘲諷性格。

「我的日記？」

「是的，我很清楚你將寫些什麼——『星期五，前往舊社交堂。身穿滾藍邊的花草圖案紗質晚禮服，腳穿黑色平底鞋，如此搭配好看極了。不過，卻被一個怪人騷擾，那是個怪裡怪氣的蠢男人，他向我邀舞，之後又淨說些蠢話惹得我心煩不已。』」

「哎呀，我絕不可能這麼寫。」

「可否允許我告訴你該寫些什麼？」

「請說。」

「『在禮儀官金先生的引見下，我和一名外表十分討喜的年輕紳士跳了舞，我們談了許多話，他似乎是我所見過最特別的人，眞希望能再多瞭解他一些。』——小姐，以上就是我所期盼的日記內容。」

「但，也許我並不寫日記呢。」

「那，可否容我如此質疑——也許此刻你並不坐在這廳堂之中，而也許我並不坐在你身旁，今晚的一切或許從未發生過？沒——寫——日——記，那你要如何向不在巴斯的親戚們，訴說你每天的生活？每天發生那麼多行禮如儀的社交活動，如果晚上不寫日記，日後該如何確切描述，又該如何記得每套曾經穿著的服裝款式？還有，如果不是每日詳載，又該如何敘述每一天不同的自己，像是面容神色、鬈髮造型等等？親愛的小姐，你可別以爲年輕女孩的內心世界我毫無所知！女性往往以行雲流水的文筆著稱，這便得大大歸功於寫日記這項好習慣。女性十分擅長優美的書信寫作，這是無庸置疑的。每一位的天分縱然高低有別，但我確信好文筆得益於每天不間斷的日記練習。」

「有時我覺得，」凱瑟琳不自覺懷疑著，「女性的書信寫作能力是否眞的遠勝過男性？我的意思是，我不認爲我們女性眞有那麼棒。」

「就我個人的觀察淺見，女性的一貫書信風格確實欠缺三項特質，否則便無懈可擊了。」

「哪三項特質？」

「普遍缺乏主題，不加上句號，往往不顧文法。」

「說實話，看來我根本不需要擔心女性受到溢美之言嘛！你對我們的寫作能力，評價顯然沒我想像中那麼高。」

「女性的書信寫作能力優於男性——我想我的確不該下此定論，就好像我也不該武斷認爲在二重唱或風景畫的才藝方面，同樣是女性勝過男性。我想，本質上帶有雅趣成分的任何活動，不論是男或女，都有可能具備出色天賦與表現。」

他們的談話突然被艾倫太太打斷。

「親愛的凱瑟琳，」她插口道，「快幫我把袖子上的別針拿下來。我怕袖子已經被扯出一個洞來，若眞是如此就太可惜了，這可是我最喜愛的一件禮服，儘管它一碼布只要九先令那麼多。」

「夫人，我推測的也是這個價格。」蒂爾尼一邊說，一邊端詳細紗布的質地。

「先生，你懂得細紗布？」

「確實。我總是自己購置領巾，久而久之便成了行家，舍妹甚至經常託我幫她挑選禮服布料呢！有回我替她選了一款出色布料，所有見過的女士無不驚呼物超所值。那布料一碼只要五先令，而且是眞正的印度細紗。」

艾倫太太對他的鑑賞力感到訝異萬分。「男人通常不太留意這種事，」她滿意地說，「像艾倫先生就從來沒法辨別我每套禮服都用了些什麼布料。先生，令妹想必很高興有你這樣一位兄長。」

「夫人，您過獎了。」

「先生，那麼請教一下，你覺得莫蘭小姐的禮服如何？」

「夫人，這件禮服非常漂亮。」他一邊說，一邊正色查看，「但我感覺這布料洗滌不易，很可能會被搓壞。」

「你這個人，還眞是……」凱瑟琳笑著說，「奇怪」二字差點脫口而出。

「先生，我十分同意你的看法。」艾倫太太緊接著說，「莫蘭小姐當初要買這件禮服時，我也是這麼告訴她的。」

「不過，夫人您也知道，細紗布的優點就是用途廣泛，莫蘭小姐可以拿它來做手帕、做帽子，或斗篷都行。每當舍妹添購細紗布，一時買得太多，或一不小心裁壞，她總是說：『反正細紗布絕不可能平白浪費，』而且說了不下數十次。」

「先生，我說巴斯眞是個好地方，這裡匯集了那麼多頂級店鋪。住在鄉下，對我們來說實在太悲慘了。索爾茲伯里自然也有些質感甚佳的店鋪，只是路程實在太遠，迢迢八哩路呢，艾倫先生說是九哩，扎扎實實的九哩路。我倒確信不可能超過八哩，尤其一來一回兩趟，光是乘車都坐得累了，購物之旅簡直累死我啦。但在巴斯，踏出家門走沒幾步，五分鐘內就能買到需要的東西。」

蒂爾尼先生展現出紳士禮儀，艾倫太太所說的每句話他似乎都聽得津津有味。他們不停地聊著，直到下半場舞會開始前他們的話題一直圍繞在細紗布上。凱瑟琳則在旁安靜聆聽他們的交談，她越聽越不免揣想——這名男子似乎頗以挖苦人爲樂。

「什麼事情讓你思索得如此認眞？」當他們一塊兒走回宴會廳時，他一邊問道。「我希望別和你的舞伴有關才好，因爲從你搖頭的模樣來看，你正在想的事想必不是太愉快。」

「我沒想什麼啊！」凱瑟琳說，臉上爲之一紅。

「這回答還眞高明。我倒寧願你直說——『不告訴你』。」

「那好吧，我——不——想告訴你。」

「謝謝你。看來以後我們每回見面，我都能拿這件事來取樂一番，如此我們就會更快熟悉彼此，這可是替友誼增溫的絕佳妙法。」

他們再次翩翩起舞，而當舞會結束、互道分別後，起碼女方這一邊很樂見這份情誼繼續往下發展。稍晚準備上床之際，她一邊喝著溫熱的兌水葡萄酒，至於是否仍一邊熱切地想著他，甚且繼續在睡夢中見到他，這就不得而知了。欸，我希望我們的女主角至多只不過在似睡將睡或晨間打盹之際，模模糊糊地短暫夢見那個人。畢竟曾有位知名作家認爲，除非君子先示情，否則淑女不可貿然顯露愛意[5]。同理可示，一名淑女在尚不知自己是否已先入對方夢中的情況下，便夢見了男方，這實是非常不妥之舉。蒂爾尼先生是否夠資格進階成爲一名思慕者或追求者，艾倫先生也許還未想及此，但做爲一名未成年女孩的監護人，在他的明查暗訪之下，蒂爾尼先生無疑是個相當令人滿意的「普通朋友」——早在舞會剛開始的傍晚時分，艾倫先生便對凱瑟琳身旁這位舞伴的來歷煞費苦心地探詢了一番。可以確認的是，蒂爾尼先生不僅是位牧師，而且來自格洛斯特郡[6]一個相當體面的家族。

5 引述自英國小說家理察遜（Samuel Richardson, 1689-1761）發表於《漫談者》（The Rambler）期刊的一篇文章〈給未婚淑女的忠告〉（Advice to Unmarried Ladies）。

6 格洛斯特郡（Gloucestershire），位處英格蘭西南部，緊鄰巴斯所在的薩默塞特郡。

Chapter 4

第四章

翌日早上，凱瑟琳迫不及待地趕往泉廳，心想這樣一來便不會在中午前錯過蒂爾尼先生。她老早就想好要以最燦美的笑容迎接兩人的重逢，卻沒想到「笑容」根本派不上用場，因爲蒂爾尼先生並未現身。熱門時段一到，泉廳充塞人潮，眼見巴斯所有可人兒都來了，唯獨不見他身影。每一分鐘都有人從大門進進出出，在階梯走上走下，但這些人全不重要，也沒人想見到他們，唯一缺席的人就是他。

「巴斯眞是個好地方！」艾倫太太說。她們一直在泉廳裡散著步，最後走累了便在大時鐘附近找了個位子坐下。「如果我們能遇到一兩位熟人舊識，那該有多好。」

艾倫太太如此期盼，希望卻總是落空，這個早上也不例外，她依然抱持平常心盼望著。但俗話不是說「永遠懷抱信心，成功就在手心」，只因「勤勉不懈終將有成」嗎?每天勤勉不懈、盼望著能遇到任何熟人舊識的艾倫太太，最後努力總算得到了相應回報。她剛坐下不到十分鐘，坐在她身旁而年紀相仿的女士，仔仔細細盯著她看了好幾分鐘，接著殷勤美言地啓口問道：「夫人，我想我不會認錯人，許久以前我曾十分榮幸地見過您，請問您是艾倫太太嗎？」

艾倫太太給了肯定答案，且回應得快捷。陌生人自稱是索普太太，艾倫太太立時想起，這位是她以前求學時感情頗爲要好的老同窗，兩人各自結婚後曾經碰過一次面，不過那也是多年前的事了。這次重逢令兩位女士開心不已，這是當然，畢竟她們別離失聯有十五年之久。兩人先是互相恭維對方容貌年輕如昔，接著便談到——自從上一次見面至今居然已過了這麼久，果眞是時光飛逝！眞沒想到能在巴斯重逢，能見到老朋友教人再開心不過哪，接著繼續互道關心、互訴近況，談論家庭啦、姐妹啦、親戚等等……兩人同時說著話，急於分享自己的勝過聽對方說，以至於她們幾乎沒能將對方的話聽進去。索普太太顯然較佔上風，畢竟她有一家子的小孩可說。她細數兒子們的絕頂才智，女兒們的花容月貌，還不忘一一提及每個寶貝兒子的近況與他們的光明前途，如約翰正在牛津大學深造，愛德華在麥錢特泰勒斯公學[1]，威廉則是一名海員，而且「天底下恐怕再找不到像他們於各自領域中深受愛護擁戴的三兄弟了」。至於艾倫太太，在養兒育女方面憾無類似經驗可資分享，亦乏類似的歡欣之情可向老朋友誇勝道強。即便有，對方也不見得想聽或相信，因此她只好勉強端坐，裝出樂於聆聽這類爲人母驕傲事蹟的模樣。但她那雙銳利的眼光旋即發現，索普太太穿著的女用長風衣，上頭的蕾絲式樣遠不及她自己的好看，這一點著實令她欣慰不少。

「我的女兒們來了！」索普太太一邊喊著，一邊指向三個手挽著手朝這裡走來的漂亮女孩。「親愛的艾倫太太，我一直想將她們介紹給你，她們見到你一定會很高興的。個子最高的那位是伊莎貝拉，我的長女，你瞧瞧這女孩是不是個美人胚呀？我另外兩個女兒的容貌當然也常受到稱讚，但我認爲伊莎貝拉無論如何是最美的。」

索普家三位小姐一一被引見，方才短暫受到遺忘的莫蘭小姐同樣被引見。「莫蘭」這個姓氏似乎讓對方驀然想起什麼。索普家的長女極有禮貌地與凱瑟琳交談了幾句，隨後便對家人高聲說道：「莫蘭小姐和她哥哥長得像極了！」

「簡直像同一個模子刻出來的！」索普太太接著喊道。隨後母女們即一直重複著底下這句話：「無論走到哪兒都能認出這是他妹妹啊！」

那一刻，凱瑟琳感到驚訝不已。不過，當索普母女們還沒來得及說明她們是如何認識詹姆斯・莫蘭，凱瑟琳便想起，不久前自己的大哥曾提過他和學校裡一位男同學走得很近，此人姓索普，家住倫敦附近，這次聖誕假期最後一週他就是在這位男同學家中度過的。

所有來龍去脈都已說明清楚，索普家三位小姐更對凱瑟琳說了許多禮貌性的社交辭令，像是既然她們的哥哥彼此交好，她們當然也視她爲朋友，因此希望能與她更熟稔些，如此這般。凱瑟琳滿心歡喜地聽著，並同樣回以她所能想到的各種美言。

女孩們展開了親密交往的第一步，最年長的索普小姐邀請凱瑟琳挽著她的手，兩人結伴在泉廳

---

1 麥錢特泰勒斯公學（Merchant-Taylors'），一所由倫敦商業協會創立於一五六一年的私立男子中學，辦學至今，享有盛譽，與伊頓公學齊名。

裡走上一圈。能夠拓展自己在巴斯的社交圈，令凱瑟琳開心不已，她和索普小姐聊天時，簡直快忘了蒂爾尼先生的存在。友情果然是平撫苦澀愛情的最好慰藉[2]。

兩位小姐自然地聊起服裝、舞會、調情、調侃等話題，這類話題確實能讓兩個突然開啓親密交往的年輕女孩，迅速拉近彼此關係。然而，索普小姐畢竟年長凱瑟琳四歲，起碼多了四年見識，談論這些話題時明顯居於優勢，像是她能比較巴斯和唐橋[3]的舞會各有何特色，巴斯和倫敦的時髦各有何風情；她能導正這位新朋友對高級禮服的審美觀；她能憑藉男女之間一抹含蓄式微笑傳遞，察覺其中的調情興味；她還能從洶湧人群中找出長相怪異者，隨時來點譏誚式的品頭論足。這些事情凱瑟琳一無所知，很自然便對擁有過人本事的索普小姐心生佩服。這份打從心底升起的敬意，一時間令她感到仰之彌高而難以接近。好在索普小姐的個性熱情又友善，談話間頻頻表示很高興能和她成爲朋友，凱瑟琳這才緩解了敬畏之情，心中滿是體貼的溫情。隨著友情的快速增溫，只在泉廳裡散步五、六圈對這兩位年輕小姐而言仍感不足，當她們準備離開時，索普小姐索性就直接陪伴凱瑟琳走到艾倫先生的寓所前。最後，兩位小姐情意深切地握著對方的手好一會兒，才依依不捨地分別。幸好令她們感到欣慰的是，今晚她倆還能在劇院碰面，翌日一早也將前往同一座教堂做禮拜。道別後，凱瑟琳隨即奔上樓去，從客廳窗戶往外張望街道上索普小姐的身影，噢，她的步伐是那麼優雅，她的身形與衣著完美交織出時髦氣息。這一切無不教凱瑟琳感到欽慕與激賞，能夠結識這樣一位朋友，她心中自是充滿感激。

索普太太是名寡婦，手頭不算闊綽，她是個脾氣甚佳、非常善良的女人，可是表現在管教兒女上，便成了溺愛子女的母親。她的長女天生美貌出眾，其他兩個年紀較小的女兒也渴望像她們大姐那麼漂亮，於是模仿起她的氣質神態，就連穿衣風格也有樣學樣，果眞將自己妝點出相當姿色。

在此以前面這番敘述簡單介紹索普一家，以省卻索普太太沒完沒了的長篇瑣論，畢竟光是她過往的苦難經歷，由她本人來敘述或許就得佔去三或四個章節的篇幅，例如很可能會提到那些沒血沒淚的領主和律師[4]，還有二十年前一些老掉牙的談話內容也難免被絮絮叨叨地往事重提。

2 珍・奧斯汀故意模仿哥德式小說／情感小說慣用的口吻，這類小說經常以陳腐格言訴說友情的美好。
3 即唐橋井（Tunbridge Wells），位在英格蘭肯特郡的西部，是有名的溫泉鄉與渡假勝地。
4 此處指的律師比較接近代理人，多半也是中產階級，負責幫忙處理法律和財務方面的事務。在十八世紀英國文學中（尤其是哥德式小說／情感小說），這類角色鮮少為正派人士，多半非常狡獪，經常騙走寡婦的財產。

Chapter 5

第五章

當天晚上在劇院的中場休息時間，凱瑟琳除了忙著朝索普小姐點頭微笑做爲回禮致意（這確實佔去不少時間）外，尤不忘以搜尋的目光盡可能掃掠每間包廂，四處張望有否出現蒂爾尼先生的身影，但望眼欲穿仍無所獲。看來與泉廳相比，蒂爾尼先生也不見得多喜愛看戲。凱瑟琳期盼明天的運氣能好些，而當老天爺眞的賜給她好天氣，迎來一個美麗早晨，她不禁覺得幸運女神果然站在自己這邊。因爲啊，巴斯經常霧雨濛濛，若星期天恰逢好天氣，肯定全城的人都會鑽出屋子四處閒逛，在路上遇到熟人舊識也不忘以一句「今天天氣眞好」彼此問候。

一做完禮拜，索普和艾倫兩家人便熱切地相聚一處，然在泉廳待得太久又覺得眼前這些人俗不可耐，連一張溫文爾雅的臉孔都不可得，嗯，這就是巴斯旺季裡每個星期天的景象，人人皆有同感。於是兩家人趕緊逃開泉廳，轉投入皇家廣場的懷抱，只有在那裡才能好好呼吸上流社會的氣息。凱瑟琳和伊莎貝拉手挽著手散步，毫無保留地交談，再次品嘗友誼的美好滋味。她們說了許多話，也聊得好開心，只是凱瑟琳期盼再見到那位舞伴的希望又落空了。

無論是晨間的散步或夜晚的宴會，在哪裡都碰不著他，每一次搜尋他的身影，總是換來失望而返。他簡直像消失了一般，全然不見蹤影——無論是新社交堂或舊社交堂，盛裝或便裝舞會，或是早晨散步、騎馬、駕車的人群之間。就連名字也沒出現在泉廳的簽到冊[1]上，再如何費心探聽，依然無功。他想必離開了巴斯，可那晚他卻隻字未提自己不久即將離去。神祕的行事風格，永遠是小說男主角的設定！除了容貌和舉止，在凱瑟琳的想像之中，蒂爾尼先生身上又新添了一分魅力，使她渴望挖掘更多的他。

凱瑟琳不忘向索普家探問有關蒂爾尼先生的事，但也同樣徒勞，畢竟她們在遇到艾倫太太的兩天前才剛抵達巴斯。然而，在她的美麗朋友面前，她是這麼樂於談論他，伊莎貝拉總不斷鼓勵她繼續惦念蒂爾尼先生，正因如此她對他的印象才不致淡去。伊莎貝拉確信蒂爾尼先生絕對是位深富魅力的紳士，也確信他必定對親愛的凱瑟琳有意思，因此很快就會回到巴斯來。尤其在知道他是一名牧師後，伊莎貝拉越發中意他了，「我必須坦承自己對這份職業有所偏愛」，當她說這句話時似有股嘆息伴隨出聲。凱瑟琳或許錯了，錯在沒往下追問伊莎貝拉爲何輕聲嘆息。咳，我們的女主角心性仍太稚嫩，還不懂何謂愛情的心機、友情的道義，自然不知何時該巧妙地說句玩笑話緩解氣氛，或於何種情況下該體貼地令對方吐露心跡。

至於艾倫太太，現在的她快樂無比，對巴斯滿意極了。她找到了好幾位熟人舊識，而且很幸運

1 前來泉廳的人均須於冊子上簽名，如此一來城裡的所有人便能得知某某人是否在城中、住所位於何處。

地，她們正好是自己最要好的老友一家人，最完美的是她發現她們的穿著打扮都不若自己奢華貴氣。艾倫太太的每日一句不再是「我眞希望我們在巴斯有很多熟人舊識」，而改口成「我眞是太開心了，能在這裡遇到索普太太」。她熱切製造兩家人親密往來的機會（就像凱瑟琳和伊莎貝拉之間那樣），要是一整天下來大部分時間沒能與索普太太共度，那肯定不夠滿足。然而，兩位女士相伴時其實不曾就任何事交換彼此的觀點與想法，也沒有任何共通的話題，索普太太主要是談她的孩子，艾倫太太則把焦點放在禮服。

至於凱瑟琳和伊莎貝拉的友情進展，如同一開始的火速加溫，依續一路的溫柔相待，令情誼的熱度更熾，到後來無論是兩位女孩自己或她們的朋友都認爲，她們之間的友誼已然濃厚得無可復加。她們之間互以教名相稱[2]，行走時總是手攙著手，跳舞前以別針爲對方固定禮服的長下襬，跳群舞時她倆站的位置也一定要相鄰不分開。即使遇到什麼事也沒法做的下雨天，無視濕淋和泥濘，兩人仍堅持要相見，然後窩在房間裡各自讀小說，安安靜靜地彼此相伴。是的，她們讀小說。有些小說家不知爲何思想狹隘兼之裝模作樣，明明自己也不斷進行小說創作，卻又以蔑然之姿詆毀其他小說家的作品。我絕不會像他們那樣，讓做爲小說家的自己違心加入假道學評論家的敵營行列，尖刻地批評別人的小說，甚至還不允許筆下的女主角閱讀小說——這不禁令我想像一幅畫面，假設有

2 伊莎貝拉和凱瑟琳之間友情進展迅速，很快便捨去了如「索普小姐」、「莫蘭小姐」的姓氏相稱。

凱瑟琳與索普小姐交好後，兩人形影不離，
還幫忙彼此用別針固定禮服長下襬。

個女主角偶然拿起一本小說，恐怕也是以極其厭惡的心情，翻閱這些所謂毫無品味可言的書頁吧！哎呀，這實在太悲慘了，如果一部小說裡的女主角，無法藉由閱讀其他小說女主角的遭遇而產生同情共感的投射，那她的內心該由誰來守護與撫慰呢？對此，我是絕不同意的。

評論家們，儘管好事地去詆毀這些充滿想像力的小說作品吧，儘管在每部新小說面世時以老掉牙的假道學批判口吻塡滿報紙版面吧！而小說家們，我們快別互相背棄，我們可是受到壓迫的一群人啊！相較於其他文學體裁，我們的作品總是揮灑出更爲繽紛多樣的悅然情思，但爲何最受詆毀的也是我們？無論這些詆毀是出自驕傲、無知或一時的風尚，總之我們的敵人幾乎跟我們的讀者一樣多。像是那位約莫是史上第九百位濃縮改寫《英國史》的人[3]，還有那位選錄米爾頓、波普、普萊爾[4]的詩句，收錄《旁觀者》日刊[5]某篇文章、小說家斯特恩[6]書裡某個篇章，將這些作品集合起來彙編成冊的人，彷彿才配得上評論家們的萬千讚譽。而眞正從事創作的小說家如我輩，才能卻受到詆毀，付出受到低估，筆下深富創造力、機敏與美感的作品更是受到輕視，可見欲打擊小說家而後快，似乎成了此間的普遍風氣。

「我從不讀小說／我鮮少讀小說／別以爲我是經常讀小說的那種人／就一本小說而言，這已算上得了檯面了」，這些言不由衷的話還眞常聽到。「小姐，你正在讀些什麼呢？」「噢，只是一本小說罷了。」年輕女孩一邊回答，或一邊故作冷淡，或一時閃過羞赧地把書放下，說道：「不過是《西西麗亞》，或《卡蜜拉》，或《貝琳達》這類的小說罷了[7]。」總之，這不過是一些小說，一些展現了上乘心智情思的小說，只是書裡卻有著對人性最透徹的認識、對幸福所有可能樣貌的描繪，以及幽默機智最生動輕盈的流瀉，然後再以最精練的語言文字呈現於世人眼前。

現在，假設前面這位年輕女孩讀的不是小說，而是一大本裝訂成冊的《旁觀者》日刊，相信她會很自豪地拿出手，說出它的名字。然而，女孩應該不太可能被這集結了大量文章的刊物所吸引，畢竟裡頭的主題或寫作手法很難不教文藝青年爲之作嘔，文章本身的問題在於幾乎淨是些不可能發生的情境、極不自然的人物性格描寫，還有討論的主題更是令目下活著的人毫無興趣；就連語言文字也一樣糟，用字遣詞常見粗鄙，此間的人們要是繼續縱容忍受，只怕要讓後世之人看笑話了。

---

3 可能指愛爾蘭劇作家暨詩人，哥德史密斯（Oliver Goldsmith, 1730-1774），他曾編纂《英國史》（History of England）。

4 馬修・普萊爾（Matthew Prior, 1664-1721），英國詩人暨外交官。

5 此處所指《旁觀者》日刊（the Spectator），由英國文學名家阿迪生（Joseph Addison, 1762-1719）創刊，於一七一一至一七一二年間發行、一七一四年短暫復刊，主要刊登一些禮儀、文學、道德教諭方面的散文小品。

6 斯特恩（Laurence Sterne, 1713-1768）是英國小說大師，他開創了意識流的筆法，善寫人物內心狀態，著有《項狄傳》（Tristram Shandy）、《感傷旅行》（A Sentimental Journey）。

7 《西西麗亞》（Cecilia）和《卡蜜拉》（Camilla）為芬妮・柏尼（Fanny Burney, 1752-1840）的感傷小說。《貝琳達》（Belinda）則是瑪麗亞・埃格沃斯（Maria Edgeworth, 1768-1849）的作品。

Chapter 6

第六章

接下來的對話發生在某個早上，地點在泉廳，約莫是兩名女孩相識八或九天之後。這段對話在在展現了她們之間濃厚的情誼，凸顯了兩人思維上極其靈敏、謹慎、奇特的一面，同時揭露了她們的閱讀品味，這便讓人不難理解這份友誼何以才剛起步便如此濃烈。

兩個女孩相約碰面，伊莎貝拉比凱瑟琳早到了五分鐘，她開口的第一句話理所當然是：「我的小可愛，你怎麼那麼晚才來，我已經等了你好一會兒啦！」

「不會吧！眞是抱歉，我還以爲自己很準時呢，畢竟現在才正好一點鐘[1]。希望沒讓你等太久。」

「噢，眞的等了滿久，我確定有半個小時那麼長。好啦，我們還是趕快到另一頭找個位子坐下，開開心心地聊天吧，我有好多話要跟你說。首先，早上要出門時，我挺擔心會下雨，天空看起來眞的一副要下雨的樣子，讓我好不心煩哪！你知道嗎，我剛才在米爾森街一家商店櫥窗前，看到一頂美到極點的帽子，款式和你的帽子很像，只是綠色緞帶改成了橙紅色，我好想擁有它呀！對了，我最親愛的凱瑟琳，你一整個早上都在做些什麼呢，都在讀《烏多夫堡祕辛[2]》嗎？」

「是啊，我一起床便開始讀，現在已經讀到『黑帷幕』那兒了。」

「眞的嗎，那太棒了。噢，我絕不能先告訴你黑帷幕後面藏了什麼，以免壞了你的閱讀樂趣。但你眞的不想知道嗎？」

「噢，當然想！那後面究竟藏了什麼呢？可是你千萬別說，千萬別透露。我知道一定是個骷髏頭，我確信那一定是羅倫提尼夫人的頭顱。噢，我好喜歡這本書，眞想花上一輩子讀它。我向你擔保，如果不是和你相約碰面，我是絕擱不下這本書的。」

「我的小可愛，還眞要感謝你賞臉呢！等你讀完這本，我們就來讀《義大利人》，我已經替你列出十多本這類小說的閱讀清單了。」

「眞的嗎，太棒了，我好開心，你說的都是哪些書呢？」

「我直接唸書名給你聽，就在這兒，全都記在我的筆記本裡，有《沃芬巴赫城堡》、《克萊蒙》、《神祕的預警》、《黑森林的巫師》、《午夜鐘聲》、《萊茵河孤兒》、《恐怖之謎》。這幾本夠我們讀上好一陣子了！」

「是呢，太棒了。但它們全是恐怖小說嗎？你確定它們夠恐怖驚悚嗎？」

---

1 此處仍算是上午，對彼時的上流階層而言，上午時光為十一點至三點，與現代人生活作息不太一樣。

2 提到哥德式小說，絕不能不提安・芮德克里夫（Ann Radcliffe, 1764-1823），她的《烏多夫堡祕辛》（The Mysteries of Udolpho）、《義大利人》（The Italian）皆為膾炙人口之作。

「是啊，我很確定，因為我有個朋友把每一本都讀遍了。她叫安德魯絲，很甜美的一個女孩，我敢說是這世上最甜美的可人兒了。我真希望你能認識安德魯絲小姐，你絕對會喜歡她的。她現在正在為自己編織一件無比甜美的斗篷。在我心中她簡直美得像個天使，可為何總沒有男士傾慕她呢，我實在深感惱怒與不解。我非得要好好斥責這些男士。」

「斥責他們？你為了沒有人愛慕安德魯絲小姐，而要斥責男士們？」

「是的，我會這麼做。對於真正的好朋友，我很願意付出一切。當我喜愛一個人時，就會毫無保留地去愛，我是一個勇於付出愛的人，這是我的個性，永遠不會變。像是今年冬天在某場舞會上，我便這麼告訴杭特上校，如果他非要一整個晚上纏著我，除非他先承認安德魯絲小姐美得像天使，否則我絕不會和他跳舞。你知道的，男人總以為我們女人之間不會有真正的友情，我就是要讓他們刮目相看。所以呢，若讓我聽見有任何人說你哪裡不好，我一定會立刻反擊。但我想這種情況不太可能發生，因為你可是最受男士們喜愛的女孩典型呢。」

「噢，」凱瑟琳登時臉紅，喊了出來，「快別這麼說了！」

「我很瞭解你。你是那麼活潑可愛，這正是安德魯絲小姐所欠缺的，說實話，和她這個人相處起來很無趣哪！我非得告訴你一件事不可，昨天我們分手之後，有個年輕男士還繼續著迷般地盯著你看呢，我確信他百分之百愛上你了。」

凱瑟琳再次害羞地臉紅，並趕緊否認。伊莎貝拉繼續笑著說：「這是真的，我以名譽擔保，但我當然知道你的心情——除了某個人，亦即那位你知我知的青年紳士，你絲毫不在乎其他人的愛慕之情，欸，我知道這不能怪你。」她口吻轉爲嚴肅，「這份心情我懂！一旦心有所繫，便往往很難接受他人情意，若非出自於心儀對象所給予，便成無足輕重、索然無味，我完全能理解你的心情。」

「但你似乎不該一直提醒我那份惦記著蒂爾尼先生的心緒，也許我再也見不到他了呀！」

「再也見不到他？我最親愛的凱瑟琳，請千萬別這麼說。一旦這麼想，壞事就會成眞。」

「是的，我的確不該這麼說，我甚至不會自欺欺人，說自己其實沒有那麼喜歡他。不過一旦進入了《烏多夫堡祕辛》的世界，所有壞事都會讓我拋諸腦後啦！親愛的伊莎貝拉，我確信那駭人的黑帷幕後面，肯定藏著羅倫提尼夫人的頭顱。」

「眞是太奇怪了，你居然從來沒讀過《烏多夫堡祕辛》，我想莫蘭太太可能不准你讀小說吧！」

「不，她不反對啊！她自己也常反覆讀《查爾斯．格蘭迪森爵士》這部小說[3]，畢竟我們住的地方很難取得新的讀物。」

「《查爾斯．格蘭迪森爵士》不是一本恐怖到極點的小說嗎？我記得安德魯絲小姐連第一卷都

---

3 《查爾斯．格蘭迪森爵士》(Sir Charles Grandison) 為理察遜所作，珍．奧斯汀很欣賞這部小說。

沒辦法讀完。」

「它的確和《烏多夫堡祕辛》截然不同，但我還是覺得很精采！」

「你是認眞的呀，眞令人訝異，我以爲這本書連看都不値得看呢！對了，親愛的凱瑟琳，你今晚要戴哪一頂帽子，決定了嗎？我早就決定了，無論如何我都要跟你裝扮得一模一樣。你知道的，男士們有時挺注意這類事情。」

「但他們有沒有注意，這……很重要嗎？」凱瑟琳一派天眞地問。

「這很重要嗎？天哪，我是絕不會在意男士們的看法。但如果不擺出一些姿態，讓他們知道界限何在，他們可是會得寸進尺、無禮隨便。」

「是嗎？我倒沒留意過，他們總是對我彬彬有禮。」

「噢，他們可神氣了呢！男人啊，是這世上最自以爲是的動物了，總把自己的存在想得很重要。對了，有個問題我思考過好多遍，卻老是忘了問你——你對男士的膚色有什麼喜好麼，你喜歡黑一點還是白一點？」

「我不太清楚耶，我很少想到這類的事。我想，是介乎黑與白之間的棕色吧，不太白也不太黑。」

「凱瑟琳，非常好，你說的就是他。我可沒忘記你是如何形容蒂爾尼先生的：『棕色的皮膚，配上一對黑色眼眸，髮色也是黑的。』不過呢，我的喜好可就不太一樣了，我喜歡淺色的眼珠，至於膚色，你知道我偏好淡黃色嗎？如果你有哪位熟人舊識符合這樣的外表敘述，可千萬別出賣我唷！」

「出賣你？你是指……？」

「哎呀，別再追問下去啦。我想我說得太多了，我們換個話題吧。」

凱瑟琳訝異之餘，依然從善如流。沉默了一陣子後，當她正準備重拾那最教人感興趣的羅倫提尼夫人頭顱的話題時，伊莎貝拉插話道：「天哪，我們還是到泉廳的另一邊好了。你知道嗎，過去這半小時裡，有兩位古怪的年輕男士一直盯著我看，眞教人難爲情。我們離開這兒吧，去看看都來了哪些新面孔。那兩個人應該不至於跟著我們到那邊去。」

兩個女孩來到泉廳的簽到處。伊莎貝拉俯身查看簽到冊上的人名時，凱瑟琳便負責留意那兩名惱人年輕男子的動向。

「他們沒朝這裡過來吧，我希望他們別那麼無禮。如果他們眞的過來了請告訴我，我是絕不會抬頭看他們一眼的。」

過了一會兒，凱瑟琳滿心歡喜地向伊莎貝拉確保，她不必再爲之不安了，因爲那兩名紳士剛剛離開了泉廳。

「他們往哪個方向走呢？」伊莎貝拉立刻轉身，著急地問道。「他們其中一位長得非常好看呢！」

「他們往教堂廣場那邊去了。」

「太好了，能擺脫他們眞是令我開心。現在，你不如跟我回艾德格住宅區瞧瞧我那頂新帽子吧？你說過你想看的。」

凱瑟琳欣然同意。「只是這樣一來，」她隨即補充道，「我們可能會碰上那兩名紳士。」

「噢，別擔心，如果我們趕緊出發，準能趕過他們。我好想讓你瞧瞧那頂帽子！」

「但假如我們在這兒多待個幾分鐘，便不必擔心會遇上他們。」

「我向你保證，即使碰上，我也絕不想向他們表達任何敬意。我無意對男人太過畢恭畢敬，這樣可是會寵壞他們的。」

此番論點令凱瑟琳無從辯駁。隨後，伊莎貝拉爲了展現她的特立獨行及滅滅男性威風的決心，兩個女孩立即出發，並盡可能快步行走，務求傲然趕過那兩名年輕男子。

Chapter 7

第七章

伊莎貝拉和凱瑟琳花了半分鐘時間穿過泉廳廣場，來到奇普街，於拱門處停下腳步，聯合廊巷就在對街。相信所有熟悉巴斯的人都記得，要穿越奇普街是何等困難。這是一條特別失禮魯莽的街道，它很不幸地連接了通往大倫敦與牛津的道路，且直通巴斯城內的重要旅店，因此一整天下來往返此間的女士們，無論身上擔負何項重大任務（如購買點心、帽飾，甚至是眼前這類需要前去追趕年輕男子的情況），均得等在街邊，讓路給高級四輪馬車、騎馬人或載貨馬車等通行。自從伊莎貝拉來到巴斯後，每天至少要為這等衰事浩嘆三回，而這會兒注定又要多嘆一回。但值此關鍵時刻，她也只能站在聯合廊巷的這一端，眼睜睜看著兩位紳士穿越雜沓人群，走進那饒富韻味的廊巷，穿梭街溝而行。原來，她們被一輛單馬二輪馬車擋住了去路，只見駕車手胸有成竹地在鋪面極差的道路上粗暴地駕駛著，稍有不慎便可能危及自己、同伴還有馬匹的安全。

「噢，我恨透這些馬車了！」伊莎貝拉抬起頭，邊看邊憎惡地說。但當她再度望向馬車時，很快便一掃原先理所當然的厭惡之情，喊道：「太好了，是莫蘭先生和我哥哥！」

「天哪，是詹姆斯！」同一時間，凱瑟琳也喊出聲來。兩位男士看見她們，猛然勒停馬車，令馬兒差點摔倒在地，幸好車夫[1]隨即跑了過來，紳士們躍下馬車，將馬車交給他安頓。

偶遇詹姆斯令凱瑟琳開心不已，她萬萬沒想到會在這兒見到哥哥。兄妹這場意外相逢，同樣教個性溫暖和藹、十分疼愛妹妹的詹姆斯感到歡喜。與此同時，伊莎貝拉的明亮雙眼也一直試圖攫取他的注意，詹姆斯感到既窘又喜，迅即向她致了意。值此光景，倘若凱瑟琳對身旁人物的情感交流能再敏銳些，而不單只沉浸在自己的歡欣之情裡，或許就能察覺這位哥哥也如同她一般，認爲伊莎貝拉美麗動人。

約翰・索普此時正於一旁交代著馬匹照料事宜，隨後很快加入三人行列，凱瑟琳由此獲致了不遑多讓的欽慕之情。只見約翰僅不經意地輕觸妹妹伊莎貝拉的手以示招呼，而對凱瑟琳卻是煞有介事地朝後伸直一條腿，以俯身半彎的怪異姿態鄭重向她致意。這名年輕男子個頭中等，身形胖壯，長相平凡，打扮和舉止均粗俗不已——他彷彿擔心自己生得太過俊俏似的，全身上下裝束得像個馬夫；又彷彿擔心自己的舉止太像個紳士似的，在理應客氣有禮時顯得太過隨性，在應該表現隨性時又顯得太過狂慢。

他掏出懷錶，說：「莫蘭小姐，你認爲我們從泰特伯里[2]到巴斯這趟路，花了多久時間？」

「我不清楚這段路的距離有多遠。」凱瑟琳答道。她哥哥隨即告訴她，距離爲二十三哩。

「什麼二十三哩！」約翰喊道，「是二十五哩才對！」

詹姆斯立刻予以反駁，還搬出道路指南記載、旅店老闆之言、沿路里程碑所示當作憑據。但約翰可不信服這些，他自有一套判定距離的方法。

「我何以能如此肯定兩地距離一定是二十五哩，」他說明著，「完全是根據我們出發的時間。現在是一點半，我們離開泰特伯里旅店院落時，鎮上的鐘正好敲響十一下，而我有把握這匹馬套上馬具後，英國境內絕對沒人敢質疑牠一小時跑不上十哩──二十五哩的距離就是這麼得來的。」

「你少算了一個鐘頭。」詹姆斯說，「我們離開泰特伯里時，才十點鐘。」

「十點鐘才怪！我敢擔保是十一點，每一記鐘聲我都確實數過！莫蘭小姐，你哥哥居然試圖混淆我。還請仔細瞧瞧我的馬，你生平可曾見過這般風馳電掣的馬匹？」此時馬夫剛翻上馬背，準備駕車離去，「這可是純種馬呀，居然說牠花了三個半鐘頭只能跑二十三哩！看看這馬兒的英姿，你說這怎麼可能！」

「牠看起來的確熱呼呼的。」

「熱！我們一路來到巴斯城北的沃卡教堂[3]時，牠連大氣都沒喘一下，只要瞧瞧牠的前身、腰部便知道。再看看牠的步態，這樣一匹馬的速度絕不可能一個小時少於十哩，就算綁住牠的腿也照

1 車夫不是坐在馬車後方，就是騎著自己的馬隨行。當馬車停下時，他必須趕緊下車或下馬，協助主人照料拉車的馬匹。

2 泰特伯里（Tetbury），格洛斯特郡內的一座城鎮，距離巴斯約二十哩。

3 沃卡教堂（Walcot Church），位於巴斯新市區邊緣，也是珍・奧斯汀父母舉行婚禮之地。

跑不誤。莫蘭小姐，你覺得我這輛二輪馬車如何？非常漂亮，可不是？這作工很細，城裡打造的，我買下它還不到一個月。原本是我一個朋友特別訂製的——他就讀我們學校的基督教會學院，這傢伙爲人挺不賴——這車他只用了幾個星期吧，我猜他是因爲需要用錢，所以準備賣車。正巧我也在物色這種款式的輕便馬車，當然我另外也很中意雙馬二輪馬車就是了。就在上學期的某一天，他駕著馬車往牛津去時，我偶然在學校旁邊的瑪格德林橋上遇見他，他對我說：『嘿，索普，你該不會剛好想買這種輕便馬車吧？它可是同款式裡最頂級的，不過我已經膩了。』『噢，該死，』我回答，『我買下了，你開個價吧！』莫蘭小姐，你猜猜他開了多少價碼？」

「我肯定猜不中。」

「你瞧瞧，這車完全是雙馬二輪馬車才有的規格，座墊、行李廂、劍套、擋泥板、車燈、純銀飾板一應俱全，就連鐵製車架也棒得跟新的一樣，甚至比新的還好。他開價五十幾尼，我立刻接受，當場扔了錢，馬車便歸我所有。」

「我知道——」凱瑟琳說，「我對這類事情懂得不多，所以沒法判斷這價格是便宜或昂貴。」

「不貴也不便宜。我想，本來還可以再更便宜些吧，偏偏我痛恨討價還價，更何況可憐兮兮的費里曼急需用錢。」

「你眞是個厚道的人。」凱瑟琳開心地說。

「噢，有能力幫上朋友一些忙，我絕不會計較這點錢的。」

緊接著，兩位紳士禮貌性地問起兩位小姐原本計畫前往何處，得知她們的目的地後，遂決定一同前往艾德格住宅區，向索普太太遞聲問候。詹姆斯和伊莎貝拉並肩走在前方，伊莎貝拉覺得自己幸運極了，這下她與莫蘭先生的進一步往來等於有了雙重保障，因爲他除了是自己哥哥的朋友，也是自己朋友的哥哥，對此她滿意極了，決意這一路都要讓他開開心心的。此刻，伊莎貝拉的情感如許純潔、絕無賣弄風騷之嫌，儘管他們在米爾森街趕過了先前那兩名惹人心煩的年輕紳士，但她顯然已失去勾引他們的興致，僅回頭張望他們不過三次。

約翰．索普理所當然陪著凱瑟琳一起前行，經過幾分鐘的沉默之後，他又重拾單馬二輪馬車的話題。

「莫蘭小姐，我想你該知道，還是有些人認爲我這筆交易挺划算的，因爲在買下馬車隔天，我很有可能再多十個畿尼賣出去。我們學校的歐瑞爾學院有個叫傑克森的傢伙，他一看到這輛馬車立刻出價六十畿尼，當時你哥哥人也在場。」

「的確是如此。」詹姆斯無意間聽見，便即回道：「但你忘了，那價格還包括你的馬唷。」

「我的馬！噢，該死，給我一百畿尼也不賣。莫蘭小姐，你喜歡坐敞篷馬車嗎？」

「是的，非常喜歡。我至今尚未有機會搭乘，但我確實很喜歡。」

「眞是太好了，今後我每天都讓你坐我的馬車。」

「謝謝你。」凱瑟琳回答，卻又不禁爲是否該接受此項提議而苦惱。

「我明天就載你到西北城郊的藍斯道山走走。」

「謝謝你。但你的馬不需要休息嗎?」

「休息!牠今天不過跑了二十三哩。簡直是開玩笑,讓馬休息等於毀了牠,沒有什麼比讓馬休息更容易減低牠的效能。不行,不行,在巴斯我每天至少要讓牠活動四個鐘頭。」

「你是說眞的嗎?」凱瑟琳正色道,「這樣一天要跑上四十哩呢!」

「四十哩!欸,說不定有五十哩呢!那好,我明天就載你上藍斯道山,記住,我可是跟你約好了。」

「親愛的凱瑟琳,這太棒了!」伊莎貝拉回過頭來喊道,「我可眞嫉妒你。但是哥哥,我擔心你的馬車坐不下第三個人。」

「哪來的第三個人!不,不行,我來巴斯可不是爲了載自己妹妹到處逛,那豈不成了天大的笑柄。詹姆斯會照顧你的。」

這句話爲前方這對紳士淑女帶來了一番客套對話,不過兩人究竟談些什麼、結論爲何,凱瑟琳什麼也沒聽見。倒是她身旁的男伴,已然從激昂的高談闊論,轉爲直言短評每位迎面而來的女士容貌。凱瑟琳聆聽著,帶著她那初探人際的謙抑心性,盡可能表現出欣然同意的模樣,畢竟在論及女性美醜的話題上,她還眞不敢與這樣一位自信滿滿的男性意見相左。但最後,凱瑟琳仍藉著某個盤據她心頭良久的疑問,鼓起勇氣換了話題。

「索普先生，你讀過《烏多夫堡祕辛》嗎？」

「《烏多夫堡祕辛》，噢，我的天哪，怎麼可能。我從不讀小說，我可不是閒著沒事做。」

凱瑟琳感到又羞又窘，正打算爲自己的提問致歉之際，約翰打斷地說道：「小說全是些言不及義的廢物。自《湯姆．瓊斯》問世之後，就數我之前曾讀過的那本《修道士》還像話點[4]，至於其他小說，我看都是些蠢極無聊的爛貨。」

「但是如果你讀了《烏多夫堡祕辛》，我想你一定會喜歡，這本書特別有意思呢！」

「說實話，我沒興趣，若眞要讀，那非選芮德克里夫夫人的書不可。她的小說算是有意思，描寫逗趣又不做作，值得一讀。」

「《烏多夫堡祕辛》正是芮德克里夫夫人所寫！」凱瑟琳略帶遲疑地說，她擔心如此直言會否令他面子掛不住。

「不是吧，眞的嗎？哎，我想起來了，還眞是她寫的。我把它想成另一本很無聊的書了，就是那個嫁給一個法國移民而大大出名的女作家寫的[5]。」

「你是指《卡蜜拉》嗎？」

---

4 《湯姆．瓊斯》（Tom Jones）為菲爾丁（Henry Fielding, 1707-1754）的作品。《修道士》（Monk）由馬修．路易士（Matthew Lewis, 1775-1818）作，是部哥德式小說。

5 即芬妮．柏尼，她是珍．奧斯汀最喜愛的小說家之一。

「對，就是那本書，多麼做作的一本書——一個老男人在玩翹翹板，我有次拿起第一卷稍微翻一下，很快便發現內容糟透了。說眞的，還沒讀之前我就已經大約猜到這書的水準如何，後來聽說作者嫁給一個移民，我更加肯定自己絕無可能讀完這本書啦。」

「我倒是還沒讀過。」

「我向你擔保，這本書不值得一讀，眞的無聊透頂，不過就是一個老男人在玩翹翹板，學學拉丁文[6]。我沒騙你，內容確實空洞至極。」

遺憾的是，此番精湛評論絲毫沒能帶給卑微的凱瑟琳半點影響，說著說著，他們來到了索普太太的寓所前。索普太太早從樓上看見他們一行人，這會兒已來到走廊迎接眾人。一見到母親，約翰．索普立即從目光犀利、論調公允的小說評論家，搖身變爲恭謹孝順、溫情殷誠的乖兒子。

「哎呀，媽媽，您近來可好？」他一邊說，一邊眞摯地上前緊握母親的手，「您從哪裡找來這麼一頂怪模怪樣的帽子，這讓您看起來活像老巫婆呢！詹姆斯和我準備來這兒跟你們一起待上幾天，所以您就近替我們準備兩張就寢的好床吧。」這番話似激起了索普太太爲人母的一片寵溺之情，足見她是如何興高彩烈地迎接兒子到來。對於另外兩個妹妹，約翰．索普也同樣以這種親暱的兄長式溫情問候她們的近況，還說兩人的模樣醜極了。

此人的行爲舉止實在難以讓凱瑟琳喜歡，然而他畢竟是詹姆斯的朋友，伊莎貝拉的哥哥。而當兩個女孩得以獨處，抽身去看看那頂新帽子時，伊莎貝拉隨即以無比肯定的口吻告訴凱瑟琳，說約翰認為她是這世上最迷人的女孩；在分手之際，約翰甚至開口邀她當自己今晚的舞伴。這些殷勤舉動理所當然收買了凱瑟琳，使她收回原先對約翰・索普的第一壞印象。倘若她的年紀再大些、性格再虛榮些，也許這些攻勢便改變不了她對他的觀感，但除非具備沉著過人的理智，否則該如何教一顆年輕又靦腆的心靈，去抗拒「世上最迷人的女孩」這等讚美，與對方急不可待邀約自己當舞伴的這等示意呢？

莫蘭兄妹在索普家待了一小時光景後，便起身前往艾倫先生的寓所。才剛步出索普家，詹姆斯即開口問道：「嗯，凱瑟琳，你覺得我這朋友約翰・索普如何？」若不是出於友情考量與方才受到了對方讚美，凱瑟琳很可能會回以「我一點也不喜歡他」的說法，但此刻她卻率直地回道：「我非常喜歡他，他似乎是個很好相處的人。」

「他的確是很好相處的人，只是說起話來有點愛不著邊際亂聊一氣，不過我相信這也是他受女性歡迎的原因。那索普家的其他人呢，你喜歡她們嗎？」

「非常，我的確非常喜歡她們，尤其是伊莎貝拉。」

「我真高興聽到你這麼說。我就是希望你能欣賞像她這樣的年輕女性，她是那麼的高雅，親切

---

6 珍・奧斯汀非常佩服芬妮・柏尼在《卡蜜拉》一書中對人物的描繪。從約翰・索普的評語足見他只讀了這本小說的前幾頁，並未整本讀畢。

又不做作，我早想讓你們互相認識。而她似乎也很喜歡你呢，她對你的評價非常高，讚賞有加。能夠得到索普小姐這樣一位美好女性的讚美，」詹姆斯突然滿懷情感地牽起她的手，「即便如你凱瑟琳，也會感到自豪的。」

「是的，我相當受寵若驚。」她回答，「我真的非常喜歡她，而且很開心知道你對她也同樣欣賞。但你先前不是曾去過索普家作客嗎，怎麼從沒聽你在信中提起過她？」

「那是因爲，我想我應該很快就會見到你了。我多麼希望你在巴斯這段期間，能多多和她相處，她當眞是最親切、最善解人意的女孩了。他們全家都愛她，她顯然也是最受寵的一個。想當然爾，來到這樣的地方她必定也是備受仰慕，可不是？」

「是的，我想的確是如此。艾倫先生認爲她是全巴斯最美的女孩呢！」

「我想也是，艾倫先生的審美眼光是無庸置疑的。親愛的凱瑟琳，在巴斯擁有像伊莎貝拉．索普這樣一位好夥伴兼摯友，看來我無須問你在這兒過得快不快樂了，答案想必不證自明。而且我也確信，艾倫夫婦待你非常好。」

「是的，他們眞的對我很好。我從未這麼快樂過，現在你來了，快樂一定會加倍。你眞好，特意大老遠趕路來看望我。」

詹姆斯欣然收下這份滿懷感激的敬重心意，而爲了不受之有愧，他也打從心底回以最眞誠的話語：「當然了，凱瑟琳，那是因爲我很愛你呀！」

一路上，兄妹倆都在談論其他手足的事，這幾個近況如何，那幾個有沒有長大點，以及家裡發生了哪些大事也一併交流告知。談話之中，詹姆斯僅一度離題稱讚起索普小姐來。當他們抵達帕特尼街艾倫先生寓所時，詹姆斯受到艾倫夫婦的誠摯歡迎，艾倫先生邀他留下來用餐，艾倫太太則要他猜猜她是以多少價格新購入了暖手筒[7]和披肩，並要他說說審美見解。但由於他已先和艾德格住宅區索普家那邊約好共進晚餐，只得婉拒男主人的盛情，甚至爲了準時赴約，不得不火速聊完由女主人起頭的配飾話題。

兩家稍晚於八角廳聚首的時間既已訂下，下一刻凱瑟琳便迫不及待鑽入《烏多夫堡祕辛》的書頁中，任由恐怖驚悚的想像不斷無邊膨脹，無法自拔到渾然忘了要梳妝、用晚餐，也顧不上要安撫艾倫太太別擔心裁縫師會遲到之類的事，甚至就連稍早有人邀請自己做舞伴的小小受寵若驚，也僅不過在思慮飄閃之間偶然愉快地想及。

---

7 也可稱「暖手籠」，即寒冷冬日常見的圓筒狀毛皮產品，可將雙手伸進去取暖。

Chapter 8

第八章

儘管《烏多夫堡祕辛》教人太難以釋卷，以及裁縫師當真延誤了時間，帕特尼街一行人仍準時抵達新社交堂，索普家和詹姆斯．莫蘭這邊不過比他們早到兩分鐘。伊莎貝拉一如往常掛著微笑上前致意，不改親暱地欽慕起凱瑟琳的禮服款式和鬈髮造型。跟隨在各自的監護人背後，她倆手挽著手朝宴會廳走去，一想到什麼便立即交頭接耳分享，更不忘時時以輕輕捏手或欣然微笑傳達默契。

他們入座後幾分鐘，舞會便開始了。如同自家妹妹，詹姆斯也早已邀定舞伴，迫不及待想與伊莎貝拉共舞。不過，約翰．索普人卻不在，他去了牌室找一位朋友說話。伊莎貝拉便聲明，除非凱瑟琳能一道跳舞，否則她是不會跳的。

「我向你保證，」她說，「你妹妹如果沒一起來，我是絕不會去跳舞的，因爲這樣一來我就得和她分開一整晚。」凱瑟琳十分感激她的貼心好意，於是眾人又一塊兒端坐了三分鐘。其間伊莎貝拉不斷與一旁的詹姆斯交談，最後她轉頭輕聲對凱瑟琳說：「我的小可愛，恐怕我得離開你了，你哥哥實在等不及要跳舞呢。我知道你不會介意我離開的，而且我想約翰馬上會回來，到時你很容易就能找到我。」儘管有些小失望，但性情溫厚的凱瑟琳當然不可能表示反對。這對年輕男女隨即起身，匆忙離座前，伊莎貝拉還不忘捏捏凱瑟琳的手，說：「一會兒見，我的小寶貝。」

另外兩位年紀較輕的索普小姐也去跳舞了，只剩凱瑟琳好心地留下來，坐在索普太太和艾倫太太中間與她們作伴。她對遲遲不見蹤影的索普先生大感惱怒，不僅因為她十分想跳舞，還帶有某種受辱的感覺，畢竟自己和現場這些等人約舞的年輕小姐大不同，她可是早已有人邀約。心思純潔無瑕、舉止天真無邪如她，卻因他人的過失使她在人前備感屈辱、面上無光。可話說回來，做為一名女主角往往會碰上類似的窘境考驗，此時表現得越堅毅，便越能凸顯她脫俗的內在性格。凱瑟琳自然具備這種堅毅性格，她受到了屈辱，卻不輕言埋怨。

十分鐘後，凱瑟琳終於跳脫羞辱之情，心情好轉起來，只因她看見了他！但這個「他」並非索普先生，而是蒂爾尼先生，他就站在離她們不到三公尺遠的地方。蒂爾尼先生似乎正朝這兒走來，凱瑟琳發現他並未看見自己，便趕緊收斂起因他突然出現而漾起的笑意和紅暈，以免失卻做為女主角的尊嚴。蒂爾尼先生看上去依然那麼英俊又有活力，他正和一名勾著自己手臂的時髦漂亮小姐熱絡地談話。凱瑟琳不假思索，立刻猜想那是他妹妹，絲毫沒朝他可能已婚、而她恐怕已永遠失去他的方向去想。她的心思如此單純又一廂情願，腦袋從未飄過一絲蒂爾尼先生或許早已結婚的念頭，只因他的言談舉止完全不像她所慣見的已婚男子，況且他也從未提起過妻子，只說自己有一個妹妹，正是這些線索令凱瑟琳立即歸納出「他身旁的女性乃是他妹妹」的結論。也因此，比起臉色慘白地昏厥落入艾倫太太的懷抱，判斷力頗明智的她這會兒已然挺直了腰桿，臉頰比平時略顯緋紅。

蒂爾尼先生和他的女伴正由一名年長女士帶領，繼續緩緩地走向她們。領頭的女士是索普太太的熟人舊識；下一秒她停住腳步，與索普太太交談了起來，她背後的那兩位也跟著停步。蒂爾尼先生一瞧見凱瑟琳，隨即朝他這個點頭之交微笑致意，凱瑟琳也愉快地以微笑回禮。接著，他又趨前與她和艾倫太太說話，艾倫太太禮貌十足地問候道：「先生，能再度見到你眞是太教人開心了，我還以為你離開巴斯了呢！」他則回道，承蒙她的關心，自己的確於有幸認識她的翌日上午，離開了巴斯一週。

「先生，我想你回到巴斯來是再正確不過的決定，這個地方簡直是年輕人的樂園，當然，應該說是所有人的樂園。每當艾倫先生說他在這兒待煩了的時候，我會要他不該如此抱怨，畢竟在這沉悶的時節裡，能來這個好地方小住一段時日不知勝過待在家中多少倍。我還告訴他，他能來這裡療養身子，不知有多幸運哪！」

「夫人，我也衷心希望艾倫先生能喜歡這個地方，希望他來巴斯之後健康況狀已漸入佳境。」

「先生，謝謝你，我想他一定會越來越好的。我們有個鄰居，叫做史基納醫生，去年冬天來這裡療養身子，離開的時候簡直是生龍活虎呢！」

「這的確是相當令人振奮的鼓舞。」

「先生，確實如此。史基納醫生一家人那時可是在這兒住了三個月，所以我告訴艾倫先生，他絕不能急著離開，得好好待上一陣子才行。」

聊到這兒，他們的談話被索普太太給打斷了，她請艾倫太太稍往旁邊挪移，好讓休斯太太、蒂爾尼小姐也有位子坐，她倆很樂意加入她們的行列。女士們於是重新安排了座位，而蒂爾尼先生依舊站在她們面前。經過幾分鐘的考慮，他開口邀請凱瑟琳共舞。這份邀約眞令人欣喜，無疑是莫大的恭維，但另一方面對凱瑟琳而言不啻是莫大的屈辱，畢竟她是有舞伴的。她只好忍痛婉拒蒂爾尼先生。約翰．索普終於在稍後現身，倘若索普先生見到半分鐘前凱瑟琳的含悲嬌顏，便會知道她那遲遲等候不到自己舞伴的內心有多淒苦。約翰．索普這時卻是一派輕鬆自在地說抱歉讓她久等了，這種態度眞教人難以消解惱怒心緒。當他們跳舞時，索普先生的話題淨圍繞在剛才分別的那位朋友身上，像是聊到他們各自的馬呀狗呀，還提議要交換彼此的獚犬……這一切實在無趣到了極點，怎能不教她想起蒂爾尼先生，並屢屢往他方才所站的位置眷戀地望去。至於親愛的伊莎貝拉，凱瑟琳尤其想指給她一睹蒂爾尼先生的模樣，卻全然不見她的蹤影。看來她倆並不在同一組群舞行列中，凱瑟琳被迫與認識的人分開，這行列裡連半個熟人也沒有，這一切眞是屋漏偏逢連夜雨呀！整件事的發展令她歸結出一個教訓，那就是對一名年輕小姐而言，在舞會開始之前早早便被人邀約做舞伴不見得是件好事，絕不代表高人一等或樂趣更多。

正當尋思咀嚼著這番教訓時，突然有人輕拍她的肩，凱瑟琳轉過身去，原來是休斯太太，以及蒂爾尼小姐與另一位紳士。

「莫蘭小姐，眞是不好意思，」休斯太太開口說道，「我有個冒昧的請求。我實在遍尋不著索普小姐，而索普太太說，她確信你一定不介意讓這位年輕小姐待在你身邊。」全場肯定沒有第二人會像凱瑟琳這般樂意，休斯太太可說是找對了人託付。兩位年輕小姐隨即互相自我介紹，蒂爾尼小姐對凱瑟琳的善良溫厚表達出恰到好處的感激，莫蘭小姐則由衷貼心表示這事無足掛齒，亦無須介懷。身爲未成年女孩的監護人，休斯太太對自己的適切安排十分滿意，接著便返回她的同伴那兒。

蒂爾尼小姐的身形姣好，臉蛋俏麗且美得討人喜歡，相較起伊莎貝拉的故作風情與矯揉姿態，她散發的氣質毋寧才是眞正的優雅。她的一舉一動無不透露出靈巧睿智與良好教養，不嫌太害羞亦不故作大方；如此年輕富有魅力如她，卻絕不在舞會上賣弄風情招徠周圍男性目光，面對各種突發小狀況時也絕不大驚小怪。她身上的獨特氣息，加上與蒂爾尼先生的兄妹關係，令凱瑟琳立刻深受吸引，渴望與她結識。凱瑟琳隨即生出勇氣，把握時間與她談天說地聊了起來。然而，想要迅速發展親密友誼取決於一些要素，而那正是情感加溫不可或缺的火花，她們之間一切仍得從基礎培養起，像是談談彼此對巴斯的觀感，喜不喜歡巴斯的建築物與近郊風光，也說說自己是否畫畫或彈琴，以及喜不喜歡騎馬等等。

兩支舞曲剛結束，凱瑟琳的手臂便被她那忠實的伊莎貝拉輕輕攫住。伊莎貝拉激動地喊道：「我終於找到你了。我最親愛的小寶貝，這一小時裡我一直找你呢。你知道我並不在這個群舞隊形中，爲什麼還躲在這兒啊？少了你在身邊，可苦死我了！」

「親愛的伊莎貝拉，我根本看不到你在哪裡，又如何能找到你？」

休斯太太將蒂爾尼小姐託付給凱瑟琳，讓兩人互相作伴。

「我正是這麼跟你哥哥說，他偏不信。我對他說：『莫蘭先生去找找凱瑟琳吧！』但全然白費力氣，他絲毫不肯挪動尊步。可不是嗎，莫蘭先生？親愛的凱瑟琳，絕對出乎你意料之外，我甚至毫不客氣地斥責他：『你們男人全都是懶蟲。』你知道的，我對這種人向來不客氣。」

「瞧瞧那位頭髮上盤繞著白色珠飾的年輕小姐，」凱瑟琳從詹姆斯身邊將伊莎貝拉至一旁，低語道：「那是蒂爾尼先生的妹妹。」

「噢，天哪，眞的嗎？我來仔細瞧瞧她。多可愛的女孩啊，我從沒看過這麼美的女孩！話說她那無懈可擊的哥哥在哪裡，他在這裡嗎？如果是，快指給我看，我好想知道他的模樣。欸，莫蘭先生，你不許聽，我們可不是在討論你。」

「那這些悄悄話都在說些什麼？發生了什麼事？」

「好了，我就知道會這樣，你們男人的好奇心當眞是永無止境。噢，還總喜歡說我們女人好奇心過剩，我看才不是這樣。不過，你死心吧，我們什麼都不會說的。」

「你以爲，這樣我就會死心嗎？」

「哎呀，我得聲明，我從沒見過像你這樣的人。我們說些什麼，與你何干呢？也許我們是在討論你，我才奉勸你最好別聽，免得正好聽到不想聽的。」

此番無意義的閒扯鬥嘴持續了好一會兒，原本的主題像被遺忘得一乾二淨。讓話題中斷一會兒，凱瑟琳自是樂意得很，但她不免有點疑惑，伊莎貝拉先前迫不及待想見見蒂爾尼先生的那份心情何以完全不見了呢?當樂隊再度奏起新曲,詹姆斯正準備帶他的美麗舞伴離開時,伊莎貝拉拒絕了。

「莫蘭先生,我告訴你吧,」她喊道,「無論如何我都不會跟你走的。你怎能這麼煩人呢?親愛的凱瑟琳,你瞧你哥哥要我做出什麼事!他要我再和他一起跳舞,我可是跟他說過這樣的邀約非常不恰當,完全不合乎禮節。如果我們不另外找舞伴,會讓人說話的[1]。」

「我跟你說,」詹姆斯回應道,「在公開舞會上這麼做是常有的事。」

「胡說,你怎能這麼說呢?你們男人就是這樣,爲達目的什麼事都做得出來。我可愛的凱瑟琳,快幫幫我,說服你哥哥這是不可能的事。告訴他,你若眞見到我這麼做一定會很震驚的,可不是嗎?」

「不,我倒不至於震驚。但如果你認爲此舉不合禮節,最好還是換舞伴吧。」

「好了,」伊莎貝拉喊道,「你聽到你妹妹怎麼說的啦,而你並不打算從善如流是嗎?那好,到時如果惹來巴斯這些老太太們議論紛紛,記住那可不是我的錯。我最親愛的凱瑟琳,看在老天的份上,一起來跳舞,站在我身旁吧!」說完他倆隨即離去,重新加入原先那組群舞隊形。與此同時,約翰·索普也轉身離開,凱瑟琳立即快步走向艾倫太太和索普太太那邊,盼望蒂爾尼先生仍跟

1 在舞會上,一對沒有婚約關係的年輕男女若共舞超過兩支,是非常不合儀節的,旁人會因此認為他們已訂了婚。

她們在一塊兒，畢竟先前的邀請實在太教人受寵若驚又欣喜若狂，她很樂意再給蒂爾尼先生一次邀舞機會。但希望終究落空了，她這才意識到自己不該期待太多。

「哎呀，親愛的，」索普太太先開口，迫不及待地想稱讚她兒子，「我希望你今晚找到了個好舞伴。」

「是的，夫人，確實很好。」

「我眞高興聽到你這麼說。約翰身上就是有股迷人魅力，可不是？」

「親愛的，你遇到蒂爾尼先生了嗎？」艾倫太太問。

「沒呢，他去了哪裡？」

「他剛才一直和我們在一起，還說他厭煩了閒來晃去，決定離開去跳跳舞。我想他如果遇見你，也許會邀你跳舞，所以我剛剛才這麼問。」

「他去了哪裡呢？」凱瑟琳邊張望邊問，不一會兒便發現他正領著一名年輕小姐跳舞去了。

「哎呀，他找到舞伴了，眞希望他邀的是你。」艾倫太太道，沉默片刻隨即又說：「這年輕人還眞討人喜歡。」

「確實如此，艾倫太太。」索普太太十分滿意地微笑道，「儘管我是他母親，但我必須說這世上可找不到第二個這麼討人喜歡的年輕人。」

此種天外飛來一筆的反應，許多人聽了恐怕難以意會，艾倫太太卻再明曉不過。只見她思量一會兒後，低聲對凱瑟琳說：「我想，她八成以爲我在說她兒子吧。」

凱瑟琳的內心感到沮喪懊惱，只差一點點，她便不至於錯過近在眼前的那位紳士。陷入了低落心情的她，不免對稍後上前來的約翰．索普少了些好脾氣。只見他問道：「哎呀，莫蘭小姐，我想我們應該再一起跳支舞吧？」

「噢，不了，感謝你的盛情，我們剛剛才跳完兩支舞呢。而且我累了，不打算再跳舞了。」

「你不想跳舞？那我們來散散步，找些怪模怪樣的人來取笑。跟我來，我帶你去看看這屋子裡長得最奇怪的四個人，也就是我那兩個小妹還有她們的舞伴。這半個鐘頭以來，我一直在取笑他們尋開心呢！」

凱瑟琳再次婉拒了。約翰．索普最後只好自己去找他兩個妹妹，取笑對方一番。接下來的夜晚著實悶壞了凱瑟琳。中場休息的用茶時間，蒂爾尼先生被拉去他那位舞伴的小圈子裡；蒂爾尼小姐雖與凱瑟琳一行在一塊兒，兩人卻沒能坐得近些；詹姆斯和伊莎貝拉則興致高昂地忙著交談，這位索普小姐無暇顧及凱瑟琳之餘，只能對她報以一個微笑、一陣輕捏，或是喊聲「我最親愛的凱瑟琳」。

Chapter 9

第九章

這個夜晚過得很不順心，凱瑟琳逐漸心生不快。在宴會廳時，她先是對身旁所有人感到不滿，這份情緒隨即生出無比的困乏，讓她好想趕快回家。回到帕特尼街寓所後，困乏與疲憊轉爲極度飢餓，待撫慰完肚子後，她只想鑽上床去睡覺。至此所有煩惱沮喪宣告終結，因爲她已跌進夢鄉，接下來便是九個小時的充足睡眠[1]。翌日醒來，她重新找回了活力，神采飛揚，心中懷著全新希望和計畫。凱瑟琳內心的首要願望是與蒂爾尼小姐變得更熟稔，爲此她下了第一道決心，準備於上午前往泉廳。泉廳，所有初來乍到巴斯的人都會到此露臉。凱瑟琳已經發現這個地方挺適合挖掘女性的優點，易於促進女性情誼，也很適合分享祕密及無止盡地訴說悄悄話，這令她完全有理由相信自己能在泉廳裡結交到另一名閨中密友。

早上的計畫已然擬定，用完早餐後凱瑟琳便安安靜靜地坐下來閱讀，決定就這麼度過數個鐘頭的時光，直到下午一點。她習慣了艾倫太太不時會冒出些話來，也習慣了她經常的大驚小怪，這些事再也打擾不了她。

艾倫太太是那種心智和腦袋皆空的人，無法長篇大論地滔滔不絕，卻也絕非文靜之人，因此當她端坐著做些刺繡活兒時，像是碰上細針掉了、絲線斷了，或聽見馬車駛過街道，或瞥見袍服的一點汙漬，都會喊出聲來，無論身邊的人是否有空回應她。十二點半時，一陣響亮的敲門聲讓她慌忙趕至窗戶邊探看究竟。

艾倫太太還沒來得及知會凱瑟琳門前來了兩輛馬車（前面那一輛上面坐了個車夫，後面那一輛則坐著詹姆斯．莫蘭和索普小姐），約翰．索普便已經爬上了樓梯，大聲喊道：「莫蘭小姐，我來了，有沒有讓你等太久？我們之所以這麼遲，都怪馬夫那老傢伙，他光是找輛堪用的馬車便不知浪費了多少時間，我猜這車子出了大街後八成就會解體。艾倫太太，您一切可好？昨晚的舞會棒極了，您說是嗎？莫蘭小姐，來吧，動作快些，其他兩位不知催個什麼勁兒等不及要出發了，我看他們是等不及要翻車吧！」

「你在說些什麼？」凱瑟琳問，「你們要上哪兒去呢？」

「上哪兒去？哎，你該不會忘了我們有約吧！我們不是說好今天早上要駕車出去兜風嗎？瞧瞧你這什麼記性，我們要去克萊弗頓高地[2]啊。」

---

1 珍．奧斯汀又開了自己筆下女主角一個玩笑，凱瑟琳著實胃口奇佳、睡眠飽足，渾然不似一般哥德式小說女主角，她們總是對食物興趣缺缺，且經常失眠。

2 克萊弗頓高地（Claverton Down），位處巴斯東南方三哩處，彼時為鄉間地帶，今日則為巴斯城郊。關於約翰．索普所提的出遊地點，事實上前一日他說的是藍斯道山。

「我記得昨天的確說到『兜風』，」凱瑟琳一邊說，一邊朝艾倫太太望去，試著徵求她的意見。「但我真的沒想到你會來。」

「沒想到我會來！說得倒好聽。要是我真失約了，還不知該怎麼讓你別鬧呢！」

凱瑟琳的無聲求助同時間宣告徹底破滅，因爲艾倫太太從無向人使眼色的習慣，自然不會知道別人想跟她示意些什麼。當前坐著馬車出遊的光景，儘管凱瑟琳盼想再見到蒂爾尼小姐，但或許稍遲個一天碰面亦無妨。此外，她還想到，既然伊莎貝拉都可和詹姆斯一塊兒出遊了，那麼自己與索普先生同遊應該也沒什麼不妥才是。於是，她只好直接請示艾倫太太的意見。

「呃，夫人，您覺得呢？您同意放行我一或兩個鐘頭的時間嗎？我可以去嗎？」

「親愛的，你想怎麼做就做吧！」艾倫太太回應著，顯然不覺得未婚年輕男女共乘出遊有何不妥。凱瑟琳得到了允准，趕緊離開打點自己一番。她迅速在數分鐘之內準備妥當，艾倫太太才剛讚賞了索普先生的馬車，他們都還沒來得及多讚美凱瑟琳幾句呢。艾倫太太對凱瑟琳說了幾句臨別的祝福話，這對年輕男女隨即趕緊下樓。

爲了表示對兩人友誼的看重，上馬車前，凱瑟琳先趨前去向伊莎貝拉致意。

「我最親愛的小可人兒！」伊莎貝拉喊道，「我說啊，你這至少花了三個鐘頭時間準備吧，我眞擔心你是不是病了。昨晚的舞會眞開心，我有好多話要跟你說，但你還是趕緊先上車吧，我好想趕快出發呢！」

凱瑟琳遵從了指示，才剛轉身，便聽見伊莎貝拉大聲對詹姆斯喊道：「她眞是個討人喜歡的女孩，我愛死她了。」

「莫蘭小姐，我的馬匹起步時如果上下跳動個幾下，你可千萬別怕。」索普先生一邊攙扶凱瑟琳上車，一邊說道：「牠很可能會暴衝一兩下，也可能一時間僵在原地，但牠很快就會聽從主人的話。牠沒什麼壞毛病，就是渾身精力充沛，有時愛玩了些。」

此番對馬兒的描述令凱瑟琳大感不妙，不過現在想退縮已嫌太遲，更何況年輕如她怎可能輕易承認自己害怕。她決定順從命運的安排，並選擇相信這位自信有餘、滿腹馬經的主人，於是她一派冷靜地坐下，約翰．索普也隨即坐在身旁。一切已準備就緒，車夫站在馬首旁，聽那傲慢的聲音下達「啓程」指令，接下來他們便以再安靜不過的步履節奏平緩前行，沒有發生暴衝或猛跳情況，什麼都沒有。卸下了馬兒可能脫序的緊張心情，讓凱瑟琳開心不已，她帶著深爲意外的感激口吻大聲說自己好開心。她身旁的夥伴立即洋洋自得了起來，表示這完美的起步全得歸功於他小心謹愼地駕馭韁繩，以及敏銳靈巧的抽鞭技術。對於能被如此優秀的駕車手關照，她由衷感到幸運，只不過令她深感不解的是，既然他能如此完美地駕馭馬匹，爲何剛才還要搬出馬兒的怪癖嚇她，出於什麼原因讓他覺得有必要這麼做呢？她感覺馬兒持續穩健地向前行，連讓人爲之不快的一絲小小脫序亢奮都沒有；再考慮到這是一匹有著每小時跑十哩能耐的馬兒，無論如何都不會衝太快，否則便壞了應有的配速。此刻，就在這二月時節的某個溫暖宜人日子裡，凱瑟琳才眞正放心地沉醉於這趟活力滿

凱瑟琳坐在索普先生駕駛的馬車上，
按捺著一顆心擔憂馬兒暴衝猛跳，但幸好未發生此類狀況。

點的駕車出遊。

首次短暫交談過後，持續了好幾分鐘的靜默，意外被約翰．索普的某句話打破。「老艾倫有錢得不得了，對吧？」凱瑟琳不懂他在說些什麼，他解釋著，重複補充問道：「老艾倫，就是和你一道來巴斯的那位。」

「噢，你指的是艾倫先生。是的，我相信他非常富有。」

「他沒有孩子？一個也沒有？」

「沒有，確實沒有。」

「這對他的財產繼承人來說，再棒不過了。他是你的教父吧，可不是？」

「我的教父！不，他不是。」

「但你總是和他們在一塊兒。」

「是呢，的確很常。」

「好啊，我就是這意思。他應該是個不錯的老傢伙，我敢說他一定曾經沉溺在某種好日子裡，否則怎麼會患上痛風。現在，他每天喝一瓶酒嗎？」

「每天喝一瓶酒！才不呢，為何你會這麼想？他是個很節制的人，莫非你以為他昨晚喝醉了？」

「天哪！你們女人怎麼總把男人想得醉醺醺的，你該不會以為一瓶酒就能擊倒男人？我倒是確信，如果每個人每天都喝一瓶酒，這世界就不會像現在這樣烏煙瘴氣了，這對我們所有人來說是件再好不過的事。」

「我才不相信！」

「噢，天哪，這樣眞的能解救成千上萬的人呀！這個國家的酒喝得太少了，連百分之一的量都喝不到。我們這霧濛濛的天氣得靠酒精來解救。」

「爲何我聽說牛津那邊的人喝酒喝得很多呢？」

「牛津！我向你擔保，現在牛津沒人在喝酒了。那裡沒人在喝酒了，走在路上根本很難遇到酒量超過四品脫[3]的人。舉個公認的了不起例子來說，上一回我在自己宿舍舉辦派對，每個人平均灌了五品脫的酒，這件事被視作很不尋常呢。在牛津這種事可不常有，可以確信我這酒是酒中極品，一切得歸功於它。如此一來，應該能讓你對牛津那邊的一般酒量有點概念。」

「是的，是有點概念了。」凱瑟琳熱切地說，「這讓我知道，你們喝的酒比我想像中還多。不過，我想詹姆斯倒不至於喝上這麼多。」

此番話引來很大的反應，約翰．索普嚷叫出聲，說話時又是感嘆、又近乎咒罵一般，情緒激動得教人聽不清他究竟想表達些什麼。最後，只能讓凱瑟琳比先前更加確信，牛津那邊的人果眞喝酒喝得不少，並依然相信且開心自己的哥哥相對而言較有所節制。

這會兒，約翰．索普又把話題繞回「他的馬車有多好」這件事上，凱瑟琳只好配合地說些讚賞的話，像是馬兒前行時多麼精神奕奕且大無畏；馬兒步伐之悠閒自在，有如馬車本身一流的彈簧，讓馬車行進起來無比流暢。她只能附和他所有的自誇自讚，想搶話說或想把話說得更漂亮，是絕無可能之事。畢竟，他對這話題的一切知之甚詳，表達起來當然口若懸河，而她卻一無所知，自卑令她變得怯懦。她想不出任何有新意的讚美辭彙，只能飛快附和跟上他的見解，最後理所當然形成了這些共識——如果就同一款式馬車而言，他的馬車配備是全英國最齊全的，作工是最細緻的，馬匹是最能跑的，他自己則是最優秀的駕車手。一會兒後，凱瑟琳認為此事結論底定，便想為這個主題添點新意，於是大膽提問道：「索普先生，你先前提到詹姆斯他們坐的那輛單馬二輪馬車會解體，不是認真的吧？」

「解體！噢，天哪，你生平可曾見過這麼容易翻車的玩意兒？全車上下沒有一片堅固可靠的鐵造構件耶，輪子至少磨損了十年，至於車身，我說啊，很可能你輕輕一碰它就散成碎片。這真是我見過最搖搖晃晃、難以駕馭的馬車了，感謝老天，我們的車要好上太多。要我駕著那輛破車走兩哩，給我五萬英鎊也不幹。」

「天哪！」凱瑟琳驚恐地喊道，「我請求你，我們就此打住調頭吧，再往下走，他們一定會發生事故的。索普先生，請務必調頭，停車，告知我哥哥他們的馬車有多不安全。」

---

3 品脫（pint），英制容積計算，一品脫為〇・五六八公升。

「不安全！噢，天哪，那有什麼了不得的。馬車要眞解體了，他們頂多摔倒在地滾個幾圈而已，滿地都是泥土，正好可以摔個灰頭土臉，想必好玩極了。這種破車啊，只要找到個好駕駛，保證還能堪用二十年。給我五英鎊，我保證駕著它到約克再回來，兩趟路，一根釘子也不掉。」

凱瑟琳聽了十分錯愕，同一件事居然會有兩種如此極端的看法，她實在不知該作何看待。她從小到大沒接觸過這種漫天胡謅的人，也不知道性格過於自大者有多麼會胡說八道，而且扯謊連篇。她來自一個家教純樸又踏實的環境，鮮少有家人喜歡逞口舌之能，父親至多說些饒有意思的雙關語，母親則喜歡以諺語表達，但從不會用說謊來吹噓、凸顯自己，也從不會說些前後矛盾的話。約翰．索普這番話深深困惑了她好一會兒，好幾次她都想問明他話裡的眞正意味，不過她還是忍住了，因爲索普先生看起來不像思緒清晰、能把含義不明話語解釋清楚的人。她轉而又想及，索普先生應不可能讓自己妹妹和朋友身陷本可避免的危難之中，卻不出手相救。最後，她推斷他絕對清楚那輛馬車很安全，因而決定不再自己嚇自己。

約翰．索普這會兒似乎全忘了他剛才說的事，於接下來的談話中（確切的說法是自說自話），從頭到尾都在暢談自己，還有他熱中的一切事物。約翰．索普告訴凱瑟琳——他曾以很少的錢買下馬匹，又以不可置信的高價售出；賽馬時，他每每都能以精準的判斷力成功預言誰是冠軍馬；打獵時，儘管槍法並不十分神準，但打中的鳥禽總是比其他人加起來還多。他還詳述某次痛快打獵的一天——他帶上了幾隻獵狐犬，憑藉自己的先見之明及指揮狗兒的能力，彌補了某個經驗超級老到獵人犯下的諸多錯誤；此外，騎在馬背上的他是那麼勇敢無懼，遇到棘手情況也總能奮力沉著以對，是以自始至終從未落入任何危險境地，反倒令其他人吃足了苦頭。

面對不斷發出自大言論的索普先生，凱瑟琳感到厭煩極了，儘管她還未形成對人事物的自主判斷能力，也仍未確立對男性的普遍性看法，但她眞的不禁要問：這樣的男子眞的討人喜歡嗎？這是個很失禮的推論，畢竟他是伊莎貝拉的哥哥，而詹姆斯更肯定地說約翰·索普的言行甚受女性歡迎。即便如此，兩人出遊不到一小時，凱瑟琳已經對他生出無比反感，直至返回帕特尼街，這種厭惡情緒依然有增無減，甚至使她生出排拒其他人的看法，逕自質疑索普先生是否眞稱得上是萬人迷。

當他們回到艾倫太太的家門前，伊莎貝拉驚訝得幾乎說不出話來，她沒想到時間居然已經這麼晚了，如此一來可就無法跟凱瑟琳進屋裡去。

「超過三點鐘了！」——理智上全然不可想像、不可置信、根本不可能。她不相信自己的錶、哥哥的錶、馬夫的錶。旁人再怎麼根據事實說之以理她都不信，直到詹姆斯拿出他的錶加以確認，她才明白，再懷疑這個事實也是——全然不可想像、不可置信、根本不可能的。這會兒她只能一再堅稱，從未有兩個半小時的時光如此飛逝，還要凱瑟琳也附和認證。但即使是爲了討好伊莎貝拉，凱瑟琳也絕不願說謊，幸好伊莎貝拉並沒等著聽取答案，否則她若眞聽到凱瑟琳持著相反意見，可能會很難過吧。伊莎貝拉完全被自己的情緒所包圍，就在她發現勢必得直接回家之後，傷感之情更是達到了最高點。距離她上一次和最親愛的凱瑟琳談天，已是好久好久之前的事了，而她有好多好多話想跟凱瑟琳說。伊莎貝拉表現得一副永別似的模樣，臉上掛著最悲情的苦笑，眼底流洩出最苦澀的微笑，依依不捨地告別凱瑟琳後，才幽幽離去。

進到屋裡，凱瑟琳發現艾倫太太也煞有介事地忙了一早上，才剛回來不久。只見她立刻招呼著：「哎呀，親愛的，你回來啦！」對於出了這趟門，凱瑟琳後悔得連話都不想多說。

「兜風出遊還開心吧？」

「是的，夫人，謝謝您。今天天氣真是好極了。」

「索普太太也這麼說呢，她很高興你們都去了。」

「所以您和索普太太碰了面？」

「是呢，你才剛走，我就出發去了泉廳。我在那兒遇上她，閒聊了許多話。她說今天早上的市場居然沒有什麼小牛肉可買，這麼短缺還真是不尋常。」

「您還遇上了我們的其他熟人舊識嗎？」

「的確是呢，我們到皇家廣場繞了一圈，結果在那兒遇上休斯太太。蒂爾尼兄妹陪著她散步。」

「您真的遇到了他們？那他們有沒有跟你們攀談？」

「有的。我們一起沿著皇家廣場散步半個小時，他們兄妹看起來人非常好。蒂爾尼小姐穿了一套上頭有斑點圖案的漂亮細紗禮服，噢，就我來看，我想她走到哪兒都會穿得如此體面漂亮的。休斯太太跟我分享了很多有關蒂爾尼家的事。」

「那她都說了些什麼？」

「噢，實在太多了，她幾乎都在說蒂爾尼家的事。」

「她有沒有告訴你，他們來自格洛斯特郡的什麼地方？」

「有的，她說了，可我現在想不起來是哪裡。但他們的家世背景非常好，也非常富有。蒂爾尼夫人的娘家姓氏是德拉蒙，她和休斯太太以前是同窗。德拉蒙小姐擁有一筆龐大的財產，出嫁時她父親給了她兩萬英鎊，還給了五百英鎊置辦結婚禮服。那些禮服從店舖買回來後，休斯太太全看過了。」

「那麼蒂爾尼夫妻也在巴斯？」

「是的，我想他們也在這兒，但又不太確定。不過……我記得他們好像已經過世了，至少做母親的是。啊，是了，我確定蒂爾尼夫人已經離開人世。因爲休斯太太告訴我，蒂爾尼夫人有一套非常漂亮的珍珠首飾，那是她結婚當天父親送的禮物，現在首飾改爲蒂爾尼小姐所擁有，顯然是母親臨終前留給女兒的。」

「那麼，我的舞伴蒂爾尼先生，他是獨生子嗎？」

「親愛的，這一點我就不敢那麼肯定了。但我想他是的。休斯太太倒有說他是個非常優秀的年輕人，日後前途不可限量。」

凱瑟琳不再繼續追問下去，就她目前所聽到的，她心裡有數——艾倫太太所提供的消息都不甚確切，由此她格外惋惜自己錯失了與這對兄妹偶遇的機會。如果她能預見此種光景，說什麼她都不會和其他人一塊兒出遊。事到如今，凱瑟琳也只能悲嘆自己運氣欠佳、思量自己的損失，而最後的結論相當清楚明白，那就是這次的兜風一點都不開心，尤其約翰．索普根本就是個討厭鬼。

第十章

Chapter 10

當天晚上，艾倫夫婦、索普一家以及莫蘭兄妹全都齊聚於劇院。凱瑟琳和伊莎貝拉相鄰而坐，伊莎貝拉總算可以盡情吐露她倆歷經長久分離、內心一直憋著的許多許多話。

「噢，天哪，這不是我最親愛的凱瑟琳嘛，我們總算又聚在一塊兒了。」凱瑟琳一走進包廂正準備在她身旁坐下時，伊莎貝拉率先打了招呼。「莫蘭先生，從現在開始到今晚結束，」伊莎貝拉接著對坐在她另一側的詹姆斯說：「我是不會再和你說任何話的，所以你可別指望太多。我最親愛的凱瑟琳，你最近都好嗎？但我根本不需要問，因爲你看起來好極了。你的髮型又比之前更漂亮了，你這小淘氣是想迷倒所有人嗎？我確信我哥哥已經深深愛上你了，至於蒂爾尼先生，他肯定是爲了你而回到巴斯來，他的心意明澈如水，你就別害羞不敢承認了。噢，爲什麼我一直沒機會見到他呢，我實在等不及要見見他呀！我母親說他是這世上最可愛的年輕人了，你知道的，她今天早上見著他了，你一定要把他介紹給我呀！他現在人在這裡嗎？天哪，快四處張望一下，我確信要是見不到他，我會活不下去的。」

「沒有，」凱瑟琳回答，「他不在這兒，我到處都沒看見他。」

「還眞討厭，難道我永遠都無法認識他嗎？你喜歡我的禮服嗎？我想它看起來挺不錯的，袖子部分完全照我的意思設計。你知道嗎，我已經對巴斯感到很煩膩了。早上兜風的時候，我跟你哥哥都同意，在這裡住個幾星期當然非常棒，但我們絕不會想在這裡久待。我們很快發現彼此有志一同，都喜歡鄉間勝過其他任何地方。眞的，這眞是太荒謬了！我們的想法居然一模一樣，對每件事的看法都相同。啊，幸好你那時不在旁邊，否則你這淘氣的小東西不知會如何取笑我呢。」

「不，我絕不會這麼做。」

「噢，會的，你一定會，我比你自己還要瞭解你。你一定會說我和你哥哥簡直就是天造地設什麼的，這教我怎能不羞愧，我的臉頰準會漲得和你一樣紅潤。所以呢，絕對不能讓你在我們旁邊聽見這些話。」

「你這麼說對我眞是太不公平了，我無論如何都不可能說出如此失禮的話。而且，我確定自己從沒想過這些事。」

伊莎貝拉露出一臉狐疑微笑，隨後一整晚都在跟詹姆斯說話。

凱瑟琳想再見到蒂爾尼小姐的決心直到翌日早上依舊不減，即使到了準備出發至泉廳之前，她仍擔憂是否會發生第二次的突發事件阻撓。但沒有任何事情發生，沒有不請自來的訪客耽誤他們，三人準時動身前往目的地，到了泉廳後，便一如往常地各自活動或與朋友閒談。艾倫先生喝過一杯水後，隨即加入幾位紳士談論時政，比較一下各自於報紙上看到的報導及其觀點如何；女士們則一起在廳內散步，留意著每張新面孔，甚至連這些面孔頂上的新帽飾也難逃審度眼光。索普家的女性成員在詹姆斯．莫蘭的護送下，十五分鐘內也於擁擠的人群中現身。凱瑟琳立刻走上前去，習慣性地來到伊莎貝拉的一側，詹姆斯也繼續如影隨形般，站到伊莎貝拉的另一側，兄妹倆中間夾著他們共同的朋友。三人如此散步了一會兒，直至凱瑟琳意識到他們三人看似同伴，另外兩位卻沒怎麼搭理她，不禁令她懷疑這樣是否能稱之爲愉快的散步。那兩位一直不自覺發出許多快活笑聲，總是輕聲細語或親密討論、或開心爭論些什麼，即使凱瑟琳不時被其中一個徵求意見，倒也很難發表高見，因爲她根本一個字都聽不見。

最後，凱瑟琳找到一個得以脫身的理由，她說自己務必向蒂爾尼小姐打聲招呼。看見蒂爾尼小姐與休斯太太一塊兒走進泉廳，凱瑟琳喜不自勝，隨即上前加入她們。拜前一天的沮喪之情所賜，她的勇氣受到了激發，下定決心要與她們變得更加熟稔。蒂爾尼小姐十分客氣地以禮相待，更以同樣的溫煦友善回應凱瑟琳的友好示意，之後兩人便一直熱絡地交談到離開泉廳前一刻。儘管每年此時於巴斯的泉廳，如同這兩位年輕女孩之間的談話與表達交流之光景屢見不鮮，不知有多少人也曾如此侃侃而談，然她倆交談時散發出的那份眞誠無僞、全無自大浮誇的美德，卻是殊爲難得。

談話快結束時，凱瑟琳突然天眞可愛地說了句：「你哥哥的舞跳得眞好！」

這話立即令蒂爾尼小姐爲之一震，並且逗樂了她。

「你是說亨利！」她微笑答道，「是的，他的舞跳得好極了。」

「那天晚上他應該感到很奇怪吧，明明我說已經有了舞伴，卻依然留在座位上。但那一整天我的確都和索普先生有約了。」

蒂爾尼小姐只能點點頭回應。短暫沉默之後，凱瑟琳又補充道：「不過，那天再度見到你哥哥，令我感覺好驚訝，我本來確信他已經離開巴斯了呢。」

「亨利有幸結識你的那當時，只在巴斯待了幾天，他先來幫我們預訂居所。」

「我怎麼從沒想到是如此呢，難怪到處都見不著他，還以爲他準是離開了。星期一晚上和他一起跳舞的那位女士是史密斯小姐嗎？」

「是的，那是休斯太太的一位熟人舊識。」

「我想她一定很開心能夠跳舞吧。你覺得她長得漂亮嗎？」

「不是非常漂亮。」

「我想，他從不到泉廳來，是嗎？」

「不是的，他有時候會來，但今天早上他和我父親騎馬出去了。」

這時休斯太太過來找她們，詢問蒂爾尼小姐是否已準備要離開。

「我希望很快就能再次見到你，」凱瑟琳說，「你們會參加明天的方舞[1]舞會嗎？」

---

1 方舞（Cotillion），一種源自法國的鄉村舞曲，約於一七七〇年傳至英國。群舞隊形非常優雅，原本呈正方形隊列，但英國人為因應大型宴會的廳場地限制，將之改成長條形隊列。

凱瑟琳從蒂爾尼小姐口中得知，
蒂爾尼先生今早跟著父親騎馬外出而沒去泉廳。

「我們也許……會的，我想我們一定會參加。」

「眞是太好了，因爲我們也都會去。」凱瑟琳同樣回之以禮，兩人隨後各自分開。蒂爾尼小姐對這位新朋友的心思已有幾分瞭解，而凱瑟琳卻渾然不知自己已然透露出些許情感。

凱瑟琳喜孜孜地回到家。今天早上她實現了所有願望，而明天晚上也有快樂的事可期待，眼下她最關心的是屆時該穿哪一套禮服、該戴什麼樣的頭飾。她其實不該在意這些事，畢竟於任何時代，服裝都是最枝微末節的產物，過分講究只會抹滅它原本存在的目的。對此，凱瑟琳知之甚詳，因爲去年聖誕節她才讓姑婆給訓斥了一頓。然而星期三的夜晚，她還是在床上清醒地躺了十分鐘，思索自己究竟該穿那套斑點圖案或另一套繡花圖案的紗質禮服。若非時間窘迫，她絕對會爲了即將到來的夜晚另行購入一套新禮服。但這種思考是錯的，犯了很常見的大錯，且只能讓男人而非女人（像是藉由哥哥這類角色而非姑婆）來有效提點她，畢竟只有男人才知道男人對「禮服新不新穎」這種事其實是無感的。倘若女人知道男人對她們身上的服裝是否昂貴、簇新根本毫不在意，對她們選了何種質地的細紗布根本沒意見，對帶斑點的、帶花草圖案的、十分輕柔或稍稍沒那麼輕柔的各式觸感細紗布根本無從辨認起，一定會感到十分痛心！女人穿得美麗只是爲了讓自己開心。男人對服裝的期待只著重在整齊與時髦，除此之外並不懂得欣賞其他更細緻之處；女人則一向不樂見其他女人裝扮得比自己還美，看到人家穿得越破舊、越難看，她們心裡越樂。但凱瑟琳內心依舊沉著平穩，絲毫不受這些頭頭是道的論調煩擾。

星期四晚間踏入社交堂時，她的心情和星期一有了天壤之別。那時她還頗興奮自己受邀爲約翰．索普的舞伴，如今她卻只想躲避他，以防他又邀請自己做舞伴。儘管不敢奢望蒂爾尼先生會第三度向自己邀舞，但她仍一心一意、把一切盤算都專注在這件事情上，別無他想。值此關鍵時刻，相信所有年輕女孩都會理解我的女主角，因爲她們的內心也曾經歷過同樣的煩擾與不安——每個年輕女孩都曾經（或至少自以爲）陷入急於擺脫被某人追求的危險，也都曾經渴望自己喜歡的人能對她示意。

索普家的人很快便加入了他們，凱瑟琳的苦惱於焉開始。要是約翰．索普眞走向她，她必定坐立難安，因此她盡可能躲避他的視線，當他與自己說話時更是假裝沒聽見。方舞舞曲跳完了，接著是鄉村圓舞曲[2]，卻依舊不見蒂爾尼家的人。

「我親愛的凱瑟琳，你可別嚇到，」伊莎貝拉低語道，「我和你哥哥眞的又要去跳舞了。我完全明白這聽了實在教人驚訝，我告訴他，他眞該爲自己感到羞恥，但你和約翰可務必要站在我們這一邊唷！快來跳舞，我親愛的可人兒，來加入我們嘛。約翰剛走開了，不過他很快就會回來的。」

伊莎貝拉和詹姆斯二人轉即離去，凱瑟琳來不及、也沒有心情回應。而約翰．索普仍舊在視線範圍內，她覺得一切都完蛋了。但她並不想表現出一副在注意他或期待他的樣子，於是低頭將注意

2 鄉村圓舞曲，一對對男女跳舞時呈兩排、面對面地跳，舞姿與隊形優雅，適合於舞會中跳。

力放在自己的扇子上，並設想在此洶湧人群中能和蒂爾尼家的人於適當時間點碰面，可她卻不禁爲這一閃而過的念頭譴責自己的愚蠢。就在此時，凱瑟琳赫然發現蒂爾尼先生本人正對她說話，再次向她邀舞。不難想像，她是如何眼睛爲之一亮地欣然接受他的邀請，又是如何愉悅地帶著一顆怦然跳動的心跟著他朝群舞隊形走去。就在她剛自以爲勉勉強強逃離了約翰．索普後，轉瞬間蒂爾尼先生便走上前來與她說話、邀她跳舞，好似一直刻意在尋找她一般。啊，她覺得此生從不曾這麼幸福過。

他們好不容易不受打擾，於隊形之中找到了立足的位子，下一秒凱瑟琳卻發現約翰．索普已然站到自己背後，找她說話。

「嘿，莫蘭小姐，」他說，「你這是什麼意思？我還以爲我們要一起跳舞。」

「我不懂你爲何這麼想，因爲你並沒有邀請我啊！」

「天哪，還眞是會說話。我一進廳裡就邀請你了，並準備邀你第二次，沒想到才一轉身，你人就不見了。你這伎倆還眞卑劣可惡。我來這裡就是爲了和你跳舞，而且我堅信自己星期一便和你約好了。對啦，我記得是你在大廳等著領取斗篷時邀請你的。我剛剛還在這裡告訴所有的朋友，說我今晚要跟全社交堂最漂亮的女孩跳舞，可一旦他們看見你和別人跳舞，肯定會狠狠地挖苦我。」

「噢，不會的。他們聽了你說要和『全社交堂最漂亮的女孩跳舞』之後，絕不會聯想到那是我。」

「我的老天，如果他們不這麼認爲，我就把這些蠢蛋通通踢到外頭去。是哪個傢伙約了你跳舞？」凱瑟琳回應了他的好奇。「蒂爾尼，」他重複唸道，「噢，這人我不認識，但他體格倒不錯，臉蛋也好看。他缺馬匹嗎？我有個叫做山姆．佛萊奇的朋友，他有匹適合任何人的馬要賣，很靈巧的一匹馬，非常適合代步，只賣四十幾尼，我自己也非常想買。我生平有個座右銘是『遇到好馬當即買』，只可惜這馬不適合我，牠沒法用在打獵上。若是眞正優秀的獵馬，無論多少錢我都願意買下。我現在有三匹，我敢打賭都是最好的，就是給我八百幾尼也不賣。我那朋友佛萊奇跟我，我們打算在萊斯特郡[3]買棟屋子，準備下個打獵季時使用，因爲那地方的旅店實在糟糕透頂，住起來太不舒服了。」

這是約翰．索普所能煩擾凱瑟琳的最後一句話，他立即被一整列隨隊形變換而來的女士們擠了開去。此時蒂爾尼先生亦正好踩著舞步湊上前來，說：「剛才那位紳士若是再多纏著你半分鐘，我就要忍耐不住了。他沒有權利使我的舞伴分心。今天晚上的這段時間裡，我們兩人等同簽下共享愉悅的契約，雙方所有的歡欣愉悅只屬於彼此。要是有第三人引走我倆其中一位的注意力，勢必會損及另一位的權益。在我看來，這一首鄉村圓舞曲象徵著婚姻，秉持忠貞和以禮相待是兩造最重要的義務；至於那些不打算跳舞或結婚的男性，自然沒有權利去干擾別人的舞伴或伴侶。」

3 萊斯特郡（Leicestershire），位處英格蘭中部，喜歡狩獵的紳士多於冬天打獵季節前往，有能力者往往會租屋或是買一幢房子做為居住之用。

「跳舞和結婚分明是截然不同的兩件事！」

「所以你認爲它們不能相提並論。」

「這是自然。結了婚的兩人永不分離，且得共同扶持家庭。但一起跳舞的兩個人，只不過是置身於一間長型的屋子裡，在彼此面前站上半個鐘頭。」

「這便是你爲婚姻和跳舞下的定義！若從這個觀點看，它們當然不太像，但我認爲兩者可以如此看待。你得承認，在這兩件事情裡，男人握有選擇的優勢，女人只有拒絕的權利，而且這兩件事自是有好處的，所以男人和女人才願意簽訂契約共享。一旦開始遵行契約，兩人便只能屬於彼此，直至契約解除那一刻。兩人的義務是『必須盡最大努力讓對方沒有理由後悔自己的終身抉擇』，因此最好的作法便是，莫對另一半以外的其他人心存不切實際的完美想像，或是莫幻想自己和其他人在一起會更幸福。這些你都同意嗎？」

「是的，沒有錯。照你的想法所述，這一切聽起來自然合理。但這兩件事畢竟是非常不同呢，我仍舊無法與你持相同觀點看待，也無法認同兩者之間有著必須加以遵守的相同義務。」

「確實，從某方面來看，兩者之間的確存在差異。在婚姻中，男人應該照顧妻子的生計，女人應該爲丈夫打理家庭；他負責供給，她給予笑顏。不過在跳舞時，他們則徹底交換義務：他以禮相待，她配備扇子和薰衣草香水。我想你之所以認爲兩者無法相提並論，應該是由於這類權利義務方面的分別吧。」

「不，眞的不是，我從未這樣去思考。」

「那麼我就不明白了。但有件事我必須提出，你的性格還眞教人擔心，你居然全盤否定兩者在義務方面確有相似之處，這使我不得不猜想，跳舞時應盡的義務對你而言，是否並不如我所期盼的那麼嚴謹？若眞是如此，難道我不該擔心：假設剛才與你說話的那位紳士又再返回，或者有其他紳士想和你談話，只要你想這麼做，便沒有什麼能阻止你與他們交談？」

「索普先生是我哥哥所結識的一個非常特別的友人，如果他來找我說話，我自然得再次回應他。但包括他在內，這廳裡我所認識的年輕紳士還不到三位呢。」

「哎，哎，難道這就是我唯一的保障？」

「不僅如此，我確信這就是你最好的保障。因爲我若不認識任何人，便不可能跟別人說話，況且，我也不想和其他人說話。」

「現在你總算給了我值得擁有的保證，讓我生出了勇氣繼續往下說。你現在是否如同我上回請教你的那樣，依然喜歡巴斯呢？」

「是的，非常——而且更喜歡了。」

「更喜歡了!當心哪，適可而止，以免由愛生厭。你大約在六個星期結束後便會生厭。」

「即使讓我待上六個月，我也不認爲自己會厭倦這裡。」

「和倫敦相比，巴斯實在顯得不夠多元。年年來這兒報到的人往往有此感受：『待上六個星期，我承認巴斯樂趣多多；一旦超過，它就變成世界上最讓人煩悶的地方。』任何一個每年冬天都來、並將六個星期的假期延長爲十或十二週，但最後仍因受不了這裡而離開的人，都可能會這麼告訴你。」

「噢，每個人一定都有他們各自的想法，而那些經常往倫敦去的人自然認爲巴斯沒什麼好的。對我這樣一個住在鄉間偏遠小村的人而言，絕不可能認爲巴斯會比我的家鄉無趣。在這裡，一整天下來有好多娛樂活動及好多事情等著我去看、去參與，但在我的家鄉不可能有這一切。」

「所以你並不喜歡鄉下？」

「不，我很喜歡，我在那兒住了一輩子，無時無刻不感到快樂。只是，鄉間生活比起巴斯生活確實無聊得多，鄉間生活每天都一個樣呢。」

「但在鄉下，你的日子會過得更理性些。」

「是這樣嗎？」

「難道你不是？」

「我不認爲有太大的差別。」

「可你在這裡每天都只是玩樂罷了。」

「我在家鄉又何嘗不是呢，差別只是那裡好玩的娛樂活動不比這裡多。我在這裡四處漫步，在家鄉也同樣閒晃著，我在這兒路上總能看到各式各樣的人，但在家鄉我只能去拜訪艾倫太太。」

蒂爾尼先生著實被逗樂了。

「只能去拜訪艾倫太太！」他重複著，「還眞是令人難以想像的無趣！不過這次當你重歸那深淵，就有許多東西可說了。你可以分享有關巴斯的事，以及你在這兒都做了些什麼。」

「哎呀，的確是的。這樣一來，我就不用擔心和艾倫太太或其他人談天時，沒有話題可說了。我眞的認爲回到家之後，我應該會老把巴斯掛在嘴邊吧——啊，我是這麼的喜歡它。要是能讓爸爸媽媽，還有其他家人也一起來巴斯渡假，我想一定非常棒！像這次我大哥詹姆斯也來了，教人多開心哩！尤其，和我往來密切的那一家人，哥哥居然早已與他們熟識。哎呀，這教人如何能厭煩巴斯？」

「像你這般能從尋常事物之中挖掘新意的人，自然不會對巴斯感到厭煩。但在那些最常造訪巴斯的人裡頭，並不乏別人作伴的父母、兄弟、好友，可是隨著他們見多了這裡的宴會、戲劇、每日光景，昔日那份最初的欣喜之情早已煙消雲散。」

他們的對話至此結束，舞蹈的進行已然來到需要全神貫注、不容分心的階段。

很快地，他們變換到了縱列隊形的末端，凱瑟琳隨即發現，有位紳士站在她舞伴後方的圍觀賓客之中，正熱切地注視著自己；此人生得俊逸非凡、威嚴感十足，儘管已不再年輕瀟灑，卻神采依舊。接著便看見他親密地與蒂爾尼先生低語交談些什麼，只是一雙眼睛仍舊盯著她看。凱瑟琳被他看得有些心慌，擔心起自己的外表舉止是否哪兒不合宜，不自覺臉紅了起來，趕緊撇過頭去。此時那名紳士剛好離開，她的舞伴則湊近前來，說：「我想你一定在猜測，那人剛剛問了我什麼。那位紳士知道你的名字，你自然也有權利知道他的名字——他是蒂爾尼將軍，我的父親。」

凱瑟琳只應了一聲「唔」，但這聲「唔」足以回答一切——代表她聽見了自己舞伴所說的話，並徹底爲之信服。這激起了她的由衷關注和強烈孺慕之情，目光不由得跟隨人群中的那位將軍移動，並在心底暗自說了句：「多好看的一家人啊！」

舞會結束前，持續與蒂爾尼小姐聊天的她，內心油然升起了一股嶄新的幸福感。自從來到巴斯，凱瑟琳至今一直沒機會前往附近城郊散步。蒂爾尼小姐對附近所有著名景點如數家珍，介紹得無比生動，令凱瑟琳著實想去一探究竟。她隨即直率地說，擔心無人可以陪自己一塊兒前往，這對兄妹便提議找一天上午陪她去走走。

「太好了，」她喊道，「這眞是太棒了。不如別推遲，我們明天就去吧！」

三人欣然同意，蒂爾尼小姐提了個「得不下雨才行」的但書，凱瑟琳則一逕地說絕不會下。如此約好了翌日十二點鐘，他們前去帕特尼街找她。「記得喔，十二點鐘！」——這是她當晚與新朋友分開時所說的最後一句話。至於她的另一位朋友，她的老朋友，也就是那位她已結識了兩週、忠實且重要的朋友伊莎貝拉，卻一整晚不見人影。儘管凱瑟琳很想與摯友分享快樂的心情，但仍欣然順從艾倫先生要提早帶她們離開的提議。

回家的路上，人力轎子起伏晃動，她的心情也隨之快樂地晃舞著。

第十一章

Chapter 11

翌日早上，天空灰撲撲的，太陽只稍稍露了一下臉，凱瑟琳認爲這是極好的預兆。她想，這個時節的早晨若是天空明亮，通常代表之後會覆上雨幕，而陰灰的早晨則預示了天氣會轉好。她請求艾倫先生證實自己的期盼，但由於他身上沒有氣壓晴雨計，便無法肯定會出現陽光。凱瑟琳轉而徵詢艾倫太太，她的看法則肯定得多——「毫無疑問，假如烏雲散去、太陽出來，這絕對會是天氣晴朗的一天。」

然而約莫十一點鐘時，凱瑟琳警覺地留意到窗戶上落了幾滴雨，她隨即沮喪不已地說：「哎呀，我猜就要下雨了。」

「我就知道會下雨。」艾倫太太說。

「我今天沒法散步了，」凱瑟琳不勝嘆息，「但或許雨勢並不至於眞的落下，也或許即使下雨也會在十二點鐘前停住。」

「或許是吧，親愛的，但到時候路上會變得非常泥濘。」

「噢，那倒沒關係，我從不介意泥濘。」

「是啊，」艾倫太太一派平靜地說，「我知道你從不介意泥濘。」

短暫沉默了一陣，凱瑟琳立於窗邊觀察，又開口說道：「雨越下越急了！」

「雨的確越下越急了。如果繼續下，街道會變得非常潮濕。」

「已經有四把傘撐起來了。眞討厭看到有人撐傘！」

「帶傘出門眞的很麻煩。任何時候我都寧願坐人力轎子。」

「早晨原本看起來天氣還不錯，我一直以爲不會下雨呢！」

「任何人都會這樣以爲的。如果一整個早上都下雨，就沒什麼人會到泉廳去了。我希望艾倫先生出門前能穿上他的大衣，可惜我想他不會穿，他最討厭穿大衣出門了。我眞納悶他爲何這麼討厭大衣，穿起來應該很舒適才對呀。」

雨依舊不停地下，雨勢很急，但不猛烈。凱瑟琳每隔五分鐘就去看一下時鐘，每次走回來都嚷著，要是再繼續下五分鐘的雨，她便要放棄今天的散步。時鐘敲響了十二點，雨仍繼續下著。

「親愛的，你今天散不成步了。」

「我還沒完全絕望呢，除非已經十二點十五分了。到那個時候天氣應該會轉晴，我感覺現在天空看起來明亮了點。哎，已經十二點二十分了，我該徹底放棄了。哎，如果我們這兒能像《烏多夫堡祕辛》裡的天氣就好了，至少也要跟托斯卡尼或法國南部一樣。啊，艾蜜莉的可憐父親聖奧賓先生死去那個夜晚，天氣多麼好啊！」

就在凱瑟琳不再焦慮地關注天氣變化，不認為即使天氣轉好能改變任何現狀時，十二點三十分，天空兀自轉晴。她意外發現了一縷陽光，查看一下四周，見烏雲正漸散去，隨即奔回窗邊認眞關切這令人滿意的天氣變化。十分鐘後，已能確定將有個明亮的下午，也證實了「總認為這天氣一定會轉好」的艾倫太太看法。但凱瑟琳是否還能期待朋友們的到來，是否能期待蒂爾尼小姐不在意大雨過後的一片濕濘，依舊願意貿然外出，仍是個疑問。

外面實在太泥濘了，艾倫太太並不願隨丈夫一同前往泉廳，艾倫先生只好獨自出門。才剛見艾倫先生上了街，凱瑟琳立即發現前幾天早上那兩輛載著同樣三名成員、令她大感意外的敞篷馬車，居然又映入了眼簾。

「我知道一定是伊莎貝拉、我哥哥以及索普先生，他們可能是來找我的。不過我不該去，眞的不能去！您知道的，蒂爾尼小姐還是有可能來找我。」艾倫太太也如此認為。

約翰·索普果然很快上了樓，他人未到聲先到，當即喊道：「快點！快點！」一邊開門一邊說，「快戴上你的帽子，沒時間磨蹭了，我們要去布里斯托。您一切可好，艾倫太太？」

「去布里斯托？那不是很遠嗎？而且，我今天不能跟你們去，我有約了，我的幾個朋友隨時會抵達。」可以想見，此理由立即受到高聲駁斥，約翰·索普還請艾倫太太幫忙附和，另兩位剛進屋裡來的同伴也出聲助勢。

「我最親愛的凱瑟琳，這不是很教人開心嗎？這一定會是最棒的兜風之旅，你得感謝你哥哥和我出的這主意。我們是吃早餐時突發奇想的，而且我十分確信是同一時間想到。都怪這場討人厭的雨，讓我們遲了兩個鐘頭才出發。但沒關係，即使耽擱至晚間也有明亮的月光，我們絕對會玩得很開心的。噢，一想到可以稍稍享受鄉間的寧靜氣息，便教人備感興奮，這比去舊社交堂好玩多了。我們會直奔克里夫頓，在那裡吃午餐，用完餐若還有時間，就去京斯威斯頓[1]。」

「我不確定我們真能去這麼多地方。」詹姆斯說。

「你這烏鴉嘴！」約翰．索普喊道，「再去上十個景點也成。何止京斯威斯頓，就是到布萊茲城堡[2]，以及其他任何聽過的地方也沒問題。可是你妹妹卻說她不去。」

「布萊茲城堡！」凱瑟琳喊道，「那是哪裡？」

「那是全英國最美的地方，任何時候都值得跑上五十哩路去瞧瞧。」

「什麼，那是座真正的城堡，古老的城堡？」

「是這個國家裡最古老的一座城堡。」

「但是它像書裡寫的那樣嗎？」

「那當然，一模一樣。」

「真的有塔樓和長長的迴廊嗎？」

「有好幾十處。」

「那麼我想去看看，可是不，不能，我不能去。」

「不能去！我最親愛的可人兒，你這話是什麼意思呢？」

「我不能去是因爲——」凱瑟琳低著頭說，怕伊莎貝拉笑她，「我在等蒂爾尼小姐和她哥哥來找我，我們要去城郊散步。他們答應十二點鐘過來，不巧剛剛在下雨，但這會兒天氣已經轉好，我想他們馬上就會到的。」

「他們不會來的，」約翰·索普喊道，「因爲剛剛轉進布洛德街時，我看到他們了——他是不是駕著一輛雙馬四輪馬車，馬匹是亮栗子色的？」

「我實在不清楚。」

「是啦，我知道那是他，我看到他了。就是昨晚和你跳舞的那個人，可不是？」

「是的。」

「噢，當時我看見他駕車駛上了藍斯道路，車上還載著一個漂亮女孩。」

---

1 布里斯托（Bristol），位於巴斯西北方十一哩處的一座港口城市。克里夫頓（Clifton），位於布里斯托西面二哩處的一座城鎮，意即距離巴斯十三哩遠。京斯威斯頓（Kingsweston），位於布里斯托西面更遠的四哩處。一向愛說大話的約翰·索普，絲毫沒考慮到這幾個地點一處比一處更遠，做為當日來回出遊計畫委實不可行。

2 布萊茲城堡（Blaize Castle），位在布里斯托城郊、近亨伯里（Henbury）鎮，按約翰·索普的規畫，他預計這是一趟來回四十哩的當日出遊。然而這座城堡絕非如凱瑟琳所想像，它不過是座建於一七六六年的仿城堡式小建築，與英國最古老的城堡絲毫沾不上邊。

「你是說眞的嗎？」

「我可沒騙你。我一看見他就想起他是誰啦，看來他也擁有幾匹漂亮的馬。」

「這太奇怪了！但我想他們準是覺得路上太泥濘，不便步行。」

「的確可能，我從沒見過這麼泥濘的路面。散步！我看簡直比登天還難吧！整個冬天以來還沒這麼濕濘過，放眼望去，泥水足足淹到腳踝這麼高。」

「我最親愛的凱瑟琳，外面絕對髒得出乎你所能想像。來吧，你非得和我們去，這會兒你可沒理由說不去了！」伊莎貝拉也證實地附和道。

「我是眞的很想去城堡開開眼界，但我們眞的可以到處都看嗎？眞的可以踏上每一道台階，走進每個房間？」

「是的，是的，還包括每處地牢和角落。」

「可是……如果他們兄妹只是出門一個鐘頭，然後等路上變得乾些就來找我呢？」

「放心吧，這絕對沒可能，因爲我聽見蒂爾尼對一個正好騎馬經過的人喊道，說他們要到威克岩[3]去。」

「那麼我跟你們去。艾倫太太，我可以去嗎？」

「親愛的，你想去就去吧。」

「艾倫太太，你得說服她去才行。」眾人一致喊著。艾倫太太於是幫襯著說：「欸，親愛的，我想你該一塊兒去。」

兩分鐘後，一行人出發了。

坐上馬車時，凱瑟琳的心情毋寧是擺盪的，她為錯失了愉悅散步感到遺憾，但也為即將降臨的快樂滿懷期盼，不同的快樂，卻同樣令人盼望。她不懂蒂爾尼兄妹何以如此對她，不知會一聲就這麼輕易失約。眼下距離他們約好散步的時間不過遲了一個小時，儘管她已聽說這一個小時裡淤積了不可計數的泥濘，光就她自己的觀察而言，她認為還是可以去散步，沒有那麼不便啊！如此受人怠慢令她感到極為難受。另一方面，能去探索布萊茲城堡這樣一座彷彿書中烏多夫城堡那般可觀的建築物，也是頗令人開心的，這或許是撫慰她內心的最好補償吧。

他們很快地駛出帕特尼街，穿越了羅拉廣場，其間並沒有什麼交談。約翰·索普對馬吆喝，凱瑟琳則不斷於「破碎的諾言和破敗的拱廊」、「似幻的雙馬四輪馬車和似假的駭人帷幕」、「蒂爾尼兄妹和機關暗門」數個念頭間交替思索著。就在行經亞凱爾住宅區時，她才從約翰·索普的一句話回過神來。

「那個女孩是誰呀，她剛剛經過我們時為何一直盯著你看？」

「誰？在哪兒？」

---

3 威克岩（Wick Rocks），位於巴斯北部城郊約四哩處，到此玩賞會是比較可行的一日遊規畫。

「就在右手邊的人行道，這會兒應該看不見她了。」

凱瑟琳轉頭望去，看見蒂爾尼小姐正挽著兄長的手臂緩緩走著，兩人此時也一起回頭望著她。

「停下來，停下來，索普先生。」她著急地喊道，「那是蒂爾尼小姐，千眞萬確。你方才怎能告訴我說他們出城了？停下來，快停下來，我現在就下車去追他們。」但此番請求又有何用？約翰・索普反倒用力抽鞭，讓馬跑得更快[4]。蒂爾尼兄妹不再回頭看她，在羅拉廣場的轉角失去了蹤影，而再下一秒鐘，凱瑟琳發現自己已飛快來到了市集廣場。儘管如此，進入另一條街後，她依舊懇請他停下馬車。

「我請求你，請你停下來，索普先生。我不能再往前走了，我必須回去找蒂爾尼小姐。」約翰・索普卻大聲笑著，快馬加鞭，還發出奇怪的聲響，依然故我地行駛著。

凱瑟琳又惱又怒，但苦於無法脫身，只得屈服地放棄了這個念頭。然而，她嘴上的指摘卻沒停過：「索普先生，你怎能這樣欺騙我？你怎能說看見他們駕車往藍斯道路去呢，否則我說什麼也不會一起來的。他們一定會覺得我這人居然如此無禮，連從他們身旁經過也不打聲招呼！你不知道我有多生氣，弄成這樣，即使去了克里夫頓或其他任何地方，我都不會開心的。我寧願、一萬個寧願下車，自己走回去找他們。你怎能說看見他們駕著一輛雙馬四輪馬車出城了呢？」約翰・索普卻振

---

4 女主角遭到綁架擄走，是十八世紀末期小說的標準場景。

發現蒂爾尼兄妹身影才知受騙的凱瑟琳，
趕緊請求索普先生勒馬停車。

振有辭地爲自己辯護，說他從未看過兩個模樣如此相似的人，還堅稱那個人就是蒂爾尼先生。

即便這個話題結束，他們這趟兜風也不可能多愉快。凱瑟琳不再像上回兜風時那麼客氣有禮，她勉爲其難地聽他說話，回答一概很短促。布萊茲城堡成了她唯一的撫慰，只有它能令她間或感到一絲絲興奮。然而，與錯失約定的散步相比，尤其與因此在蒂爾尼兄妹心中留下壞印象相比，凱瑟琳還是寧願放棄所有能在城堡中探尋到的樂趣——像是走進一整排挑高幽深的房間，看見裡面廢棄的豪華傢俱風采依舊；在逼仄曲折的地窖行走，倏然爲一道低矮的鐵柵門擋住了前行去路；或甚至是他們手中的提燈，絕無僅有的一盞提燈，被一陣突來的強風吹滅，令所有人陷入一片絕然漆黑之中。與此同時，現實中的他們仍持續著旅程，沒有任何不幸發生，肯翔鎭[5]近在眼前。一直跟隨在後的詹姆斯突然喊了一聲，約翰·索普當即勒停馬匹，想知道究竟發生了什麼事。

詹姆斯和伊莎貝拉湊上前來，詹姆斯說：「索普，我們最好還是回去吧，今天時間太晚了，不宜再往下走，你妹妹和我都這麼認爲。我們從帕特尼街出發至今已經一個小時，才走了七哩路多一些，我猜，我們至少還有八哩要走。我們到不了的，畢竟太晚出發了。我們最好改天再去，現在就調轉回頭吧。」

「隨便怎樣我都不在乎。」約翰·索普回答，顯得頗生氣。他立即調轉馬頭，一行人準備返回巴斯。

「如果你哥哥駕馭的不是那匹該死的畜牲，」不一會兒，他又開口說道：「我們可能已經到達了。如果放手讓我的馬盡可能地跑，肯定不出一個鐘頭就會到克里夫頓啦。都是爲了配合那匹該死駑馬的速度，害我得一直用力拉緊轠繩，扯得我手臂都快斷了。詹姆斯眞是個蠢蛋，爲什麼不自己買匹馬，再弄輛二輪馬車呀？」

「不，他可不是蠢蛋，」凱瑟琳激動地說，「因爲我知道他買不起。」

「他爲什麼會買不起？」

「因爲他沒有那麼多錢。」

「那要怪誰？」

「我看不出有誰可以怪罪。」

約翰·索普隨即以一貫雜無頭緒的說話方式，大聲嚷著——好個該死的小氣鬼，如果連這種錢多到用不完的人都買不起，他還眞不知道有誰可以。這些話究竟所指爲何，凱瑟琳完全不想弄懂。她換來了雙重沮喪，連錯失散步之憾的撫慰憑藉這會兒也不可得了。她越來越不高興，也越發不在乎索普先生開不開心。返回帕特尼街的一路上，她幾乎沒說幾句話。

一進屋子，男僕便告訴凱瑟琳，就在她出門後沒幾分鐘，有位紳士和小姐前來找她。他告訴他們，她和索普先生出去了，那位小姐便問是否有留任何口信，他回說沒有；後來那位小姐摸索著身

---

5 肯翔鎮（Keynsham），位於巴斯西北方八哩處的一座小鎮。

上，想留張卡片，但發現自己沒隨身攜帶，便離開了。凱瑟琳緩緩地走上樓去，一邊反覆思索這一連串教人心碎的訊息。上了樓，見到艾倫先生，便告訴他一行人提早返回的原因。聽完之後，他說：「我很高興你哥哥能如此當機立斷，也很高興你回來了。這實在是個荒唐無比的出遊計畫。」

稍後，所有人一起聚在索普家共度夜晚時光，凱瑟琳這廂顯得心煩意亂且若有旁騖。伊莎貝拉則和詹姆斯一起搭檔玩投機牌戲[6]，她似乎覺得這份快樂與置身克里夫頓旅店享受寧靜鄉間氣息乃是不相上下的，更不止一次滿意地說，還好沒去舊社交堂消磨一整晚。

「我眞同情去了那兒的可憐人，我多慶幸沒加入他們。我好納悶那裡是否眞開得成舞會，他們根本還沒開始跳舞吧！無論如何我是絕不會去的。夜晚有時自己在家度過也很愉快，不是嗎？我想那裡的舞會絕不可能辦得多成功，像我知道米契爾家就不可能去。我眞可憐那些去了舊社交堂的人。但莫蘭先生，我猜，你一定很想去吧？我確定你一定很想去。那請便，可別讓在場的人礙著了你！我想沒有你，我們照樣能玩得痛快，你們男人老以爲自己有多重要似的。」

傷心的凱瑟琳，實在很想譴責伊莎貝拉對自己居然如此缺乏同理心，她簡直視凱瑟琳的心情於無物，就連安慰的話也說得極不恰當。

「我最親愛的可人兒，別再那麼失魂落魄了，」伊莎貝拉低聲說道，「看你這樣，我也很傷心呢！的確，這整件事實在糟透了，要怪就怪蒂爾尼兄妹，誰教他們不更準時點呢？的確，路上是很泥濘，但這有什麼大不了的呀，我確信約翰和我絕不會在意這種小事。爲了朋友，我什麼事都願意去做，這就是我的個性，約翰也是如此，他就是這麼重情義的人。天哪，瞧瞧你拿得這一手漂亮的好牌，全是老K呢！我這輩子從沒這麼開心過，能看到你拿一手好牌，簡直比我自己拿到還要開心不知多少倍。」

接下來，我可能該讓我的女主角離場，開始她的孤枕難眠了，唯有整晚翻來覆去、淚濕衾枕，才是貨眞價實女主角該有的命運。往後三個月之內，假如能擁有一晚的好眠，想必她已覺得萬幸。

---

6 投機牌戲（Commerce），類似撲克牌，可三至十二人玩，賭金小額。兩人一組，莊家與玩家搭檔，可互相買賣或交換自己手中的王牌，待最後揭曉誰持有的王牌最大，就可贏走所有賭金。

Chapter 12

第十二章

「艾倫太太，」翌日早上，凱瑟琳問道：「我今天想去拜訪蒂爾尼小姐，這樣做妥不妥當呢？但若沒向她將一切解釋清楚，我是不可能安心的。」

「親愛的，去吧，儘管去吧。不過記得穿上白色禮服，蒂爾尼小姐總是穿著白色服裝的。」

凱瑟琳愉快地聽從了建議，將自己打點妥當後，便迫不及待地前往泉廳探問蒂爾尼將軍寓所的確切位址，因爲她雖然知道他們住在米爾森街，卻無法肯定是哪一幢居所，艾倫太太搖擺不決的答案只令她更加混淆。當得知蒂爾尼家的寓所確實位於米爾森街，並確認了門牌號碼之後，凱瑟琳隨即踩著熱切的腳步、提著一顆懸宕的心快步趕往，打算登門拜訪，解釋自己的行爲，進而請求諒解。她輕快地穿越教堂廣場，目光直視前方，一逕向前走去，她極爲肯定親愛的伊莎貝拉一家人就在附近的某間店鋪裡，但此刻她唯恐看見，避之不及。

凱瑟琳順利地來到蒂爾尼家寓所前，看了看門牌號碼，敲了門，說自己想找蒂爾尼小姐。男僕表示他相信蒂爾尼小姐應該在家，但不十分確定，便請她報上芳名，於是她遞出自己的名片。幾分鐘後，男僕去而復返，帶著一臉言不由衷的表情說原來是他弄錯了，蒂爾尼小姐已經出了門。凱瑟琳只得極其困窘地紅著臉離開。她幾乎可以肯定蒂爾尼小姐其實在家，只因對她前一天的失約深感冒犯而不願請自己入內。她退回大街上，忍不住抬眼望向樓上客廳的窗戶，期盼看見蒂爾尼小姐的身影，但窗邊沒有人。走到路的盡頭，凱瑟琳又再次回首，仍不見有人站在窗邊，卻見到蒂爾尼小姐從大門邁出，有位紳士跟在她背後，凱瑟琳相信那是她父親。他們逕往艾德格住宅區的方向前去。凱瑟琳帶著深深的羞辱感繼續往前走。對於蒂爾尼小姐此種出於氣憤而明顯失禮的舉措，她幾乎就快惱怒起來，但隨即便止住忿恨之情，只因她猛然意識到自己其實不那麼通曉人情世事——凱瑟琳不清楚她先帶給人家的這份冒犯，就一般社交往來的常規而言，應被視爲多麼無禮、多麼不可饒恕，當然也就不清楚她因而受到的「無禮相待」能否算是合情合理。

凱瑟琳感到既沮喪又卑微，她甚至想，今晚別和其他人去劇院好了。但必須坦承的是，這種想法並未持續太久，她很快便想起，首先她找不到藉口可以待在家裡，再者今晚的那齣戲是她一直熱切想看的。於是他們一行全都來到了劇院，卻不見令她歡喜令她悲的蒂爾尼一家現身。凱瑟琳心想，這近乎完美的一家人很可能不愛看戲吧，然或許是因爲他們較偏愛倫敦的戲劇表演，畢竟她曾聽伊莎貝拉說過，倫敦以外其他地方上演的戲劇「簡直糟透了」。她對這齣戲的期待果然沒有落空，這齣喜劇太好看了，簡直教她忘卻煩憂；若仔細觀察她欣賞前四幕的神情，想必猜想不到她正爲心事煩擾。但第五幕一開始，她突然看見蒂爾尼先生和他父親加入了自己對面包廂的一群人，所有焦慮煩憂重上心頭，舞台上的演出再無法帶來純粹的歡樂，她再也不能全神貫注地繼續看戲。每看一眼舞台，下一秒她便不自覺地望向對面包廂，如此交替著注意力。整整兩個場景的演出，她都這麼注視著蒂爾尼先生，但沒有一次能與他四目相對。他是如此入迷，在這兩場戲之中絲毫未曾見他移開過目光，誰還能懷疑他對戲劇毫無興趣呢？最後，他還是望見了她，並朝她微微頷首——居然只是頷首致意，不帶笑意，且未多注視她一會兒，很快便將目光轉回舞台上。凱瑟琳內心痛苦難當，她恨不得立刻走向他所在的包廂，逼使他聽取她的解釋。她流露出的情感是如此眞摯，急於找機會解釋清楚事情的起因，勇於承擔起所有源自她行爲不當（至少看來是如此）而招致的種種羞辱。只是，凱瑟琳的反應全然不具備做爲一名女主角該有的特質。當此情況，女主角往往會認爲折辱她尊嚴的全是些欲加之罪，繼而採取傲慢姿態來裝無辜；像是男主角對她的心跡存有疑慮，她因而感到忿然，讓他焦頭爛額地忙找機會求她表明意向，而且爲了讓他清楚知道自己先前做錯了，還刻意迴避他的目光或故意與其他人調情。

演出結束，布幕落下，蒂爾尼先生已經不在座位上，但他的父親仍端坐著，也許亨利・蒂爾尼正朝她們的包廂而來也說不定呢！她猜對了，幾分鐘後，他順利穿過一排排逐漸空出的座位走了過來，一派沉著有禮地向艾倫太太和她打招呼。不過凱瑟琳可無法像他那麼沉著，她回應道：「噢，蒂爾尼先生，我十分希望能和你說說話，致上我的歉意。我想你一定認爲我很失禮，但這件事眞的不是我的錯，您說是嗎，艾倫太太？全是他們告訴我『蒂爾尼先生和他妹妹駕著一輛雙馬四輪馬車外出了』，我又能怎麼辦呢？我寧願跟你們出去勝過跟他們在一起，您說是嗎，艾倫太太？」

「親愛的，你弄亂我的禮服了。」艾倫太太如此回答。

儘管沒能得到幫襯，凱瑟琳這番力圖澄清所幸沒有白費。蒂爾尼先生的臉上浮現出更多自然眞誠的笑意，卻依舊故作冷淡地回應著：「說起來我們仍非常感激你，至少我們在亞凱爾街與你錯身而過時，你還十分親切地特意回頭看，祝福我們散步愉快。」

「可是我眞的沒有祝你們散步愉快，我從沒飄過半絲這樣的念頭呢！我一看到你們，便急急懇請索普先生停車，您說是嗎，艾倫太太？唔，您當時並不在場。但我的確一直懇求他。當時只要他停下來，我就會立刻躍下馬車前去追上你們的。」

究竟有哪個亨利聽見如此的宣告，還能無動於衷呢？至少蒂爾尼先生被打動了。這會兒他帶著更加親切的笑容，訴說了他妹妹對這件事如何掛心、遺憾以及絕對信賴凱瑟琳的爲人。

「噢，請別說蒂爾尼小姐沒生我的氣。」凱瑟琳喊道，「我知道她的確生氣了，因爲今天早上登門拜訪時，她不肯見我。我才剛離開，下一分鐘就見到她走出了屋子。我覺得很受傷，不過卻不因此感到受辱。或許你並不知道我早上到過府上吧。」

「我那時不在家，但事後聽愛琳諾提起過，而她一直很想見你，向你解釋之所以如此失禮的原因。或許由我來說明也無甚分別。事情只不過是因爲當時家父和她正準備出門散步，由於他趕時間，不喜歡被耽擱，所以才要僕人回覆愛琳諾不在家。我向你保證，這就是事情的經過。愛琳諾對此感到很煩擾，一直想盡快找機會向你致歉。」

凱瑟琳聽後心情著實輕鬆不少，但仍有些芥蒂放不下，便心直口快地問了一個無比直率的問題，頗讓面前這位紳士難堪。

「可是，蒂爾尼先生，你為何不像你妹妹那般寬宏大量呢？如果她都能如此信賴我的眞心眞意，並將這件事純粹視作誤會，那你又為什麼要這麼容易動怒呢？」

「我！動怒？」

「難道不是嗎，你臉上的表情說明了一切。我很確定，你走進對面的包廂時，明顯是在生氣。」

「我在生氣？我有什麼資格生氣！」

「任何人看見你的表情都會如是想的。」

他未正面回答，倒是要她挪個座位給自己，開始與她談論今晚這齣戲。

蒂爾尼先生在她們身邊坐了一會兒，他當眞太討人喜歡，直到他離去，凱瑟琳仍覺意猶未盡。然而分別之前，對於一直還未履行的散步計畫，他們都有共識應該盡速出發。撇開捨不得他離開她們所在包廂這件傷心事不談，總的來說，凱瑟琳現在可是全天下最快樂的人了。

不過當他倆方才談話之際，凱瑟琳驚訝地留意到，那位從不可能在屋裡同一位置好好待上十分鐘的約翰·索普，居然在和蒂爾尼將軍交談；更讓人訝異的是，她隱隱感覺到自己成了他們談話與注意的焦點。他們都談論有關她的什麼呢？凱瑟琳擔心蒂爾尼將軍不喜歡她的容貌，認為他不願把自己散步時間推遲幾分鐘好讓女兒與她見個面，這正暗示了一切。

「索普先生如何會認識令尊呢？」她一邊向蒂爾尼先生指了指對面，一邊焦慮地詢問著。他僅回答自己並不清楚，但他父親確實如同所有軍人那樣交遊廣闊。

散場時，約翰．索普特地過來陪同她們步出劇院，凱瑟琳自然是他獻殷勤的對象。當他們一塊兒在大廳等候人力轎子時，凱瑟琳打從心底想詢問個究竟，但話才到舌尖便被他搶先，他以一貫自負的口吻問她是否看見了他與蒂爾尼將軍交談，隨即又自問自答起來。

「我說啊，他真是個體面的老傢伙，強壯又有活力，看起來跟他兒子一般年輕。我向你保證，這個人真是讓人想不敬重都難，他是那種紳士派頭十足，又平易近人的傢伙。」

「但你怎麼會認識他呢？」

「怎麼會認識他？整個倫敦我不認識的人可沒幾個。我一天到晚都在文人政客愛去的那間貝德福咖啡館遇見他，所以今天他一走進撞球室我就認出他來啦。對了，他也是這裡數一數二的撞球高手。我們一起打了一會兒的球，剛開始我還有點怕他，如果不是我打出了舉世無雙最俐落的一記球，他八成能贏我。總之，我擊中了他的目標球，哎呀，這裡沒有球檯，沒法跟你說明清楚，反正結論就是我擊敗他了。這傢伙非常不賴，有錢得不得了。真想和他一起吃頓飯，我敢說他置辦的晚宴肯定再棒不過。你可曉得我們都在談論些什麼？談論你，真的，一點也沒錯，將軍還誇你是全巴斯最漂亮的女孩！」

「噢，胡說，你怎能這麼說呀？」

「結果你猜我怎麼回應他，」約翰．索普壓低了聲音，「我說：『將軍，您這話完全正確，我非常贊成您的看法。』」

同樣出於對自己容貌的讚賞，凱瑟琳聽了約翰．索普的恭維後，竟不比得知蒂爾尼將軍的讚美之辭還開心。這會兒艾倫先生來喚她離開，她也絲毫不覺有何值得留戀的遺憾可言。但約翰．索普不僅陪著她走到人力轎子，甚至直到她坐進了轎子，仍不停地送上讚美她容貌的殷勤巧語，罔顧凱瑟琳一再懇請他別再說了。

凱瑟琳得知蒂爾尼將軍並不討厭她，反倒頗讚賞她，爲此雀躍不已。她不禁欣喜地想著，如此一來，便不用擔心這一家人有誰會令她望而生懼了。這個夜晚居然有了如此多的收穫，實令她始料未及。

約翰·索普猛獻殷勤，直到凱瑟琳坐進人力轎子
仍不停誇賞她的美麗。

Chapter 13

第十三章

星期一、星期二、星期三、星期四、星期五、星期六都在各位讀者的眼前閃逝而過。每一天都發生了不少事，這其中有希望也有擔憂，有屈辱也有歡愉，且都已鉅細靡遺地分別陳述，如今只剩下星期天的精神折磨還沒敘述，說完便可以結束這一週。

一行人前往克里夫頓的計畫只是暫被擱置，並未被否決，因而這個下午在皇家廣場散步時，出遊計畫又再次被提了出來。伊莎貝拉和詹姆斯私下討論著此事，伊莎貝拉無論如何是決意要去的，詹姆斯自是急於附和討好她，他們遂商妥只要翌日天氣晴朗，一行人便出發前往，早早動身最好，才不至於返家太遲。此出遊計畫顯然已定，約翰．索普也認可，凱瑟琳只剩被告知的份。她離開了他們幾分鐘，前去向蒂爾尼小姐打聲招呼，在這短短的空檔中計畫便已定下，她一回來便立即被要求附議。伊莎貝拉原以為凱瑟琳必定會開心地默許同意，沒想到她竟面色嚴肅地說非常抱歉，她不能去。前一次，她本來就與人家有約在先，卻因加入他們的出遊計畫而失了約，這回的出遊她無論如何都不能作陪，因為她方才和蒂爾尼小姐說定，明天就去完成先前已約好的散步，這場約會已經確認了，無論出於何等原因她都不可能取消。但索普兄妹聽了，竟立刻急嚷著要她必須、且應該取消散步之約，說他們明天絕對要去克里夫頓，少了她可不成——不過是散個步嘛，遲一天再去哪有差別；而且他們不希望被她拒絕。凱瑟琳感到很痛苦，卻堅決不改其志地回應道：「伊莎貝拉，別再勸我了。我已經和蒂爾尼小姐有約了，不能和你們去。」但她的堅持無效，又再次受到同樣的論調砲轟——她一定得去，她必須去，他們不希望被她拒絕。

「事情很容易辦的，只要告訴蒂爾尼小姐，你乍然想起還有一個更早之前訂下的約會，所以必須懇請她將散步之約推遲到星期二。」

「不，這一點也不容易，我是不會這麼做的，因爲根本就沒有什麼更早之前訂下的約會。」只見伊莎貝拉越來越苦苦相逼，無比溫柔地嬌喊著凱瑟琳的名字，試圖以柔情攻勢打動她。伊莎貝拉說道，她很確信最親愛、最可愛的凱瑟琳不會那麼狠心拒絕一個愛自己如此之深的朋友所提出的小小請求；她知道親愛的凱瑟琳心地最善良、脾氣最好了，只要是鍾愛的人有求於自己，都會無條件樂意答應。但一切仍舊徒勞，凱瑟琳認爲自己的堅持完全有理，儘管內心深受這百般柔情討好懇求的折磨，她依然不爲所動。伊莎貝拉於是換了個方法說服，她斥責凱瑟琳居然偏向才剛結識不久的蒂爾尼小姐，重視之情甚至超過身邊這些最要好的老朋友，總而言之，是指凱瑟琳對她變得冷淡至極。

「凱瑟琳，這教我怎能不嫉妒呢。我是這麼地喜愛你，而你卻爲了一個外人忽略我！我是那種一旦投入了感情，任誰也別想讓我改變心意的人。是啊，我相信我的情感比任何人來得更強烈，我確信它們濃烈得使我的內心一直難以平靜下來；我承認正是這個原因，讓我眼睜睜看著一個外人取代了你對我的友情，而不能不感到心如刀割。蒂爾尼兄妹的出現簡直呑噬了所有的一切。」

凱瑟琳認爲此番指責既不可思議又刻薄有餘。做爲一個朋友，難道有權以如此不客氣的方式吐露自己的心跡？她覺得伊莎貝拉的心胸非常狹窄又自私，任何事都得順她的意才滿足。這份縈繞於心的想法著實教人不舒服，但她什麼都沒說。與此同時，伊莎貝拉已經執起手帕拭起淚來。詹姆斯見此光景不禁爲之心疼，忍不住開口說：「別吧，凱瑟琳，我想你最好別再這麼堅持了。這又不是什麼很大的犧牲。如果你還是想拒絕，不願答應朋友的請求，就連我也要認爲你不合群了。」

這是哥哥第一次在公開場合偏袒別人，凱瑟琳唯恐惹得他不快，於是提出了一個折衷辦法：如果他們一行能將出遊計畫延至星期二，這對眾人來說應是輕而易舉且不需取決於外人，那麼她當然就可以一起去，如此便能讓所有人都滿意。身邊卻立刻傳來這樣的回應：「不、不、不，這不可行，約翰說不定星期二得去倫敦一趟呢！」既然如此，凱瑟琳也無能爲力，只能感到遺憾了。

接下來陷入了一陣短暫沉默，最後由伊莎貝拉打破，她語帶冷淡，含怒地說：「那好，這次的出遊活動就此告吹。因爲如果凱瑟琳不去，我也不去，我不可能單獨和其他男性出遊。無論如何，我都不可能做出此等有害名聲的事情來。」

「凱瑟琳，你得去。」詹姆斯說。

「索普先生爲什麼不能載其他的妹妹一道出遊呢？我想她們會很樂意出去兜風的。」

「還眞是謝謝你啊，」約翰．索普喊道，「但我到巴斯來可不是爲了載自己的妹妹到處閒逛，像個傻瓜似的。絕對不行，如果你不去，我去簡直成了傻子。我去只是爲了載你兜風。」

「這種恭維，我聽了一點也不開心。」

約翰．索普沒聽見凱瑟琳所說的話，他很突然地轉身離開了。

其他三人依舊待在一塊兒，可憐的凱瑟琳就這麼在極不舒服的氣氛下散著步，有時一片靜默沒人說話，有時又被懇求與指責的話語交相轟炸。儘管兩顆心正在交戰，但她和伊莎貝拉依然手挽著手前行。上一刻她才剛爲之軟化、變得溫柔，下一刻又被激怒，她的心情不停受到折磨，態度卻是一貫堅定。

「凱瑟琳，我沒想到你是這麼固執的人。」詹姆斯說，「你以前哪是這麼難說話的個性啊，在所有妹妹之中，你曾經是最親切溫和的一位。」

「我希望自己仍是。」她由衷地回應著，「但我眞的不能去，即便我錯了，我也認爲我是在做對的決定。」

「我想，」伊莎貝拉低聲地說，「這件事沒什麼好掙扎的吧。」

凱瑟琳眞的生氣了，她抽回自己的手臂，伊莎貝拉也沒表示異議。如此經過了漫長的十分鐘，直到約翰．索普返回。只見他滿臉輕鬆愉快地朝他們走來，說：「好啦，事情全辦妥當了，明天我們大夥兒可以安心出遊去啦。我剛剛去找了蒂爾尼小姐，幫你致上歉意。」

「告訴我，你沒眞的去找她！」凱瑟琳喊道。

「我發誓我去找過她了，這會兒才剛從她那兒回來。我告訴她，是你要我幫忙送口信的，說你這才想起明天要和我們一塊兒去克里夫頓，那是更早之前訂下的一個約會，因此只好推遲與她的散步之旅，改延至星期二。她說如此安排很好，星期二對她而言同樣方便。瞧，這麼一來我們的難題便解決了。嘿，我這急中生智的點子還不賴吧！」

伊莎貝拉的臉龐再度堆滿笑容，心情明顯轉好，令詹姆斯也再度開心了起來。

「這個主意眞是太棒了！親愛的凱瑟琳，這會兒我們所有的苦惱都解決了。你已經不失顏面地解除了約會，我們一定能擁有一次最愉快的出遊。」

「這絕對不可以。」凱瑟琳說，「我不能接受這種做法。我得趕緊追上蒂爾尼小姐，告訴她實情。」

但伊莎貝拉抓住了她的一隻手，約翰．索普見狀也抓住了另一隻，就連詹姆斯也很生氣，三人一起死命勸阻她前去。畢竟眼下所有事情都已安排妥當，蒂爾尼小姐那邊也說散步延至星期二對她同樣方便，此時若再要推翻，實在太可笑、太莫名其妙了。

「我不在乎。索普先生沒有權利無中生有這樣一道口信。如果我認爲推遲散步之約是對的，那我會親自告訴蒂爾尼小姐，不勞駕他人。索普先生這麼做是非常失禮的舉動，而且我怎麼知道他是如何……總之，也許他的表達方式會讓人誤解也說不定。星期五那天就是因爲他出了錯，才導致我的行爲失禮。索普先生，放開我。伊莎貝拉，別拉著我。」

約翰·索普告訴她，現在去追蒂爾尼兄妹已經來不及啦，他方才追上他們時，他們正要轉進布拉克街，這會兒應該到家了。

「即便這樣我也還是要追上去，」凱瑟琳說，「無論他們在哪兒我都要去追。再怎麼勸我也沒用。我認爲是錯的事情，誰都沒辦法勸我去做，更不消說是被拐騙去做了。」說完便掙脫雙手，匆忙離去。約翰·索普原本還想追上前去制止，卻被詹姆斯攔住道：「由她去吧。要是她真這麼想去，就由她去吧。」

「她還眞是固執得像頭——」約翰·索普沒把這句比喻說完，畢竟實在不怎麼文雅。

凱瑟琳離開時內心激動不安，她盡可能快速地穿越人群，唯恐被追上，但即便如此她仍要堅持到底。她一邊走，一邊思索著剛才發生的一切。她覺得很煩擾，畢竟是她令朋友們如此失望，甚至生氣，尤其更觸怒了自己的兄長。然而，她並不後悔自己的堅決反抗。撇開她個人眞正的心之所向不談，光是又一次對蒂爾尼小姐失約（何況這第二次的約定，還是她自己在五分鐘前主動去找人家確定下來的），而且是以謊話做爲託辭，這再怎麼想都是絕對錯誤的事。她反抗自己的朋友和哥哥並非出於自私、只想滿足自己的念頭，若眞是這樣，那麼爲了能親眼看看布萊茲城堡，她只需改變心意加入兜風出遊計畫便可。但她絕不能這麼做，她必須考量自己已和別人訂下了約會，倘若再次失約反悔，別人將會如何看待她這個人呢。她相信自己的信念是對的，但還不足以強大到能令她恢

凱瑟琳拚命擺脫索普兄妹和詹姆斯的阻攔，
急欲跑去向蒂爾尼小姐解釋。

復內心的平靜，除非她眞能和蒂爾尼小姐說上話，否則她是無法安心的。離開皇家廣場後，她加快了自己的腳步，接下來這一段路她幾乎都在奔跑，直到瞧見米爾森街爲止。

儘管蒂爾尼兄妹早已走在前頭遠處，幸好凱瑟琳追得甚急，因此在他們進屋的一剎那，她看見了這對兄妹的身影。這會兒僕人仍站在門邊，還未將大門關上，她簡單地說了聲自己一定要和蒂爾尼小姐說句話，便急忙越過他，逕自上樓而去。隨即，她推開眼前第一道門，誤打誤撞找對了廳室，很快便發現自己進到人家的客廳，廳裡坐著蒂爾尼將軍以及他的兒子、女兒。她立即開始解釋一切，但由於情緒過於激動和一整路跑得上氣不接下氣，她的解釋實在讓人很難聽懂，簡直話不成篇。

「我急急忙忙跑來——這全然是個誤會——我從未答應要去——我從一開始就告訴他們我不去——我急忙跑來解釋這一切——我不在乎你們會如何看待我——我等不及讓僕人先進來通報——」

雖然凱瑟琳說明得七零八落，但整件事令人困惑之處總算很快解釋開來。凱瑟琳發現約翰．索普的確傳遞了假口信。蒂爾尼小姐直率地坦承她聽到那時不禁爲之一驚，至於蒂爾尼先生當時聽了，是否比自己妹妹更感氣憤，那就不得而知了。然而凱瑟琳這番及時憑直覺而爲的自我辯白，既是對妹妹，也是對哥哥而說。無論在她趕來之前這對兄妹對她作何感想，至少這番急匆匆的熱切宣言已讓人從她臉上的每個神情、口中說出的每句話，感受到滿載著友善的眞心實意。

事情順利地解決了，蒂爾尼小姐趕緊爲父親引見凱瑟琳這位新朋友。凱瑟琳受到蒂爾尼將軍友善熱情的禮貌相迎之際，驀然想起索普先生曾向她透露的事，內心稍見愉快，認爲此人有時還是值得信賴的。蒂爾尼將軍很看重她的來訪，殷勤地招呼著，甚至不管當時其實是她貿然闖進屋子，仍一逕對僕人生氣，不滿他怠慢了小姐，還讓她自己推門走進屋裡來。「威廉這是怎麼了？他應該要好好問清客人來意。」若非凱瑟琳極力護言威廉是無辜的，威廉很可能會因爲任由凱瑟琳闖進屋來而丟了工作，或從此失去主人的信任。

和蒂爾尼一家一塊兒坐了十五分鐘後，凱瑟琳準備起身告辭[1]，而令她驚喜萬分的是，蒂爾尼將軍居然問她是否肯賞光留下來一起用餐，並陪伴他女兒度過這一天接下來的時光。蒂爾尼小姐也如此盼望著。凱瑟琳十分感激這番盛情，卻不能貿然答應，因爲艾倫夫婦正在等她回家。蒂爾尼將軍表示，既然是艾倫夫婦的意思，他也不便再多挽留，但他相信，改天若是提早告知他們，艾倫夫婦定會准許她來陪伴自己女兒的。「噢，那是當然，我很確定他們不會反對，而我也很樂意能夠前來造訪。」蒂爾尼將軍親自送她到樓下的大門，下樓時他連連美言，稱讚她步履輕盈，就像她跳舞時那麼靈巧。分別之際，他還向她深深一鞠躬，那是她生平所見最優雅的行禮。

凱瑟琳對事情的所有進展感到歡喜，一路上喜不自勝地踩著輕盈的腳步（是的，她很確定自己是輕盈的，儘管以前從未如此想過），往帕特尼街的方向走去。她回到家，沒再見到惹人心煩的那幾位。眼下，她真的好高興，不僅順利將想法闡明，也確保了散步之約無虞。不過隨著興奮之情逐漸平復，她不禁又開始懷疑這麼做真的對嗎？犧牲奉獻總是高尚的，如果她接受了大夥兒的懇求而讓步，這會兒便不需去承擔惹朋友不快、教哥哥生氣的苦惱，並自責壞了他們出遊享樂的計畫。爲了讓自己除下心中包袱，她決定向立場清明的局外人尋求意見，想確認自己所作所爲是否得體。她找了個適當的機會，向艾倫先生提起她哥哥與索普兄妹計畫翌日要出遊的事。艾倫先生一聽，立刻聽出了端倪。

「嗯，」他說，「那麼你也要一起去嗎？」

「沒有。在他們告知出遊計畫之前，我先和蒂爾尼小姐約好要去散步了，所以您知道的，我不該和他們一起去，可不是嗎？」

「不可以，當然不該去。我很高興你沒打算一起去。這種出遊計畫實在不成體統。年輕男女共乘敞篷馬車到鄉下兜風閒晃，偶爾爲之倒挺不錯，但若是一塊兒前往旅店和公共場所，那怎麼可以！我很納悶索普太太竟會同意。眞高興你沒想著要一塊兒去，我很確定莫蘭太太不會高興你這麼做的。艾倫太太，你同不同意我說的呢？你難道不認爲這種出遊計畫很不妥嗎？」

「是啊，的確很不妥。搭敞篷馬車多髒啊，一套乾乾淨淨的禮服不到五分鐘就弄髒了，不僅上下馬車時會濺得一身塵土飛泥，風勢還會將你的頭髮和帽飾吹得胡亂紛飛。我個人是很不喜歡敞篷馬車的。」

---

1 彼時，前往別人府上造訪，至多待十五分鐘，是最為有禮的拜訪儀節。

「我知道你不喜歡敞篷馬車，但這並非問題所在。年輕女孩讓毫無婚約關係的年輕男子經常載著坐馬車四處兜風遊逛，你不認爲這種行爲十分不得體嗎？」

「是啊，親愛的，那的確十分不得體。我完全不想看到這種場面呢！」

「親愛的夫人，」凱瑟琳喊道，「您之前何以不這麼告訴我？我很確定如果知道這麼做十分不得體，我是絕不會和索普先生一起出去的。倘若您認爲我有什麼做錯的地方，那麼我誠摯希望您能隨時提醒我。」

「親愛的，我當然會這麼做，你大可以放心。就如同我在臨別前告訴莫蘭太太的，我會永遠盡我所能地爲你設想一切。但有時也不宜把你勒得太緊、過分挑剔，就像你那有智慧的母親曾說過的，年輕人終究是年輕人啊。你知道的，我們剛來巴斯的時候，我不是要你別買那套花草圖案的紗質晚禮服，但你還是買了呀。年輕人可不喜歡永遠被人勸阻。」

「但這次這件事可說至關重要，而且我自認不是那種會讓您覺得難以勸阻的個性。」

「這件事就到此爲止吧，幸好沒眞的造成什麼遺憾。」最後，艾倫先生開口說道：「親愛的，我只想給你一個忠告，別再和索普先生一塊兒出遊了。」

「這也正是我想說的呢！」艾倫太太補充道。

凱瑟琳總算放寬了心，卻又有些擔心伊莎貝拉。沉思默想片刻之後，她開口請問艾倫先生，如果她好意寫信給索普小姐解釋如此率爾出遊有失禮節，不知道是否恰當，畢竟索普小姐也可能和她一樣並未意識到這麼做很不得體。凱瑟琳仔細想過，即便發生了先前的不愉快，伊莎貝拉或許還是會在翌日出發前往克里夫頓。然而，艾倫先生卻不建議她這麼做。

「親愛的，你最好還是由她去吧，畢竟她的年紀已經夠大，很清楚自己在做些什麼；若不然，她母親也會勸告她的。索普太太當真太過寵溺孩子了，但你最好別介入此事，既然索普小姐和你哥哥決意一同出遊，你若壞他們的事只會招來怨恨。」

凱瑟琳聽從了艾倫先生的話，想到伊莎貝拉的行爲失慎令她感到遺憾，但她同時也因艾倫先生讚許自己對此事處置妥當而大感寬心。更爲欣喜的是，在艾倫先生的忠告之下，她亦得以保全自己不致落入無可補救的危險境地。先前她決意從一行人前往克里夫頓的兜風計畫逃開，而眼下才算眞眞正正逃離了險境。如果說她對蒂爾尼兄妹失約，是爲了去做一件錯的事；或者說，如果她無禮地失約，只是爲了去做另一件更失禮的事，那麼他們兄妹將如何看待她這個人呢？

Chapter 14

第十四章

翌日早晨天氣很晴朗，凱瑟琳幾乎可以預料那一班人又要來輪番砲轟勸說她。不過有了艾倫先生幫忙撐腰，她再也不必擔憂，畢竟若能省卻一場脣槍舌戰無疑令人開心，這種場面即使辯贏了也是痛苦的。得以眼不見耳不聞這班人的形跡，她爲此衷心感到高興。

蒂爾尼兄妹於約定的時間前來接她，這回再也沒橫生任何新的阻礙啦，沒有突然想起什麼先前的邀約，沒有意外的約訪，也沒有失禮的登門亂闖來打亂他們的散步計畫，我的女主角終於出奇順利地和男主角展開約會。他們決定到山毛櫸崖[1]附近走一走，這座壯麗山崖有著蓊鬱的綠意和懸掛如瀑的灌木林，從巴斯任何一處空地望去幾乎都能瞧見它驚人的美景。

「看到這座山崖，」當他們沿著河畔往前行時，凱瑟琳說：「就讓我想起法國南部。」

「你曾經出過國？」蒂爾尼先生略帶驚訝地問道。

「噢，沒有，我的意思是我曾經從書上讀到過。它一直讓我想起《烏多夫堡祕辛》裡，女主角艾蜜莉和她父親到鄉間旅遊的情景。我猜，你從不讀小說吧？」

「爲什麼不？」

「因爲它們不夠聰明，配不上你，紳士們總是讀些比較高深的書。」

「只要是人，無論先生或女士，若不曾眞正享受過一本好看的小說，此人想必愚不可及。我讀過芮德克里夫夫人的所有作品，絕大多數都非常好看。像是《烏多夫堡祕辛》，我一拿到手便捨不得放下，我記得我花了兩天時間一口氣讀完，而且從頭到尾都教我毛骨悚然。」

「是呢，」蒂爾尼小姐補充道，「我還記得，當時你答應一邊爲我大聲朗讀，然後我不過被叫走五分鐘去回覆一封短信，你不僅不等我，還直接把書拎走帶進隱士道裡去看。我只好耐著性子等你看完，再自己讀過。」

「謝謝你啊，愛琳諾，此番證詞眞是榮幸之至。莫蘭小姐，你瞧，你原先的猜想對我們男性是何等不公平。我當時的確迫不及待要往下讀，就連五分鐘也不想等自己的妹妹，背棄了朗讀給她聽的承諾，放她一顆心懸在故事最精采的地方便拿著書跑掉了。還請聽個仔細，那本書其實是她的，確確實實是她的……即使現在想起這事，我依然自覺驕傲。如此一來，我想應該能讓你對我有好印象吧。」

「我眞開心聽你這麼說，看來我再也不必因爲喜歡《烏多夫堡祕辛》而感到難爲情了。但我過去眞的以爲，年輕男士們簡直不可思議地鄙視著小說。」

---

1 山毛櫸崖（Beechen Cliff），位於巴斯南面城郊，沿著雅芳河（River Avon）河岸而行可達。此地地勢稍高，據說是眺望巴斯全城的絕佳位置。

「的確很『不可思議』，若我們這些男士眞如此鄙視小說，那還眞是『不可思議[2]』。我們所讀過的小說絕不少於女士們，我自己就讀過許多許多。別以爲你可以考倒我有關茱莉雅啊、露薏莎啊[3]之類的事，若是要一本一本個別談論，或是提問怎麼也問不完的『你看過這一本嗎？那麼，那一本呢？』這類問題，我一定很快就能將你遠遠拋在後頭，嗯，這話該怎麼說才好，我得想個恰當的比喻讓你明白——應該就像《烏多夫堡祕辛》書裡，女主角艾蜜莉遠拋下可憐的男主角威倫寇特，和自己姑媽去了義大利那樣的天差地遠吧。只要想想我讀小說的起步比你早上多少年，便不難想見，我在牛津讀書的時候就開始讀了，那時你還是個乖乖在家學做刺繡活兒的小女孩呢！」

「恐怕沒有那麼乖巧吧。但說眞的，你不覺得《烏多夫堡祕辛》是世界上最好的書嗎？」

「『最好』？從字面意思看，我猜你是指『最精美』吧？若是如此，那就得看看裝幀如何了。」

「亨利，」蒂爾尼小姐說，「你眞是太失禮了。莫蘭小姐，他不只這麼對你，他對我也是這樣的。他永遠都在挑剔我又誤用了什麼字詞語法，眼下他亦轉而這般失禮地對待你。你用的『最好』那個字眼，並不稱他的意，你最好趕緊修正一下，免得我們一路上都得聽他搬出詹森和布雷爾[4]這兩位修辭大師來幫你我上課。」

「可是我很確定，」凱瑟琳喊道，「我不是有意說錯話的。那的確是一本『好』書，爲什麼我不能這麼說呢？」

「一點也沒錯，」蒂爾尼先生說，「今天的天氣非常『好』，我們的散步非常『好』，而你們兩位是非常『好』的年輕小姐……噢，這果眞是非常『好』用的字眼，任何情況都適用。它的原意很可能僅僅指涉整齊、妥當、精美、優雅，是運用在人們穿戴的服飾、腦海中的觀點或所作出的抉擇方面。但如今，要稱讚任何事物都只要使用『好』這個字眼即可。」

「不過說實話，」蒂爾尼小姐喊道，「『好』這個字眼只有你最適用，可別以為我是在稱讚你——你這個人啊，挑剔[5]有餘、明智不足。來，莫蘭小姐，在我們倆盡情使用各種偏好字眼品賞《烏多夫堡祕辛》的同時，就留他自己一個人找出最適切修辭來好好思索我們的錯誤用語吧。《烏多夫堡祕辛》眞是一部最有趣的作品了，你喜歡讀這類書嗎？」

「說實話，除了這類書，其他書我都不太喜歡。」

「眞的！」

---

2 哥德式小說喜用「不可思議」(amazingly or amazement) 這種誇飾口吻表達當下心情，也難怪注重確切用字遣詞的亨利．蒂爾尼要調侃凱瑟琳。

3 十八世紀晚期的小說（尤其是哥德式小說），女主角的名字往往不脫此類。

4 詹森（Samuel Johnson, 1709-1784），編纂英語字典的史上第一人，是珍．奧斯汀非常喜愛的一位作家。布雷爾（Hugh Blair, 1717-1800），著有《修辭學與純文學講座》(Lectures on Rhetoric and Belles Lettres)，為影響力甚鉅的修辭學家。

5 原文中，蒂爾尼小姐在此也特意用了 nice 這個有挑剔之意的雙關字眼，玩笑式地回敬自己兄長。

「我是指，詩作和戲劇一類的作品我能讀，遊記也不排斥；但是歷史，那種過度正經嚴肅的歷史書，我眞的讀不下。你呢？」

「沒問題呢，我很喜歡歷史。」

「我也希望自己能夠喜歡。我只是爲了交差而讀，所以讀得非常少，因爲書裡的內容總是教人感到困惑，令人生厭。每一頁，都是教宗和國王在爭吵，還有戰事或瘟疫那些的；男人全都毫無建樹，最教人反感的是幾乎未提及女人。但我常覺得奇怪，既然大部分的歷史都是虛構的，怎會讀來如此枯燥乏味？英雄們口中說出的那些話語、思想、遠略，想必大多也是虛構的，而虛構這一特質卻是其他書籍吸引我之處。」

「也就是說，你認爲，」蒂爾尼小姐說，「歷史學家們雖然任由自己的想像力馳騁，但完成的作品卻巧妙不足？意即他們雖然試圖展現想像力，卻無法讓人感到有興趣？我個人是很喜歡讀歷史書的，尤其享受它們以如此虛實交映的方式呈現。在主要史實部分，歷史學家們可從許多過往的史書和記載汲取資料，而且我認爲這些史料也如同我們日常不盡然能一一親自檢驗的言論那般詳實可靠。至於你提到的所謂細微枝節，它們的的確確是虛構的，但我依舊喜歡。如果有一份演講稿擬得非常棒，那麼無論是由誰捉刀，我都會讀得津津有味；而如果是史學二雄休姆、威廉·羅伯森所潤飾過的手筆，那可能會讓我更感動，畢竟即便是君王人主如克拉特克斯、阿格里科拉、艾佛列大帝的原汁原味談話，也未必字句動聽[6]。」

「你果眞喜歡歷史呢！艾倫先生、我父親，還有我兩個哥哥，他們也都喜歡。在我小小的生活圈當中就有這麼多歷史愛好者，這實在太驚人了！如此看來，我再也不需要同情那些寫歷史書的人囉。有人喜歡讀他們的書，確實再好不過，所幸並非像我過去所以爲的那樣，他們苦心孤詣完成了卷帙浩繁的史書，卻乏人樂意去讀，而只能淪爲用來折磨小男生、小女生的必讀書目……每想及此，總令我感嘆這結局還眞殘酷。儘管現在我已明白，史書的撰寫絕對非常明智且有必要，卻仍不免經常感到納悶，居然會有人如此英勇而堅毅地矢志坐在案桌前，一筆一劃書寫。」

「但凡受過陶冶、深諳人性之士肯定都會認爲，」蒂爾尼先生突然開口接道，「此間的小男生、小女生理所當然該受史書的『折磨』。請容我在此爲那些最享譽卓著的史學家發點聲，他們寫作的目的可不是爲了對付孩子，文史功力深厚如他們，若想折磨人生閱歷豐富的成年讀者亦絕對游刃有餘。我之所以使用『折磨』這個動詞，是因爲我留意到方才你以『折磨』代替了『教導』，那麼就假定這兩個詞已被公認是同義字吧。」

6 休姆（David Hume, 1711-1776），蘇格蘭史學家、哲學家、經濟學家。
威廉・羅伯森（William Robertson, 1721-1793），蘇格蘭史學家、愛丁堡大學校長。
克拉特克斯（Caratacus），不列顛國王，於西元四三年勇敢抵禦羅馬帝國入侵。
阿格里科拉（Gnaeus Julius Agricola），羅馬帝國征服英倫三島的猛將，於西元七八年始擔任不列顛島首長。
艾佛列大帝（Alfred the Great），中古世紀盎格魯撒克遜王國國王。

「你聽見我把教導說成是折磨，一定覺得很可笑吧。但如果你曾像我一樣，有生以來每天幾乎都在家裡聽著可憐的小孩們，從認識字母開始學起，然後學拼音，望見他們一整個上午都掛著窮極無聊的乏味神情，最後發現我可憐的母親是如何筋疲力竭地結束教學……你便會承認『折磨』和『教導』這兩個字詞有時確實可以視作同義。」

「這的確非常有可能。然而，歷史學家並不需要爲個人讀寫困難這件事負責吧。即便是不盡然同意學習得如此刻苦勤勉的你，或許仍願意承認，人生中受折磨個兩三年時光以換取接下來能夠讀寫的人生，還是很值得的。仔細想想，倘若我們從未接受過讀寫訓練，那麼芮德克里夫夫人寫出來的作品就等於是白費，若再想得深遠些，也或許她這些作品根本從未有機會被寫就。」

對此觀點，凱瑟琳再同意不過，這個話題便在她由衷讚賞這位女作家的作品後結束了。蒂爾尼兄妹旋即開啓另一道話題，但凱瑟琳卻無從參與起。只見這對兄妹正以深諳繪畫的目光欣賞著鄉間景致，並以精確的審美觀熱烈斷定這片風景絕對能夠入畫。聽到這裡，凱瑟琳感到困惑不已。她絲毫不懂繪畫、不懂審美，即使仔細聆聽他們的談話也仍然一無所獲，只因句裡行間幾乎全是些她聽不懂的相關術語。有幾個句子雖然聽得懂，但其中蘊藏的概念卻與她以前所知的大相逕庭，好像是說——「要想有好景入畫，不再是從高山山頂取景」、「晴朗的藍天，不再是好天氣的證明」。她打從心底爲自己的無知感到羞愧。但其實毋需如此。一個人要想讓自己討喜，就該總是裝作無知；如果表現得無所不知，只會讓身邊的人毫無成就感，虛榮不起來。眞正的聰明人絕對該大智若愚，女人尤其該如此，倘若她很不幸地什麼都懂，那麼就應該盡可能低調遮藏。

一位美麗單純如璞玉的女孩先天所具備的優勢，已蒙某位女作家[7]精采地提點出來了，對於她的論述我只有一點要補充，那便是要爲男性公允地說句話：儘管大多數的男人都很膚淺，在他們眼中，女人越是愚蠢即越有魅力；然而也有一定比例的男人聰明睿智又見多識廣，在他們看來，女人只需「無知」這一點便已足夠。但凱瑟琳卻不清楚自己的魅力何在，她不知道一個美麗浪漫、天眞無知的少女，只要是在無甚意外波折的正常情況下，絕對能吸引一名年輕聰明男子的心。就拿目前的情況來看，凱瑟琳坦承自己對繪畫一無所知，並宣稱無論如何都要學會畫畫。一堂繪畫授課隨即展開，蒂爾尼先生的教學十分清楚易懂，令她很快便眞正看見他所欽慕的事物之美；她是那麼專心致志地學習，令他完全相信她擁有過人的審美天賦。他講述著近景、遠景、中景、襯景、透視法、明暗對比概念，而當他們登上山毛櫸崖崖頂，凱瑟琳已然成爲一名前途看好的學生，她自然而然地指出整座巴斯城並不適合當作風景入畫。蒂爾尼先生爲她的進步感到欣喜，但由於擔心一次灌輸太多知識可能會適得其反，令她生厭，他便逐漸帶離話題，藉著所處山頂上的一塊岩石碎片、一棵枯萎的橡樹，不著痕跡地將話題轉移到一般的橡樹上，然後是森林，林中的圈地[8]，荒地，皇室土

7 指芬妮・柏尼於小説《卡蜜拉》中，將女主角設定為腦袋空空、卻不乏大把男子愛慕追求的傻妹，並借書中人物之口説道：「你可曾見過哪個男人能接受自己妻子有知識學問的？」

8 指一七六〇至一八一〇年間，資產階級地主促成國會通過一連串「圈地法規」(Parliamentary Acts of Enclosure)，透過擴大圈圍森林地和荒地，重新安排土地與分配耕地，讓土地能更有效利用，卻也因此壓縮了窮人小農的生存空間。

地，政府。才一會兒，他便談到了政治，而話題觸及政治總是容易導向沉默。就在他簡短議論了一下時政後，旋即陷入一片短暫沉默，最後由凱瑟琳打破。她以極其愼重的口吻倏然說道：「我聽說再過不久，倫敦將出現震撼人心的東西。」

凱瑟琳主要是對蒂爾尼小姐而說，這話讓她嚇壞了，趕緊追問：「眞的！跟什麼方面有關呢？」

「這我就不清楚了，也不知道是誰創始的，我只聽說這比我們所接觸過的都要引人害怕。」

「天哪，你是從哪兒聽到這消息的呢？」

「有個很要好的朋友昨天從倫敦寫了封信給我，上頭這麼提到。想必會非常可怕吧，我猜可能會出現謀殺之類的。」

「你怎有辦法一派冷靜地說著這一切？我希望你朋友所言只是誇誇其談。假使這樣的意圖提早曝了光，政府單位勢必將循公權力手段來阻止事情發生。」

「政府，」蒂爾尼先生憋忍住笑意，說：「對這類事情不想、也不願去多加干預。當然會有凶案發生，而且政府根本不在乎是多或少。」

兩位女士聽了全都驚訝地杏眼圓睜。見此情狀，他終究忍俊不禁笑了出來，並補充道：「來吧，看是需要我替兩位釐清你們各自話裡的意思，還是放著你們繼續苦思不得地打啞謎下去呢？還是別吧，我這個人心地忒善良，我要以仁厚的胸襟來證明自己不只是個空有清晰腦袋的眞男人。我無法忍受，我輩男性同胞總緊擁著聰明才智，絲毫不願放下高姿態，偶爾體恤一下女性對事情的理解能力——假設女性遇事往往不夠理性也不夠敏銳，不夠堅強也不夠積極——假設女性天生比較缺乏觀察力、洞察力、判斷力、熱情、創造力，以及理智。」

「莫蘭小姐，你別理會他說的，還請你仁慈地告訴我有關這場可怕暴動的一切吧。」

「暴動！什麼暴動？」

「我親愛的愛琳諾，所謂的暴動不過是你自個兒腦袋裡的胡思亂想[9]。你完全想錯了，還眞是丟臉呢。莫蘭小姐所說的，不過是一本相當可怕駭人的小說新作即將面世，那是一套十二開本大小的巨著——包含三大冊，每冊多達兩百七十六頁，每冊首頁都特地印製了『兩塊墓碑與一盞提燈』的插畫以營造驚悚氣氛，這樣你總該理解了吧？至於你，莫蘭小姐，是我那笨妹妹誤解了你再清楚不過的表達。聽你提到『倫敦將出現震撼人心的東西』，一般有理性的人針對這些字眼，只會立即聯想到事情應該和流通圖書館[10]有關，她卻立刻想像出這樣的畫面來：三千名烏合之眾群聚在聖喬

9 事實上，蒂爾尼小姐腦袋浮現暴動的想法絕非空穴來風。受到法國大革命自由思潮的影響，一七九〇年代以降的十五年間，英國政府為防範社會秩序崩潰，採取了許多手段壓制此間激進作家與團體的抗爭訴求。

10 流通圖書館（circulating library），彼時，較大的城市或觀光勝地會有此種酌收會員費、每年可借出一定數量書籍的私人圖書館。在購書費用十分高昂的情況下，租書閱讀費用相對低廉許多。閱讀人口越多，圖書館自然也樂意向出版商多採購一些書籍，由此更形活絡書籍的出版市場。

治廣場，襲擊英格蘭銀行，進逼倫敦塔，倫敦街頭血流成河；這時全國希望之所繫的第十二輕龍騎兵團，緊急從北安普頓[11]調派一支特遣軍隊來鎮壓這群暴民，正當英勇的腓德烈克．蒂爾尼上尉帶領他的小隊往前衝時，樓房上方的窗戶砸出一塊磚，令他遭到擊中，落下馬來……這一切還請原諒舍妹的愚蠢，她因擔心我家大哥的安危，暴露了她女性軟弱的一面，但平常她絕不是這麼呆笨。」

凱瑟琳的神情霎時變得嚴肅。

「亨利，這會兒，」蒂爾尼小姐打圓場道，「你已經讓我們瞭解了彼此的意思。你也該讓莫蘭小姐瞭解你一下了，除非你想讓她以為你對自己的妹妹一向如此無禮，以為你一向把女性看得這麼差勁。人家莫蘭小姐並不習慣你怪裡怪氣的表達方式。」

「我想，我很樂意讓她更熟悉我的怪裡怪氣。」

「你當然很樂意，但這對緩和現狀沒有幫助。」

「那我該怎麼做？」

「你知道該怎麼做。請大方地在她面前為自己澄清，告訴她，你很看重女性對事情的理解力。」

---

11 北安普頓（Northampton），位於倫敦西北面約六十七哩處，兵士時常駐紮此地。一七九六年，騎兵團於此成立。

蒂爾尼小姐誤會凱瑟琳的話，
以爲倫敦將有暴動，可能使她大哥遭遇攻擊落馬。

「莫蘭小姐，我眞的非常看重這世上每一位女性理解事情的能力，尤其是那些正讓我陪伴在側的女性，無論她們是誰，我都十分看重。」

「這樣還不夠，再正經一點。」

「莫蘭小姐，這世上沒有人比我更看重女性理解事情的能力了。在我看來，女性天生具備突出的天賦內蘊，而往往發揮不到一半的功力。」

「莫蘭小姐，眼下他沒法說得更正經了，他又變得怪裡怪氣起來。但我向你保證，如果他表現得看似對女性有偏見，或看似對我很不友愛，那肯定純屬誤解。」

凱瑟琳不用多想也知道，亨利・蒂爾尼的人格絕對是健全而無偏差的。他的言論有時或許出人意表，但思想意念卻必然永遠行於正道，她爲其中自己懂得的含義深覺欽慕，但不懂得的道理也同樣令她折服。這場散步之旅全程都很愉快，就連尾聲都很美好，只可惜結束得太早。蒂爾尼兄妹護送她到家，臨別前，蒂爾尼小姐恭敬地朝艾倫太太和凱瑟琳本人致意，希望後天能邀請凱瑟琳到家中共進午餐。艾倫太太自是欣然同意，而凱瑟琳則雀躍得忙於收斂起內心的狂喜。

這個上午過得如此愉悅，教凱瑟琳直將友情和親情都丟到一旁，散步時她一次都沒想起過伊莎貝拉或詹姆斯。蒂爾尼兄妹離開後，她才又留戀起那些夥伴，但也僅想了一會兒，因爲眼下也不能怎樣，畢竟從艾倫太太那邊得不到什麼最新消息可平息焦慮，她完全不知道他們的情況。

上午時光將盡，凱瑟琳突然要用上某一款緞帶而偏少了那一碼，她片刻不耽擱地立即就要去買。她出了門，並於龐德街追上了索普家的二小姐，這位二小姐當時正走在世上最可愛的兩個女孩中間，她們和她作伴了一早上，眼下三人正悠閒地漫步往艾德格住宅區而去。凱瑟琳很快便藉此得知那一行人果眞前往了克里夫頓。

「他們今天早上八點便出發了，」安小姐說，「我很確定自己一點也不羨慕他們去兜風，我認爲你我能從中逃開反倒十分幸運。那肯定是世上最乏味的兜風，這時節根本就不是克里夫頓的旅遊旺季呀。貝兒[12]跟你哥哥坐一輛馬車，約翰則是載瑪麗雅。」

凱瑟琳衷心地說，她爲這樣的安排感到高興。

「噢，的確是。」安小姐答道，「一起去的是瑪麗雅。她一直很想去呢，她覺得這趟兜風一定會很好玩。但她喜歡兜風，不代表我也是。我呢，打從一開始就堅決說不想去，再如何逼我我也不去。」

對此，凱瑟琳儘管有點懷疑，仍忍不住答道：「我倒是希望你也能一起同行，你們三姐妹沒能一塊兒去眞是可惜。」

「謝謝你，不過，我對兜風是眞的不感興趣。是眞的，無論如何我都不會去，你剛剛趕上我們的時候，我才正跟愛蜜莉、索菲亞這麼說呢。」

12 貝兒，是家人對伊莎貝拉的親暱稱呼。

凱瑟琳還是不太相信她的說法，但很慶幸至少有愛蜜莉、索菲亞這兩個朋友能撫慰她。凱瑟琳的心頭大擔卸下不少，她向安小姐告辭，然後返家。她由衷高興，一行人的出遊計畫並未因她拒絕參加而告吹。她也由衷祝福詹姆斯和伊莎貝拉能玩得很開心，希望這麼一來，他們就不會再氣惱於自己的堅決反抗了。

Chapter 15
第十五章

翌日一大早，伊莎貝拉捎來一封短信，字裡行間透露著親切平和，懇求凱瑟琳立即前去找她，她有件至關重要的事要說。凱瑟琳於是帶著深受信賴和感到好奇的心情，無比欣喜地趕往艾德格住宅區。抵達後，只在客廳裡見到索普家的另兩位年輕小姐，安起身去喚她姐姐，凱瑟琳則趁機問問瑪麗雅關於他們一行昨日出遊的種種。

瑪麗雅正愁沒有機會大說特說一番。凱瑟琳旋即於前五分鐘得知，這次出遊絕對稱得上是天底下最棒的兜風行程，每個人都玩得很盡興，快活極了；後五分鐘她則獲悉了所有細節——他們直接驅車至約克旅館，喝了點湯，預訂了提早供膳的午餐，接著便步行前往當地泉廳，飲用了泉水，花費幾先令買了小錢包和晶石飾品，之後又到甜點舖享用了冰淇淋，接著便趕回旅館迅速用畢午餐，以免得在黑暗中趕路。而回程也一切順利，只可惜天空下了點雨，未能見到月亮露臉，加上莫蘭先生的馬匹累得幾乎快要跑不動。

凱瑟琳聽了之後，由衷慶幸自己沒去，看來造訪布萊茲城堡一事根本不在計畫之中，除此以外的種種行程沒參加也絲毫不可惜。瑪麗雅還口吻溫厚地提及，她對於二姐安因無法一同前去而大鬧脾氣之事，感到很遺憾。

「我確信，她永遠都不會原諒我的。但你知道的，我又能如何？約翰就是要帶我去，因爲他嫌安的腳踝太粗、不夠纖細好看，所以堅決不想載她。我想，她這整個月都不可能擺出好臉色了！如果我是她，我確定自己絕不會因此發怒，我才不會爲了這麼點小事就大發脾氣。」

這會兒，只見伊莎貝拉滿臉神氣地急急走進客廳來，神態之志得意滿，令凱瑟琳爲之一震。瑪麗雅被隨意地打發遣走，接著伊莎貝拉緊緊擁抱凱瑟琳，開口說道：「我親愛的凱瑟琳，是的，這全是真的，你果真太有洞察力了。噢，你那雙淘氣的眼睛的確看穿了一切哪。」

凱瑟琳不發一語，只顯露出一頭霧水的樣子。

「哎呀，我最親愛可人的摯友，」伊莎貝拉繼續道，「你可要冷靜些啊。因爲如你所見，我的心情眞是激動得不得了。我們坐下來好好地談吧。呃，所以你一收到我的短信就猜到了？噢，凱瑟琳，你這淘氣的小可愛，你是最瞭解我心意的，只有你知道現在的我有多快樂。你哥哥是這麼的迷人，我只希望自己能配得上他。但不知道令尊和令堂會怎麼想？噢，天哪，一想到他們會作何反應我就好緊張。」

凱瑟琳總算開始會意過來了，眞相突然從她腦袋裡一閃而現。這份前所未有的情感令她爲之一陣臉紅，喊道：「天哪，我親愛的伊莎貝拉，你的意思是……你和詹姆斯彼此相愛？」

凱瑟琳很快便得知，自己這大膽的臆測居然還只猜對了事情的一半。在昨日的出遊之中，伊莎貝拉和詹姆斯兩人互訴了愛戀衷曲。伊莎貝拉宣稱，她的這份渴慕之情早已被心細的凱瑟琳從她每個神情舉止中發現，並一直持續觀察著。伊莎貝拉的情感、她的忠貞全都託付給了詹姆斯。

自己的哥哥與自己的朋友——訂婚了！凱瑟琳生平從未聽聞如此教人驚喜的大好消息。這是她從未接觸過的場面，重要性自不待言，她思忖著，此般大事絕非平淡的日常生活所能經常碰上的。面對此事，凱瑟琳的內心激動萬分，伊莎貝拉則感到十分心滿意足。即將成爲姑嫂的二人不覺流洩出了快樂的感懷，她們喜極而泣，彼此相擁。

對於這份未來的姑嫂關係，凱瑟琳自是由衷感到期盼，也格外開心，但必須承認，她的欣喜遠不及伊莎貝拉打從心底泛起的陣陣溫柔期待。「我親愛的凱瑟琳，未來，我對你的喜愛與珍視之情，勢必將超乎我對安和瑪麗雅。我感覺自己對於最親愛的莫蘭家，應該會比對我們索普家，更爲喜愛。」

這麼厚重的友情心意，凱瑟琳無論如何也無法企及。

「你與你哥哥是如此相像，」伊莎貝拉繼續說道，「令我第一次見到你時便不自覺地喜愛著你。但這一直都是我的個性，第一時間決定我情感的一切。去年聖誕節，詹姆斯第一次造訪我們家，就在我第一眼見到他的時候，我的心便讓他俘虜了。我還記得自己當時身穿黃色禮服，髮辮固定在頭上，才剛走進客廳，約翰便向我介紹他。我當下心想，這輩子從未見過如此英俊的人。」

此時此刻，凱瑟琳總算悄悄認識了所謂愛情的力量。儘管她一直都非常喜歡詹姆斯這位兄長，也很欣賞他的才華洋溢，卻從不認爲他長得英俊好看。

「我還記得，安德魯絲小姐那個晚上和我們一道喝茶，她身上穿著質地輕柔的深棕色紗質禮服，美得像個仙女，我以爲你哥哥一定會愛上她的。當時，我整夜都擔心得睡不著覺，一直在想這件事。噢，凱瑟琳，爲了你哥哥我可是失眠了許多夜晚哪，我絕不願你承受半點這樣的折磨。我知道自己近來清減了不少，但我不想多拿內心的憂慮事來煩擾你，你已經體貼我夠多了。我覺得我簡直不斷在出賣自己，不過我相信將內心的祕密告訴你絕對是萬無一失的，你總能爲我保守。」

對於保守祕密這一點凱瑟琳自然有十足把握，但對於細膩體貼這一點就不太確定了——原來伊莎貝拉是如此傾慕自己的哥哥，她爲自己居然這麼無感而深感羞愧。伊莎貝拉執意認定她有雙淘氣犀利的眼睛和善解人意的同理心，也令她不好再多爭辯或否認些什麼了。

這會兒，凱瑟琳發現自己的哥哥正準備啓程火速趕回富勒頓，向雙親報告訂婚一事並期盼徵得同意，伊莎貝拉爲此感到相當不安。凱瑟琳試圖撫慰對方要她相信雙親絕不可能反對他們兒子心願的同時，其實也等於努力要自己相信。

「這世上，」凱瑟琳說，「絕對沒有人能比父母親更寬容大度，更盼望自己孩子得到幸福的了。我相信他們一定會立刻允准的。」

「詹姆斯也是這麼說，」伊莎貝拉回應道，「但我還是不敢如此期待。我能拿到的嫁妝並不太多，所以我想他們絕不會同意的。你哥哥，他大可以去娶其他人呀。」

聽到這裡，凱瑟琳又再次見識到愛情的力量。

「伊莎貝拉，你實在太謙虛了，財富上的不對等根本不算什麼。」

「噢，親愛的凱瑟琳，我知道心胸寬厚如你自然不在意財富方面不對等，我們卻無法期待大多數人都不在乎。就我而言，我還眞希望我和你哥哥的情況對調。要是我握有數百萬計的財富，成了全世界最有權勢的女人，你哥哥仍會是我唯一的抉擇。」

此番動人的情感宣告之於凱瑟琳是十分新奇的經驗，令她開心地驀然想起小說裡那些女主角們。聽伊莎貝拉吐露出如此高貴的見解，凱瑟琳覺得她的朋友看起來從不曾這麼美麗動人過。

「我確信他們會允准的，」凱瑟琳一再地說，「我確定他們會很開心的。」

「至於我，」伊莎貝拉說，「我的願望再普通不過，收入只要一點點對我來說便已足夠。當兩人眞心相愛，貧窮本身也是一種財富。我痛恨奢華，要我住在倫敦絕不可能。若能在幽靜的鄉間覓處小屋住下，那才叫快活，像是里奇蒙[1]一帶就有些頗不錯的小別墅。」

「里奇蒙！」凱瑟琳喊道，「你們一定得住得離富勒頓近點，你們一定要離我們近點。」

「我確信這是一定的，否則我該要多痛苦哪。能離你近些，我便心滿意足了。但目前這全屬空

1 里奇蒙（Richmond），位於倫敦西南城郊，貼臨泰晤士河，十八世紀晚期開始興建所謂可盡享寧靜大自然的別墅，成為上流階層喜居之地。伊莎貝拉說自己嚮往僻靜簡單的鄉村生活，卻又想居住於此，足見她的性格何等做作。此地從過去到現在都是十分富庶的倫敦鄉間。

談，在我們得到令尊的答覆之前，我是不該去想這些事的。詹姆斯說，他今晚會把信寄往索爾茲伯里，明天我們應該就能收到回覆。明天！我知道自己肯定沒有勇氣拆信，我知道一切都會完蛋。」

信誓旦旦的宣告之後則是一陣胡思亂想，當伊莎貝拉再度開口，她已然決定好結婚禮服要用什麼料子訂做。

兩位年輕女孩的談話此刻被焦慮不安的情郎打斷了，動身返回威爾特郡之前，詹姆斯特意走過來與伊莎貝拉輕聲話別。凱瑟琳很想恭喜他，又不知該從何說起，只好將所有話語都傾注在無聲勝有聲的眼眸中。她的眼底蓄滿了會話寫文必備的八大詞類，豐富有情且情溢於表，相信詹姆斯輕易便能排列組合成一句句祝福恭喜的話。詹姆斯很快地辭別，他迫不及待趕回家好讓願望成眞。若非他那美麗的另一半屢次將他喚回、叮囑他趕緊上路，反而因此受到不少耽擱，他應能更迅即地出發。有兩次他幾乎已經走到門口，卻又被伊莎貝拉喚回，急切地要他趕緊出發。「是啊，詹姆斯，我眞的該趕你走了。想想這一路你要騎上多遠的馬，你可不能再繼續逗留了。看在老天的份上，別再浪費時間，去，去，快去吧，你得趕緊出門了。」

兩位好友的心繫得更緊了，一整天她們都形影不離，想到未來兩人將成爲姑嫂，便快樂得不覺時光飛逝。索普太太和她兒子從頭到尾都很清楚此事，此時也得以加入兩位女孩的討論談話，他們似乎認爲，一旦詹姆斯的父親莫蘭先生同意，伊莎貝拉的這門婚事將能爲索普家帶來無上榮光。母子倆臉上一直流轉著意蘊深長的目光和祕不可言的神情，吊足了家中那兩位尚不知情的妹妹們一股好奇心。凱瑟琳的想法自然很單純，在她看來，這份奇怪的謹愼之情既非出於善意，也不可能一直耗下去，如果這種不厚道的對待依然持續，那麼她很可能會因爲看不慣而說出實情。但很快地，凱瑟琳的心情爲之輕鬆了起來，因爲聰明如安和瑪麗雅都表示：「我知道是什麼事！」而接下來這個夜晚，索普家居然分成兩派相互鬥智角力，他們一方故作神祕，護守那藏不多時的祕密，一方則自認洞燭機先發現了眞相，雙方勢均力敵。

翌日，凱瑟琳又前去陪伴伊莎貝拉，試圖爲她打氣，以度過信件送達之前漫長得令人發悶的時光。這麼做是必要的，因爲隨著信件寄抵時間越來越近，伊莎貝拉也變得越來越沮喪，及至來到最後的等待時刻，她的心已然經受著煎熬。但信一到，內心煎熬也一掃而空──「對於婚事，家父家母毫無刁難地表示了同意，並允諾將在經濟能力許可範圍內盡力確保我未來的幸福。」信件起頭的這三行，一瞬間確保了所有的快樂。伊莎貝拉的臉龐立刻泛上開心的紅暈，所有的擔心焦慮似已不再，她的心情激動得失去了控制，毫不含蓄地直呼自己是世上最快樂的人。索普太太喜極而泣地擁抱寶貝女兒、兒子以及凱瑟琳，似乎要將全巴斯一半的居民都抱上一輪才能訴說她有多麼開心。她的內心滿溢著溫情，每句話無不帶上「親愛的約翰」、「親愛的凱瑟琳」，而這份比快樂還要多的幸福感當然也得和「親愛的安」、「親愛的瑪麗雅」分享才行。伊莎貝拉的名字前面則被冠上了兩次「親愛的」──做爲家中最受疼愛的孩子，這確實是她所應得。約翰．索普本人也同樣喜形於色。他盛讚莫蘭先生眞是世界上最通情達理、最好的傢伙，還於讚美時不改本色地祭出許多不雅的詛咒式字眼。

這封信雖帶來了無比幸福歡欣，卻寫得很簡短，除了告知事情一切順利外再沒別的訊息，所有細節將留待詹姆斯的第二封信才能獲知。不過對伊莎貝拉而言，接下來的細節慢慢來也無妨。眼下只要知道莫蘭先生給出承諾便已足夠，有了他的擔保，想必所有條件都會相當齊備寬裕；無論未來他們的收入將以何種方式給予，像是土地的交付或財產的轉讓，生性淡然的她是絕不會費神關心這些事的。伊莎貝拉非常清楚她完全可以放心，自己將很快擁有一份十足體面的家業，而伴隨著這即將到來的幸福，她不禁放任想像力馳騁了起來……她看見自己幾週後就能有輛專屬馬車，名片印上新姓氏，手上還戴著一枚閃亮大鑽戒，屆時富勒頓的新朋友們將對她抱以無盡欣羨的注視，而普特尼[2]那些珍貴的老朋友則會嫉妒地看著她。

約翰．索普原本預定信一到達就要前往倫敦，眼下知道信件內容皆大歡喜，他遂就準備出發。

「呃，莫蘭小姐，」他在客廳找到正好獨自一人的凱瑟琳，對她說：「我是來向你辭行的。」凱瑟琳回應了他，祝他一路順風。但他似乎沒聽見她說的話，反而逕自走到窗邊，一邊哼著什麼曲子一邊煩躁地踱步，儼然完全沉浸在自己的思緒裡。

「你這樣去到德威茲，時間不會耽誤嗎？」凱瑟琳問道。他沒接話，又足足沉默了一分鐘，然後突然迸出了一些話：「說真的，這結婚計畫可真好，詹姆斯和貝兒起的這念頭多美好。莫蘭小姐，你怎麼看待這事？我認為這點子還不錯。」

「我很確信這是絕好的想法。」

「你真這麼認為？太好了，非常直率。無論如何，我很高興你不是那種視婚姻如大敵的人。你聽過〈來婚禮，姻緣來〉這首老歌嗎？我想你會來參加貝兒的婚禮吧，我很期盼。」

「是的，我答應了你妹妹盡可能陪著她。」

「那麼你知道的，」他轉過身子來，朝凱瑟琳擠出一個傻笑，「我是說，你知道到時候我們也許可以試試這首老歌能否成真。」

「我們也許可以？但我從不唱歌的呀。好了，我祝你一路順風。我今天要和蒂爾尼小姐用餐，這會兒該回家了。」

「別吧，哪來那麼該死的急不可待。誰知道我們下次再碰面會是什麼時候？最快也要等到我兩個星期後回來。這漫長的兩星期眞折磨死我了。」

「這樣啊，那你為何要去那麼久？」凱瑟琳發現他似乎在等她接腔，於是答道。

「啊，你眞是個很親切的人，親切又溫和。我是不會輕易忘記的。在我看來，你比任何人都要來得溫厚可親，個性好得嚇人。不只是性情溫和，更有數不清的優點，各方面的個性都很好，還有你是那麼的——哎，說實話，我沒見過有誰像你這樣的。」

2 普特尼（Putney），同樣位於倫敦西南城郊，貼臨泰晤士河，里奇蒙、溫布頓都在四周。此地自古即以綠地眾多和氣氛閒逸著稱。

「噢！哎，我想，像我這樣的人實在多不勝數，而且不知要比我強上多少倍。再見了。」

「呃，莫蘭小姐，我在想，如果不會太唐突，我想在不久的將來前去富勒頓拜訪。」

「非常歡迎。家父家母一定會很高興見到你。」

「那，莫蘭小姐，我希望、我希望……到時候你也會想看到我。」

「噢！哎，那是自然。我幾乎沒有不想看到的人呢，擁有同伴總是很教人開心的。」

「那正是我所想的。擁有一小群相處起來很愉快的同伴，裡頭有我喜愛的人，然後和我喜歡的人找個地方住下，欸，除此之外別人的死活我才不管。我打從心底萬分高興聽見你也這麼想。哎呀，莫蘭小姐，我注意到一件事，原來你我對許多事情的看法是如此相似。」

「或許是這樣吧，但我倒未想過。至於談到對許多事情的看法，說眞的，我很清楚自己對許多事根本沒有什麼想法。」

「哎呀，我也是如此。只要是跟我無關的事情，我才不會費神去思考。我對許多事情的看法都很簡單。我想，只要能找到一個喜歡的女孩，有一棟舒適的房子能遮風避雨，人生夫復何求？財富算得了什麼，我確信自己會有優渥的收入就夠了，即便對方身無長物……嘿，那甚至更好。」

「的確是如此，在這件事情上我和你的想法一致。倘若一方有了豐沛的財產，另一方也就不需要了。誰有財產並不重要，其中一方擁有即已足夠。我很不喜歡『富上加富』這樣的思維[3]，而『爲了錢結婚』這念頭更是令我不齒。再見了。無論你何時方便前來富勒頓，我們都會很開心見到你的。」說完便即離去，任他再如何殷勤相留也徒然。凱瑟琳身上懷著這等重大消息要公布，還有那麼重要的邀宴要赴，自然沒可能理會約翰．索普的百般請求留下，徒令自己被耽擱。她匆匆離去，只留他一人沉浸在自我陶醉的幸福告白裡，且深受她那坦率的言詞所鼓勵。

於第一時間獲知自己兄長訂婚消息的凱瑟琳，心情爲之激動不已，而當她向艾倫夫婦宣布這件天大的好消息時，自然也預期收到同等興奮的反應。沒想到，結果卻令她失望得很。枉費她宣布此消息時，還先迂迴審愼地說了許多話打頭陣，不想艾倫夫婦早在她哥哥來到巴斯後便已預見此事，艾倫先生只說了句稱讚伊莎貝拉美貌的話，艾倫太太則說伊莎貝拉非常幸運，之後他們便將所有心緒化作短短一道祝福，祝福這對年輕人能幸福快樂。凱瑟琳聽了十分驚訝，沒想到他們的態度居然如此冷淡。

待說出詹姆斯於昨天返鄉回富勒頓徵求父母同意婚事這件大祕密時，艾倫太太總算有點反應了。只見她稍顯激動地聽著，一再說這件事何需隱瞞，要是她知道詹姆斯準備回去，要是她能在詹姆斯臨走前見到他，就能託他向莫蘭夫婦致上最深切的問候，並代她向史基納一家致上問候之意。

3 約翰．索普沒有「富上加富」的締結觀念，純粹是因為他的身家並不富有；而他之所以對凱瑟琳有興趣，主要是臆測她日後將繼承艾倫先生的財產。

Chapter 16

第十六章

對於前往米爾森街蒂爾尼家作客，凱瑟琳自是萬分期待能夠賓主盡歡，但期望越高往往失望越大。儘管蒂爾尼將軍待她十分客氣有禮，蒂爾尼小姐也很親切招呼她，蒂爾尼先生亦一同在家作陪，且當時除了她別無其他客人……不過她回到家思索片刻後很快發現，原本希望能有一次開開心心的赴宴作客，結果完全不是那麼回事。凱瑟琳本以爲藉著這一天的往來互動，可以加深與蒂爾尼小姐的交往，孰料兩人卻反倒不若之前親密；她本以爲在氣氛放鬆的家庭聚會中，可以看到蒂爾尼先生更平易近人的一面，沒想到他卻一反常態地惜字如金，冷冷淡淡不討人喜歡；至於蒂爾尼將軍，儘管他是如此禮數周到地不斷致謝、邀請和恭維她，她卻覺得能逃離他還眞讓人鬆口氣。凱瑟琳感到困惑極了——究竟誰該爲此負責？這不可能是蒂爾尼將軍的錯，他是如此親切和藹，身形修長又英俊（不用懷疑，他絕對是個魅力十足的男性），尤其他可是蒂爾尼先生的父親呢！蒂爾尼將軍絕不可能得爲他兩個孩子的無精打采、爲她此番作客不夠開心，負起任何責任。最後，凱瑟琳只得寄望蒂爾尼兄妹的走樣表現純屬意外，至於她何以不覺得開心呢，想來還是只能歸咎於自己笨得不懂事吧。

伊莎貝拉聽了凱瑟琳前往蒂爾尼家作客的種種細節，提出了相當不同的解釋。

「這全是驕傲、驕傲，無可忍受的傲慢和驕傲在作祟。我早就懷疑這一家子姿態特別高，看來的確是眞的。蒂爾尼小姐的行爲實在太傲慢無禮，我這輩子從沒聽過這種待客之道，虧她還出身名門呢，如此待客當眞太過傲慢！我再也不想跟她說話了！」

「並沒有那麼糟，伊莎貝拉，她一點也不傲慢，只是表現得過分客氣拘謹。」

「噢，何必替她辯解！還有那個做哥哥的，他之前不是一直表現得對你很有愛慕之意嗎？天哪！唉，有些人的心思就是這麼難懂。所以他一整天看都沒看你一眼？」

「倒不至於，只是他看起來似乎心情不大好。」

「惡劣！在這個世界上我最討厭的就是善變。我求你別再想著他了，我親愛的凱瑟琳，他當眞配不上你。」

「配不上！我可不認爲他想過追求我呀。」

「這正是我要說的。他從沒想過你！噢，多麼善變的人哪，和你我的哥哥是多麼不同！我眞的認爲約翰有顆最專情的心。」

「但如果說到蒂爾尼將軍，我向你保證，絕不可能有人像他那樣，待我客氣有禮又殷勤到了極點。他似乎一心一意只想讓我開心，唯恐對我招待不周。」

「噢，我對他倒沒什麼壞印象，我並不認爲他傲慢。我相信他是個極有紳士風範的人，約翰認爲他非常不錯，再說約翰看人的眼光總是——」

「嗯，我就看看他們兄妹今晚待我如何好了，我們應該可以在新社交堂見到他們。」

「所以我也得去？」

「你不願意去嗎？我以爲我們已經說好了。」

「那好吧，既然你都這麼說，我也不好再拒絕你。但別期待我會表現得有多合群，你知道，我的心可是遠在四十哩之外啊！我求你，別叫我跳舞什麼的，這是不可能的事。我想查爾斯．哈吉斯八成會三不五時跑來糾纏我，不過我會很快打斷他的。他大概猜得到是什麼原因，所以我得阻止事態曝光，我會要他無論如何都不許說出他所猜測的事。」

伊莎貝拉對蒂爾尼兄妹的看法，並未影響凱瑟琳。她確信無論是哥哥或妹妹，任誰都未曾流露出傲慢的態度，而她也不認爲他們心存驕傲。這個夜晚果眞回報了她的信念。她與兩兄妹聚首時，他們對她的態度一如既往友好。妹妹還是那麼親切，一直找機會湊近她，和她說話；哥哥也還是那麼殷勤，不吝邀請她跳舞。

昨日在米爾森街作客時，凱瑟琳便聽說他們的大哥蒂爾尼上尉隨時會抵達巴斯，因此當她看到一名英俊又時髦的陌生年輕男士和蒂爾尼兄妹膩在一起，她知道那就是他。凱瑟琳以十足欣賞的目光注視著蒂爾尼上尉，甚至想及有些人大概會認爲他長得比弟弟還要英俊，但在她看來，他的神態較顯自大，面容也較不討人喜歡。他的舉止氣質無疑糟糕一點，因爲在耳力所及範圍內，她聽見他不僅宣稱自己絕不想跳舞，還大剌剌取笑自己弟弟居然會有想邀舞的對象。無論我們的女主角對蒂爾尼上尉作何觀感，從他嘲笑自己弟弟一事或可判斷，他即便對凱瑟琳懷有仰慕之情，心態上也並不危險，意即絕無可能致使兄弟為愛失和，也不可能對女士造成任何困擾——他絕不會在幕後教唆三名惡徒，要他們套上馬夫款式長大衣，強行挾持她坐進一輛旅行用四馬馬車，飛馳而去。與此同時，也絲毫未見凱瑟琳對前述或任何可能的禍事心懷不祥預感，眼下她除了感嘆所處的群舞隊列排得不夠長，令她無法更盡興地跳舞之外，其餘心思全都放在與蒂爾尼先生如常共處的快樂上。只見她睜著閃亮動人的雙眸，細細聆聽對方的每一句話，發現他是如此神采動人，而她自己的魅力亦不遑多讓。

第一支舞曲結束，蒂爾尼上尉再度朝他們走來，隨即拉走了自己弟弟，令凱瑟琳十分不快。兄弟倆一邊低聲交談，一邊走開。儘管脆弱敏感的她當下並未感到擔憂，或認定蒂爾尼上尉想必是聽到什麼有關她的惡意傳言，才會急於告訴自己弟弟，想永遠地拆散他們；但凱瑟琳依然對於舞伴就這麼離開她的視線，感到非常不安。她足足擔心了五分鐘，就在她正想著時間已過了十五分鐘之久時，兄弟倆回來了。蒂爾尼先生向凱瑟琳解釋般地詢問道，她的朋友索普小姐是否不想跳舞呢？因為他大哥很樂意被引見給索普小姐認識，並當她的舞伴。凱瑟琳聽了毫不遲疑地答道，她篤定索普小姐一點也不想跳舞。這個殘酷回答立即傳至蒂爾尼上尉耳中，他隨即掉頭離去。

「我認為你大哥不會在意的，」她說，「因為方才我聽見他說討厭跳舞，這會兒卻又想跳，足

凱瑟琳相信，蒂爾尼上尉就算傾慕她，
也不會犯下唆使三名惡徒將她劫走的罪行。

見他是個心地溫厚的人。我想，他是因爲看見伊莎貝拉一直坐著，猜想她可能在等人邀舞。不過他眞的誤會了，現在無論拿什麼理由說服，她都絕不可能跳舞。」

「對你而言，理解別人行爲背後的動機，顯然從來不是什麼難事。」蒂爾尼先生微笑地說。

「爲什麼這麼說？你的意思是？」

「你在看待別人的舉動時，從不去考慮對方可能受什麼因素影響，像是從性情、年紀、當下心情、生活習慣加以判斷，那人的行爲可能會受到何種誘因驅使。你的判斷總是充斥濃厚主觀性，只從你個人角度而非當事人角度著眼——意即，換作是你，你會受什麼所影響，而你之所以這樣那樣做，可能是受到了什麼誘因驅使。」

「我不懂你的意思。」

「但我很懂得你是怎麼想的，看來你我之間的關係頗不平等！」

「你懂我？是啊，我的確沒有能耐把話說得又晦澀又難懂。」

「說得太好了，這絕佳的諷刺可說是衝著當代語言而來。」

「還請務必告訴我，你眞正的意思。」

「眞的要說？你眞想知道？我想是因爲你八成不清楚後果會如何吧。如果我說出來，肯定會陷你於殘酷的窘境，而我們倆勢必會有番爭吵。」

「不，不會的，你說的事都不會發生，我一點也不擔心。」

「好吧，呃，我只是想說，我大哥想和索普小姐跳舞這件事，在你看來僅僅只是出自他一片好意——這一點只能令我確信，你比這世上其他人都還要心地淳厚。」

凱瑟琳困窘地紅著臉否認，這下更印證了這位紳士方才的預警不假。然而，他的話裡確實別有深意，平撫了他所帶來的窘困。那份深意徹底盤據她的心，令她沉吟了好一會兒，感動得忘了言語、忘了聆聽，甚至幾乎忘了自己身在何方。直到聽見伊莎貝拉的聲音她才回過神來，她抬頭，看到伊莎貝拉和蒂爾尼上尉正要牽起手，轉圈跳舞。

伊莎貝拉微笑地朝凱瑟琳聳聳肩，這是她對自己何以翻轉了心意當下所能給的解釋。但即便如此，凱瑟琳還是難解其意，她一陣錯愕，言詞直率地向蒂爾尼先生道出這股疑惑。

「我實在不懂為何會發生這種事，伊莎貝拉之前還很堅決地說她不想跳舞。」

「那麼伊莎貝拉以前從未改變過心意？」

「噢，但是——這次是因為你大哥的緣故。在你轉述了我的話之後，他怎麼還能去邀她？」

「對此我並不感到意外。你要我為你朋友的行為感到吃驚，於是我照做了。至於我大哥，我必須承認，我並不認為他的舉措有任何不妥，他絕對有權利這麼做。你朋友的美貌很自然便散發出了吸引力，至於她的個性堅不堅定，卻只有你才清楚。」

「你這是在取笑。可我向你保證，伊莎貝拉一向很堅定。」

「這種話適用於任何人身上。性格堅定的人往往很固執，何時該妥協則考驗著個人的判斷力。」

暫且不談我大哥，我倒認為索普小姐當下選擇調整自己的心態與作法，並不是件壞事。」

兩位年輕女孩直到跳完舞，才有機會碰面說些私下的悄悄話。當她們手挽著手在廳堂裡漫晃時，伊莎貝拉這才向凱瑟琳解釋道：「你對我的舉動感到驚訝，我可是一點也不奇怪。我真是快被煩死了，那個人還真能天南地北胡扯一氣！倘若不是我的心思都在別處，聽他說話倒滿好玩的。不過，我還是希望能好好地坐上一會兒。」

「那你為什麼不呢？」

「噢，親愛的，那樣一來會讓我看起來很特立獨行，你知道我最討厭凸顯自己了。我已經盡我所能地不斷拒絕他，可他還是不饒我。你不知道他有多煩人！我求他放過我，去找其他人當舞伴——但他偏不，還說除了邀我跳舞，他不作第二人想，而且他不只是想和我跳舞，還說想和我在一起。噢，真是胡來！我告訴他，他這勸誘我的方法是行不通的，在這個世界上，我最討厭的就是巧言令色和諂媚巴結。所以後來……後來我發現如果不跟他跳舞，就會不得安寧啊。此外，他是休斯太太引見給我的，如果拒絕他，也會對休斯太太過意不去。再說了，我很確定，你那親愛的哥哥是絕不願看我一整晚悲慘地端坐，無人聞問的。我很高興這舞總算跳完了，我快被那人的天花亂墜轟炸得煩死了。不過呢，他倒是個十分英俊的男子，我注意到所有人的目光都往我們這兒瞧呢！」

「他的確長得非常英俊。」

「英俊！是啦，我想他也許算得上英俊。我知道一般人都會欣賞他的外表，但他完全不是我喜歡的類型。我討厭那種面色太過紅潤、眼珠呈黑色的男子。不過，他是真的很不錯。我確信這人相當自負，但你知道的，我也有我的方法，我可是滅了他威風好幾次呢！」

兩位年輕女孩的下一次碰面，顯然有了更值得關心的話題可談論。詹姆斯的第二封信已經寄達，信中充分說明了莫蘭先生的寬厚安排。莫蘭先生本身是領有聖職俸祿的教區牧師，一年約可領到四百英鎊年俸。待詹姆斯足齡，便會將此職位交由他繼承[1]。屆時，少了這筆金額對一個家庭的收入不可謂影響不大，何況是有十個孩兒的大家庭。此外，詹姆斯在未來還能繼承一筆同樣約四百英鎊的財產。

對此安排，詹姆斯在信中提到自己實在不勝感激；只是如此一來，他和伊莎貝拉勢必得再多等二至三年才能結婚，儘管不情願倒也在意料之中，因此他沒什麼好埋怨的。至於凱瑟琳，正如她對自己父親的收入一向不清楚那樣，對自己哥哥未來應得的收入也同樣缺乏概念。她的想法完全受到哥哥的影響，同樣爲此安排感到滿意，並由衷恭喜伊莎貝拉所有事情都進行得如此順利。

「這的確教人感到開心。」伊莎貝拉神情一轉，嚴肅地說道。

「莫蘭先生能如此安排真是太慷慨了。」性情溫厚的索普太太一邊焦慮地看著女兒，一邊說：「眞希望我也能拿出一樣多的財產。你知道的，他已經盡了最大能力。我想，日後如果他有能力，肯定還會拿出更多的，我確信他是個心地善良至極的大好人。我親愛的伊莎貝拉，剛開始一年四百英鎊的收入確實少了點，但你的願望一向那麼普普通通，親愛的，你肯定不會嫌這數字太少。」

「我之所以希望收入能再多些，並非爲了自己，而是不忍心看到親愛的詹姆斯爲了財產而傷神，鎮日擔憂收入不夠、難以維持家計所需。至於我自己，這算不上什麼的，我從不曾想爲自己圖些什麼。」

「親愛的，我知道你不是爲了自己，但你一定能從所有人對你的疼愛當中得到相應的回報。每個認識你的人都是那麼深深地喜愛你，親愛的孩子，我想一旦莫蘭先生見到你，一定會——噢，我們實在不該在凱瑟琳面前討論這些事的。你知道，莫蘭先生的安排是如此慷慨，我向來聽說他是個大好人。親愛的，你知道，我們也許不該這麼想，但你不認爲如果你也能拿出一筆相當數目的財產，那麼他肯定會再多給一些，我確信他是個非常大方的人。」

「我確信，莫蘭先生的爲人有多寬厚，我是最清楚的。不過您也知道，每個人都有缺點，每個人都有權利任意處置他自己的錢。」

凱瑟琳對此番迂迴指涉深覺受傷。「我非常確信，」凱瑟琳說，「我父親已在他能力許可範圍內，給出了最好的承諾。」

這會兒，伊莎貝拉重新找回鎮靜，趕緊說道：「我親愛的凱瑟琳，你知道，收入哪怕是一點點，不需要太多，就能滿足我，這一點可絕不容懷疑。眼下我之所以有點不太開心，並非因爲財產

---

1 指詹姆斯．莫蘭必須年滿二十四歲，才能繼承教區牧師一職。

收入不夠的關係。我是那麼痛恨金錢，如果你哥哥和我能馬上結婚，哪怕一年只有五十英鎊的收入我也甘之如飴。哎呀，我的凱瑟琳，你總是這麼懂我。沒錯，我心上有道痛楚，那就是居然得經歷漫長無止盡的兩年半等待，你哥哥才能繼承職位啊！」

「是呢，是呢，我親愛的伊莎貝拉，」索普太太接著搭腔，「我們完完全全懂得你的心情。啊，你從不虛情矯飾，我們全然理解你此刻爲何憂煩著，你的情感如此眞摯而高貴，只能令所有人更加疼愛你。」

凱瑟琳心中的難受逐漸消退，她試著相信，婚期受到推延才是伊莎貝拉深以爲憾的緣由。而當凱瑟琳和伊莎貝拉又再度聚首時，她發現伊莎貝拉親切可愛依舊，於是試圖忘記那曾經浮現過的另一縷敏感想法。第二封信寄達不久後，詹姆斯便回到巴斯，且受到了最親切愉快的款待。

Chapter 17
第十七章

艾倫夫婦在巴斯的假期已經進入第六個星期，他們仍在討論是否待完這一週就離開，凱瑟琳的一顆心邊聽邊怦怦跳。和蒂爾尼一家的往來這麼快便要劃下句點，絕對是無可彌補的遺憾。待下或離開，此事一時未決，她的幸福也懸於一線。最後，他們決定再續住兩個星期，所有幸福也由此得到確保。但除了偶爾能開心地見到蒂爾尼先生，是否還希望從這多出來的兩星期獲得些什麼，凱瑟琳並未思索太多。從詹姆斯訂婚一事，她隱約瞭解到有些事原來是可以成就的，好幾次她也任由自己沉醉在「或許可能……」的祕密想像中。不過眼下除了和蒂爾尼先生快樂地相處，她並無法著眼更多。眼下指的自然是好好把握這三星期確然無疑的幸福，畢竟往後的人生實在太遙遠，光是想到就興致缺缺。

決定續留的這個上午，凱瑟琳立即前往拜訪蒂爾尼小姐，一古腦兒興高采烈地告知此事。但這一天注定是折磨人的一天。她才開開心心地告知蒂爾尼小姐，艾倫先生決定延長在巴斯的假期，蒂爾尼小姐接著便說她父親剛剛決定一週後就要離開巴斯。真是晴天霹靂的消息！和此刻的失望之情相比，早上的焦慮心情簡直叫做舒暢。凱瑟琳垮下臉來，真誠無飾地重複著蒂爾尼小姐最後那句話：「一週後就要離開巴斯！」

「是的，我父親不願聽我的勸試試礦泉水飲用的療效[1]。他本來期望能和幾位也預定到這兒來的朋友見面，但他們都沒來，令他好生失望。再加上，他覺得自己目前的身體狀況很不錯，於是便急著返家。」

「我感到深切遺憾，」凱瑟琳沮喪地說，「如果早知道是這樣……」

「或許……如果你願意……」蒂爾尼小姐一臉羞赧地表示道，「我想我會非常開心……」

下一秒，她父親翩然而至，打斷了她的禮貌詢問，而凱瑟琳正盼望蒂爾尼小姐可能提出相互通信的請求。蒂爾尼將軍仍一如往常十分禮貌地招呼她，接著他轉向自己女兒，問道：「嗯，愛琳諾，我可以恭喜你已經順利榮幸地邀請了你這位美麗的朋友嗎？」

「先生[2]，您走進來的時候，我正準備提出請求。」

「那好，務必往下說，我知道你心裡一直擱著這件事。」蒂爾尼將軍卻自己往下說了起來，不讓女兒有機會開口，「莫蘭小姐，我女兒有個非常魯莽的願望。或許她已經告訴你，我們下星期六就要離開巴斯。我家的管家捎了一封信來要我回去；再加上我的幾個老朋友，像是朗敦侯爵和寇特尼將軍都沒能來巴斯，真教人失望，令我感到巴斯多留無益。但可不可以請你答應我們一個自私的請求，如此一來我們便能了無遺憾地離開巴斯。總而言之，能否有幸要你告別這熱鬧非凡的巴斯，移駕前往格洛斯特郡，和你的朋友愛琳諾作伴？提出這種請求還真令人感到羞愧，儘管在我看來，你絕不像其他巴斯人那樣會認爲這是個冒昧又蠻橫的請求，你是如此高雅又端莊，絕不——啊，但恐怕直接讚美你會令你無所適從。若能有幸邀請你到舍下作客，簡直要教我們快樂得無以形容。的確，寒舍絕比不上巴斯這般熱鬧、處處充滿樂趣，我們沒有娛樂活動或盛大場面可吸引你，如你所見，我們的生活方式如此樸實低調。不過，我們仍會盡最大能力讓你在諾桑覺寺待得舒適愉快。」

諾桑覺寺！這個讓人聽了無比興奮的字眼，令凱瑟琳心醉神馳到了極點。她的不勝感激、她的滿心歡喜，教她難以平靜自持地以言語致意。如此受寵若驚的邀請，如此盛情地邀約相伴，極盡體面與溫情，每一分當下的快樂、每一道未來的希望都蘊含其中。凱瑟琳熱烈地應允著，仍不忘表示自己必須先獲得雙親允准才行。

「我這就寫信回家請示，」她說，「如果他們不表示反對……我想他們絕不會……」

蒂爾尼將軍自信地表示，他剛才已前往帕特尼街拜訪她的兩位尊貴朋友，表達了這份心願且順利得到允諾。

「既然他們同意你與我們一塊兒離開，」他說，「我們或許也能期盼其他人樂見其成。」

蒂爾尼小姐亦在一旁不改溫和本色地熱切幫襯著。這件事於是在短短數分鐘內談定，只待凱瑟

---

1 以巴斯溫泉製成的礦泉水非常有名，據說可醫治特定疾病，但演變到後來，喝這種飲品成了趕時髦的事。珍・奧斯汀的哥哥艾德華就是喝這種水治好痛風的。

2 蒂爾尼小姐以「先生」（sir）此一非常尊敬的稱呼來應答自己的父親，一方面凸顯蒂爾尼將軍嚴謹守禮的軍事教育風格，另一方面也讓讀者逐漸看到蒂爾尼一家父親與子女的互動氣氛似乎不太尋常。

琳向富勒頓方面請求許可。

一整個上午的情況演變，令凱瑟琳的心緒歷經了焦慮與安適，然後是沮喪，如今又沉浸在欣喜若狂之中。她帶著近乎狂喜的快樂，心上惦記著蒂爾尼先生，口中喃喃唸著諾桑覺寺，急忙奔回家寫信去。莫蘭夫婦接到了信，基於將愛女託付給艾倫夫婦的初衷，他們絕對信任這對夫婦的謹慎判斷力，對於在他們看顧之下所同意結交的朋友，更是沒有絲毫疑慮，於是當即回信，表示很樂意讓自己的女兒前往格洛斯特郡作客。雙親寬厚地應允請求，凱瑟琳並不感到意外，於此更加確信自己在交友和運氣、際遇和機運各方面無不深深受到眾人眷顧。

所有事情的發展似乎都爲了成全她。先是最初的朋友艾倫夫婦，如果未承他們一片好意，她怎有機會來到巴斯體驗這瑰麗似錦的享樂歡愉。而她的情感，她的心之所向，她所經歷的一切也全都以幸福快樂來回敬她。無論處於何種情況，只要是她一心嚮往結交的情誼，無不水到渠成地回應她。與伊莎貝拉的友情將轉化爲堅韌的姑嫂關係；與蒂爾尼一家的交往是她最渴望擁有的情誼，如今這份心願竟遠超乎期盼，得以藉著這次受寵若驚的款待之旅，親密地延續下去。

做爲受邀的貴客，未來幾週，她將和最喜愛的那個人住在同一屋簷下，更棒的是，這屋簷竟是一座修道院的屋簷！僅次於她對亨利．蒂爾尼強烈情懷的，就屬對古老建築的熱愛了——在凱瑟琳內心尚未被他身影填滿的縫隙，總是充滿了對城堡、修道院的迷人想像。真正造訪並探索一座城堡的牆壘和主塔，或是修道院的迴廊，是她數個星期以來心心念念的想望，她從不想只做一名走馬看花、短暫駐足一小時光景的遊客，但她很清楚這純屬癡人說夢。然而，這個夢居然要成眞了。很幸運的，她即將前往作客的居所可不是一般住居、宅邸、莊園、王宮、別墅什麼的，而是諾桑覺寺！那幽長潮濕的走廊、窄仄的小室、傾頽的禮拜堂，都將在她每一天伸手可及的範圍內。她無可自抑地期盼著那些傳說怪談，那些關於某位遭迫害、苦命修女[3]的隻言記載。

令凱瑟琳感到驚訝的是，蒂爾尼一家似乎並不以擁有這麼一處修道院居所爲傲，他們的態度如此謙遜而低調，想來只因他們早就習以爲常了吧。他們出身高貴卻絲毫不顯驕傲自大，可以想見他們看待如此卓越非凡的居所，也不見得感到多麼高貴逼人。

關於諾桑覺寺，凱瑟琳有好多疑問急著想問問蒂爾尼小姐。可是她的腦袋一直不斷飛快翻轉著，以至於即便聽了解答也沒眞的聽進去，依然所知有限，不比先前清楚多少。她只大概知道——諾桑覺寺於宗教改革[4]時期是一座捐獻鼎盛的女修道院，修道院瓦解之際落入了蒂爾尼家某位先祖之手；撇開崩塌毀壞的部分不談，修道院原有的古建築至今仍有很大比例做爲居住之用；還有，諾桑覺寺坐落在山谷深處，掩映於漸往北面與東面高起生長的橡樹林中。

---

3 哥德式小說中，修女遭遇不幸的情節比比皆是，但凱瑟琳此時很可能是想到安・芮德克里夫的《義大利人》，修女奧莉薇雅後來居然被發現是女主角的母親。

4 指十六世紀歐洲興起的宗教改革運動。自中古世紀以來，教會組織腐化與特權濫用情形加劇，令人民乃至君主皆越來越反感痛恨。一五一七年，馬丁路德首先發難抨擊教會，他與追隨者後來從羅馬教廷（即舊教，天主教）分裂出來，新教（即基督教）於焉誕生。

Chapter 18 第十八章

在滿心歡喜之下，凱瑟琳幾乎沒發覺，自己在過去兩三天裡見到伊莎貝拉的時間加起來總共僅僅幾分鐘而已。一天早晨，與艾倫太太走到泉廳找不到共同話題聊時，她才意識到這件事情，而她才渴望友情不到五分鐘的時間，目標就出現了。凱瑟琳請伊莎貝拉私下跟她聊聊，並領她坐下來。

「這是我最喜歡的位置，」伊莎貝拉坐在兩道門之間的一張長椅上時說道，因爲從這裡可以看到每位走進門的人，「這兒很僻靜。」

凱瑟琳發現伊莎貝拉眼睛不停瞄向門的方向，像是焦急等待某個人似的。凱瑟琳想起伊莎貝拉總是喜歡胡說自己淘氣，現在正是好好淘氣一番的良機，因此她笑嘻嘻地說：「不要著急嘛，伊莎貝拉，詹姆斯很快就會來的。」

「討厭，我親愛的朋友，」伊莎貝拉回答道，「不要把我想得那樣傻，成天只想著把他掛在我胳臂上。整天黏在一起，那有多難看呀，我們準會成爲這兒的笑柄。那麼，你就要去諾桑覺寺囉！我眞替你高興。據我所知，那是全英國最美麗的古蹟之一。我就等著聽你最詳細的描繪了。」

「你一定會聽到我最詳盡的描述的。不過你在等誰呢？你妹妹要來嗎？」

「我並沒有在等任何人。人的眼睛總要看向某個地方，而你也知道的，我的心思飄向千里外時，眼睛總會傻傻地盯著某個地方。我的心思完全不在這裡，我想我應該是全世界最心不在焉的人了。蒂爾尼上尉說，有一種人的心思總是如此。」

「但是我想，伊莎貝拉，你應該有什麼事情想告訴我吧？」

「唔，是的，我的確想告訴你某件事情！這不就剛好證實了我這番話嗎？我這愚蠢的腦袋，完全忘了這回事。嗯，事情是這樣的——我剛收到約翰的來信，你肯定猜得到他信上寫了些什麼吧。」

「不，我猜不到。」

「親愛的，別再惺惺作態了，除了你之外，他還會寫些什麼呢？你知道他是完全迷上你了。」

「迷上我？親愛的伊莎貝拉！」

「得了，親愛的凱瑟琳，你的反應未免也太荒唐了！謙虛這件事，本質上是好的，但有時候不妨誠實一點。我眞沒想到你會謙虛過了頭！你這不是要人恭維你嗎？他對你的關注，就連小孩都看得出來。就在他離開巴斯的半個小時前，你還給了他很大的希望。他在信裡這麼說的，說他根本就像是在向你求婚，而你也以最懇切的方式接受了他的追求。他現在要我幫他加把勁，盡可能多跟你美言幾句。因此即使你假裝不知情，也是多此一舉。」

凱瑟琳以她最誠摯的眞情，表達自己對這件事情的驚訝，申明她壓根兒不曉得索普先生愛上自己，因此絕不可能故意慫恿他。

「至於他對我的殷勤，我憑著自己的良心說，根本就毫無所覺——除了他剛到的第一天邀請我跳舞。至於說向我求婚這類事情，那一定有什麼莫名的誤會。你知道的，我哪可能誤會這樣的事情！而且，我誠心希望你能相信，也鄭重地聲明，我們之間根本沒說過任何這樣的話。他臨走前的半個鐘頭！那完全是場誤會——那一整個早上，我根本就沒見著他。」

「你一定有見到他，因爲那整個早上你都在艾德格住宅區——就是你父親來信的那天早上——我很確定你離開之前，曾經和約翰兩人單獨在客廳相處了一段時間。」

「是嗎？既然你都這麼說了，我想那應該是這樣吧，可是我一點印象也沒有。我現在確實記得當時跟你在一起，也看見他和其他人——我們只獨處了五分鐘而已——不過，根本不値得爲這件事情爭論，無論他單方面怎麼想，就憑我對這些事情毫無印象來講，你應該相信我從未想過、也不曾期待，或對他有任何這方面的期望。他竟然對我有意，這件事教我介懷，但我當眞是無心的，連想也沒想過。請你盡快也盡可能地消除他的誤會，請求他原諒我——也就是說……我不知道該怎麼說才好，但請以最妥切的方式讓他明白我的意思。我實在不願意對你哥哥說出任何不敬的話，伊莎貝拉，你最清楚了，倘若我對某位男士有意思，並不會是他。」

伊莎貝拉沉默不語。

凱瑟琳繼續說道：「我親愛的朋友，請你別生我的氣。我怎樣也沒想到你哥哥會這麼喜歡我。

而且，你也知道的，我們依然是好姐妹。」

「是的，是的，」伊莎貝拉臉紅了起來，「我們有好多種辦法可以結成姐妹關係。不過瞧我扯到哪兒去了？哎，我親愛的凱瑟琳，看來你是決意要拒絕可憐的約翰了，是這樣吧？」

「我眞的無法回應他的情意，也從來無意鼓勵他。」

「事實既然如此，我也不能再笑你了。約翰希望我和你談談這件事情，我才提起的。不過說實話，我一讀到他的信，就覺得這是非常愚蠢且唐突的事情，對雙方都沒好處。要是你們在一起的話，要靠什麼生活呢？當然，你們兩個都有點財產，但現在是無法靠那麼一點錢養家的——無論浪漫小說怎麼寫，沒有錢就半點事也做不了。我只是感到奇怪，約翰從哪兒冒出這種想法，他八成沒收到我最近寄出的那封信。」

「那麼，你相信我沒有錯囉？你相信我從來都不是存心要欺騙你哥哥，在這之前，從沒意識到他喜歡我？」

「噢！說到這個，」伊莎貝拉笑著回答，「我不想假裝瞭解你的心思或意圖，只有你自己最清楚自個兒心思。有時候難免發生些無傷大雅的調情狀況，人總是會不經意受慫恿而拋出比別人所期待的還多。但是你不需要擔心，我絕對不會過分苛責你。這種事對於意氣風發的青年男女來講，多半是可以接受的。你知道的，一個人今天有這樣的意思，隔天可能又變卦了。情況轉變，想法也會跟著改變。」

「但是我對你哥哥的想法從未變過呀，一直都是如此。你所說的從未發生過。」

「我親愛的凱瑟琳，」伊莎貝拉彷彿沒聽到對方所言似的繼續說道，「我壓根兒不希望在你還沒想清楚前，就催你訂下婚事。我無權要求你犧牲自己的幸福，只因爲他是我哥哥而要你順著他的心意。再說，你也知道的，即使沒有你，他最後也可能獲致幸福的，因爲人很少知道自己想做什麼，尤其是年輕人，心思總是變化無常。我想說的是，我爲什麼要把兄長的幸福看得比朋友的幸福還重要呢？你知道我有多看重朋友的。然而，親愛的凱瑟琳，最重要的是，別這麼著急。請記住我的話，若是太魯莽，往後必定會後悔莫及。蒂爾尼上尉說，人總是容易受自身情感所欺騙，我認爲他說得很對。啊！他來了。別擔心，他鐵定看不到我們的。」

凱瑟琳抬起頭來，瞧見蒂爾尼上尉，而伊莎貝拉說話時目不轉睛地注視著他，馬上就引起了他的注意。他立即走上前，順著伊莎貝拉的示意邀請坐了下來。他一開口就讓凱瑟琳嚇了一跳，雖然他說得很小聲，凱瑟琳還是聽得清清楚楚。

「怎麼！總是有人監視著你，無論是親自出馬，還是找個替身！」

「嗯哼，胡說一通！」伊莎貝拉以同樣的聲調回答道，「你爲什麼要跟我說這樣的事？可惜我一點也不相信你這番話。你知道的，我的心可是自由不拘。」

「但願你的心仍是自由不拘。那對我來講就已足夠了。」

「我的心——確實如此！你跟心怎麼會扯上關係呢？你們男人個個都沒有心肝。」

「若說我們沒心肝，卻有雙眼睛，光這雙眼睛就夠我們受了。」

「是嗎？我很抱歉，很抱歉它們在我身上看到了些不順眼的地方。我會轉向別處的，希望這會讓你的心情好些。」伊莎貝拉轉身背對他，說道：「希望你的眼睛現在不受罪了。」

「別再這樣了，我仍可看到你美麗的容顏若隱若現。」

凱瑟琳聽著這些話只覺困窘不堪，再也聽不下去，並為伊莎貝拉竟忍受得住而感到驚訝不已，同時開始替自己哥哥感到嫉妒難平。於是她站起身來，說自己得去找艾倫太太，提議伊莎貝拉陪她一起走走。

但伊莎貝拉對這個提議毫無興趣。一來她感到疲累不已，嫌在泉廳散步很無聊，再說若離開這裡就會錯過她妹妹，而她一直在等妹妹們過來；因此，親愛的凱瑟琳必得行行好，乖乖坐下來。不過凱瑟琳倒也固執得很，適巧艾倫太太走過來提醒她們該回家了，凱瑟琳便隨艾倫太太走出泉廳，留伊莎貝拉繼續和蒂爾尼上尉坐在那兒。凱瑟琳就在這種不安的心情下離開他們，在她看來，蒂爾尼上尉似乎愛上了伊莎貝拉，伊莎貝拉則無意識地鼓勵著他。這一定是無意識的，因為伊莎貝拉對詹姆斯的愛，就像她的訂婚一樣眾所皆知，絕不可能懷疑她的眞情或良善。然而，在他們應對言語中，她的行為舉止確實有些古怪。凱瑟琳希望伊莎貝拉能跟往常一樣說話，不要總是談到錢，也不要一見到蒂爾尼上尉就心花怒放。她竟沒察覺到蒂爾尼上尉對她的傾慕，這眞是太奇怪了！凱瑟琳眞希望自己能給她點暗示，讓她多注意點，避免過於熱情的舉止最後造成蒂爾尼上尉及自己的哥哥

伊莎貝拉轉過身去，蒂爾尼上尉調侃道，
她若隱若現的嬌顏仍讓人有機會窺探。

痛苦。

約翰・索普的情意並無法彌補他妹妹的不經心。凱瑟琳簡直無法置信，也不敢期待他是眞心的，因爲她沒忘記他可能是弄錯對象，再且，他聲稱求婚舉動受她本人慫恿，這其中八成有天大的誤解。所以，她的虛榮心沒有因此感到滿足，反而深深困惑，對他的自作多情也只有驚訝不已。伊莎貝拉提及哥哥對她這位好友的愛意，凱瑟琳一點也不曾領受到；但伊莎貝拉揭露了許多凱瑟琳說過的話，她希望那只是自己不經思考而說出口的，而且以後再也不會說出同樣的話。她乾脆在此打住思緒，讓一切保持這樣的輕鬆愉快就好。

Chapter 19

第十九章

如此過了幾天，凱瑟琳並不希望自己懷疑朋友，但又忍不住密切注意伊莎貝拉的行爲。然而她所觀察到的結果卻不那麼讓人滿意，伊莎貝拉恍若變成另一個人似的。她看到伊莎貝拉只有和艾德格住宅區或帕特尼街那些親密朋友在一起時，其行爲才沒什麼異常，也沒有太過分的舉動，這或許還能掩人耳目。她有時看起來略顯無精打采，對事情漠不關心，有時候則如她自稱的心不在焉，那是凱瑟琳以前從未聽過的；但既然沒出現任何更糟糕的情況，這只會讓她看似添增一股新魅力，激起人們對她的興趣。不過當凱瑟琳見到她在公開場合對蒂爾尼上尉所獻的殷勤、她所回應的關注及笑容，幾乎就和她給詹姆斯的回應無所差別，此般變化就太難教人不注意了。這樣千變萬化的行爲，到底意味著什麼呢？她的朋友到底在做什麼，這已經超乎凱瑟琳的理解範圍。伊莎貝拉根本沒有察覺到自己給別人帶來的痛苦，對於這位未來嫂嫂輕率的行爲，凱瑟琳無法克制地感到氣憤。

詹姆斯是受害者，凱瑟琳看到他憂悶不樂。即使那位曾把自己的心交給他的女子現在不那麼體恤他，做妹妹的凱瑟琳仍一直付出關心。她也很關心可憐的蒂爾尼上尉，縱使他的長相並不討她喜歡，他的姓氏卻贏得了她的好感。一想到他即將面臨的失望，凱瑟琳就打從心底同情他，畢竟無論自己在泉廳聽到什麼樣的對話，從他的行爲看來，似乎還不知曉伊莎貝拉已經訂婚了，她再怎麼思索，都不認爲蒂爾尼上尉早知道這件事情。他可能會將她哥哥當成對手而爭風吃醋起來，但其中若還有什麼的話，那應該就是自己有所誤解了。她希望能藉由婉轉勸告來提醒伊莎貝拉自己的特殊處境，讓她瞭解這麼做對雙方都不好。然而每次的勸告不是機會不恰當，就是無法讓她完全理解；若是有機會暗示幾句，伊莎貝拉也總是領會不到。在這麼令人苦惱的情況下，蒂爾尼一家就要離開巴斯，這件事成了凱瑟琳最大的安慰。再過幾天他們就要啓程回到格洛斯特郡了，蒂爾尼上尉的離開，至少能讓其他人再度尋回平靜，除了他自己。

然而，蒂爾尼上尉目前卻還不打算離開，他不準備跟大家一同前去諾桑覺寺，反而要繼續留在巴斯。當凱瑟琳知道這件事情時，便立即做出決定。她跟蒂爾尼先生談及這件事，對他大哥喜歡索普小姐這件事深感遺憾，並懇求他告知自己的兄長，跟他說伊莎貝拉已經訂婚了。

「我大哥早知道這件事情了。」這就是蒂爾尼先生的回答。

「是嗎？那麼他爲何還要留在這裡呢？」

他沒有回答，轉而提起了別的事情。她又焦急地繼續說：「你怎麼不勸他走呢？他待得越久，最後的結果對他越糟糕。請看在他及所有人的份上，勸他馬上離開巴斯。離開之後，過一段時間他的心情就會再度好轉的——他在這裡是沒有希望的，只會徒增自己痛苦罷了。」

「我想我哥哥絕不想那樣做的。」蒂爾尼先生笑道。

「那麼你會勸他離開嗎？」

「勸他，我可能辦不到，但若我連試也沒試，也請你原諒我。我已經告知他索普小姐訂婚的事情。他知道自己在做什麼，這件事只能由他自己決定。」

「不，他不知道自己在做什麼，」凱瑟琳叫道，「他根本不知道他爲我哥哥帶來何等痛苦。雖然詹姆斯不會跟我提過，但我看得出來他很痛苦。」

「但你確定這是我大哥的錯嗎？」

「是的，非常確定。」

「是我大哥對索普小姐有意思，還是索普小姐接受了他的追求，才造成這樣的痛苦？」

「這不是同一回事嗎？」

「我想你哥哥會明白這其中差異的。沒有哪個男人會因爲另一個男人愛慕他所愛的女人而生氣，只有那個女人才能造成這樣的痛苦。」

凱瑟琳爲自己好友感到臉紅，說道：「伊莎貝拉是有錯，但我敢肯定她並無意帶來任何痛苦，因爲她十分愛我哥哥。她第一次見到我哥哥就一直愛著他，當我父親的態度還不甚明確時，她急得像熱鍋上的螞蟻。你應該明白她多愛我哥哥。」

「我瞭解，她愛著詹姆斯，但和腓德烈克調情。」

「噢！不是的，不是調情。當一個女人愛上一個男人，便不可能和另一個男人調情。」

「看來她無法像一次只做一件事情那樣做得好，無論是全心愛一個人，或專心與人調情。那兩位先生都得犧牲一些東西。」

沉默了一會兒後，凱瑟琳又重新提起這件事。

「那麼你認爲，伊莎貝拉並不是那麼愛我哥哥囉？」

「我對這件事無法表示任何意見。」

「但是你大哥的用意何在呢？如果他已知道她訂了婚，他的這些行爲又意味著什麼？」

「你還眞是不輕易罷休。」

「是嗎？我只是問清楚我想知道的事情。」

「但你所問，是我回答得出的問題嗎？」

「是的，我想是的，因爲你應當清楚你大哥的心思。」

「如你所說，我大哥的心思，以目前的情況來講，我只能猜測而已。」

「那麼？」

「那麼！哎，如果只憑猜測，就讓我們各猜各的吧！受他人左右是很可憐的，所有的情況都擺在你眼前了。我大哥很外向，有時或許是個稍嫌輕率的年輕人，他和你朋友大約認識了一個星期，他幾乎一認識她就知道訂婚的事。」

「那麼，」凱瑟琳想了一會兒後說，「你或許可以從這些情況猜到你大哥的心思，但我肯定沒辦法。難道你父親對這樣的情況沒有表示任何意見嗎？難道他不希望蒂爾尼上尉離開嗎？當然，若是由你父親跟他談，他應該會離開的。」

「親愛的莫蘭小姐，」亨利．蒂爾尼說，「你如此擔心令兄，難道沒可能是你誤會了？會不會做得有點太過頭了？無論是看在他自己或索普小姐的份上，他會感謝你這麼做嗎？你認爲索普小姐只有在看不到蒂爾尼上尉的時候，才會鍾情於你哥哥，或者行爲才會安分點？難道只有在與世隔絕的情況下他才能安心嗎？或者只有當索普小姐不受人誘惑時，才會對你哥哥忠貞不渝？你哥哥絕不可能這麼想，而且他一定也不希望你這麼想。我不會說『別擔心』，因爲我知道你現在很擔心。不過請盡量不要太擔心。你應該相信你哥哥和你朋友是互相愛著對方的，你無須擔心他們之間眞有吃味情事，依目前來看，他們之間的問題不會持續太久的。他們之間的心意是相通的，但他們對你卻並非如此。他們清楚自己想要什麼，以及可以容忍什麼。你放心，他們不會玩得太過火的。」

看到凱瑟琳依然一臉疑惑，表情嚴肅，他接著又說：「雖然腓德烈克不會跟我們一道離開巴斯，但也只是再停留一小段時間，可能只比我們晚幾天而已。他不久就要收假了，勢必得回到部隊去。你說，他們之間的友情會怎麼樣呢？這兩個星期的混亂情況，只會讓伊莎貝拉和你哥哥笑上一個月罷了。」

凱瑟琳終於放寬心，不再那麼擔憂了。在整個談話過程中，她一直感到忐忑不安，現在總算可以放下心了。蒂爾尼先生一向是思路最清晰的那個人。她爲自己如此擔憂而自責不已，並決定不再

蒂爾尼上尉即將返回部隊，所有情海風波不久即將平息。

把這件事看得太嚴重。

離開巴斯前，伊莎貝拉的舉止證實了她最後的看法。在凱瑟琳離開前夕，索普一家來到帕特尼街跟他們一起共度夜晚，而這對情人之間並沒發生什麼讓凱瑟琳不安、或者會令她懷著忡忡憂心離去的事。詹姆斯看起來心情愉悅，伊莎貝拉也很溫和平靜。內心溫善如凱瑟琳，決定要更寬厚地看待自己的朋友，因此有些行爲在這般心境下是可以容許的，像是伊莎貝拉一度直接了當反駁詹姆斯的話，又有一次她抽回了手。凱瑟琳想起了蒂爾尼先生的勸告，她將這一切都歸咎於自己的過度擔憂。至於他們之間道別時的擁抱、眼淚及各種承諾，讀者諸君應可自行想像得到。

第二十章

Chapter 2

要和他們這位年輕朋友分開，教艾倫夫婦深感不捨。凱瑟琳個性好、爽朗好相處，是他們難能可貴的夥伴，爲他們的生活增色不少。但既然她本人很高興跟蒂爾尼小姐同行，他們也不好再多所奢求，再說艾倫夫婦自己也只準備在巴斯多待一星期，凱瑟琳現在離開他們，他們亦不會寂寞太久。艾倫先生送凱瑟琳到米爾森街，剛好和蒂爾尼一家一塊用早餐，他看著她坐在那兒受到新朋友親切備至的款待。當凱瑟琳發現自己儼如蒂爾尼家的一員時，心情激動不已，就怕自己行爲舉止有所不當，無法繼續獲得對方好感。因此，在剛開始尷尬的五分鐘裡，她幾乎想跟艾倫先生回帕特尼街了。

蒂爾尼小姐的溫柔和亨利的笑容，一下就消融了凱瑟琳的擔憂，不過離輕鬆自在還遠得很，即使有將軍本人無微不至的照顧，仍無法讓她完全放下心來。雖然這聽起來有點奇怪，但她想，要是將軍少關心她一點，或許還讓她覺得輕鬆些呢。他一直擔心凱瑟琳是否安適，不斷招呼她吃東西，且不時露出這些菜或許不合她胃口的擔憂神情，縱然這是她一生中難得在餐桌上見過的豐盛早餐。這一切反而讓她片刻也無法忘記自己是客人。她覺得自己完全不配受到這般尊重，因此不知如何回應是好。將軍對大兒子姍姍來遲的不耐，對其懶惰成性的不滿，皆讓凱瑟琳難以平靜下來。這位父親嚴厲的責罵尤其教她備感彆扭，好像兒子犯了什麼滔天大罪似的，而當她發現這次責罵的原由來自於她時，越發局促不安，原來將軍覺得他兒子對凱瑟琳不夠尊重。她落入窘迫處境，即使對蒂爾尼上尉同情有餘，卻不敢奢求上尉會對自己有好感了。

蒂爾尼上尉靜靜地聽父親訓斥，不作任何辯駁，這就證實了她的某個擔憂：上尉晚起的眞正原因，可能是爲伊莎貝拉煩心著，夜裡無法安然入睡。這是凱瑟琳第一次眞正與他相處，她希望現在能看看他是怎麼樣的人。然而他父親在場時，她幾乎沒聽他開口說過一句話。況且，因爲他的心情大受影響，讓她無法作出任何判斷，只聽到他小聲地對蒂爾尼小姐說：「等你們全都走了之後，我該有多清靜啊！」

臨走時亂哄哄的場面也不甚愉快。鐘敲到十點鐘時，箱子才搬下樓來，將軍本預計這個時間早該走到米爾森街了。將軍的大衣不是拿下來穿的，而是鋪在他與兒子共乘的雙馬二輪馬車上。雖說供女士們乘坐的四馬馬車本可容三個人坐，中間的椅子卻未拉出來，蒂爾尼小姐的女僕又在車裡堆了大包小包，凱瑟琳連坐的地方都沒有了。當蒂爾尼將軍扶她上車時看到這般景象，臉色一沉，她好不容易才保住自己新買的折疊寫字台，沒給扔到街上去。總之，大門終於在三位女子面前關上了，馬匹邁著從容步伐出發，像是一位紳士要走上三十哩路前先將駿馬餵得飽足後才有的步伐——這即是巴斯到諾桑覺寺的距離，現在要分成兩段路來走。

馬車一出大門，凱瑟琳的精神就恢復了，因爲和蒂爾尼小姐在一起，她並不覺得拘束。她興致盎然地看這條全新的道路，前有寺院、後有一輛雙馬二輪馬車，毫無遺憾地看了巴斯最後一眼，不知不覺走過一塊塊里程碑。中途在格洛斯特郡一個名爲小法蘭西的村莊補給馬匹的體能，無聊地等了兩個鐘頭，什麼事情也沒得做，就只能吃吃逛逛，即使肚子並不餓，偏偏周圍也沒有什麼好看的。她本來還挺喜歡他們的旅行方式，時髦的四馬馬車，穿著華麗制服的左馬御手，馬鞍規律起伏著，還有許多侍從體面地坐在馬上；但隨著這個排場帶來的不便，她喜愛的程度便減少了幾分。若是他們聚在一起時氣氛融洽，這場耽擱也就沒什麼，豈知蒂爾尼將軍，這麼一位迷人的人，似乎總是能讓兩個孩子垂頭喪氣，而且幾乎都只有他一個人在講話。凱瑟琳見他對旅店裡的一切俱不滿意，以及對侍者不耐煩的火氣，讓凱瑟琳越發敬畏他，兩個鐘頭漫長得像四個鐘頭。終於，出發的命令下達了。令凱瑟琳吃驚的是，將軍提議接下來的路程跟她交換，讓凱瑟琳換到他兒子的馬車去坐，說天氣這麼好，他很想讓凱瑟琳多欣賞鄉下田園風光。

蒂爾尼將軍一提出這個計畫，凱瑟琳馬上想到艾倫先生對年輕人乘坐敞篷馬車的看法，不禁漲紅了臉，因此頭一個念頭就是拒絕，但隨即轉念一想，覺得應該尊重蒂爾尼將軍的意見，他不可能提出不合宜的提議。短短幾分鐘內，她就坐進蒂爾尼先生的雙馬二輪馬車中，心裡萌生前所未有的快樂。坐了一小段路之後，她便認定雙馬二輪馬車是世界上最好的馬車，四馬馬車走起來確實很威風，但終究還是個笨重、麻煩的工具，她不會輕易忘記它在小法蘭西停歇的兩個鐘頭。雙馬二輪馬車只要一半的時間就足夠了，它那輕快的小馬直想放開腳步奔跑，若不是將軍執意要讓自己的馬車打頭陣，牠們可以在半分鐘之內輕而易舉地超越過去。不過，雙馬二輪馬車的優點還不僅在於馬匹而已，蒂爾尼先生的駕車技術也實在了得，如此安靜，一點顛簸也沒有，既不向她自我吹噓，也不大聲催促馬匹，和凱瑟琳唯一認識的那位紳士駕車手相比，根本就是天差地別！——還有他的帽子戴得如此得體，大衣上的披肩在他身上是如此得宜！——讓他載著，僅次於跟他跳舞，是世界上最幸福的事了。除了這些快活事之外，她現在還聽著他讚美自己，至少聽到他替妹妹道謝，因自己能應邀作客，並視之為眞正的友誼，這都令他感懷在心。他說，妹妹的處境不是很好，身邊沒有什麼女伴，再加上父親常常不在家，有時根本乏人作陪。

「但怎麼會這樣呢？」凱瑟琳說，「你怎麼不在她身邊呢？」

「諾桑覺寺只是我半個家，我在伍德斯頓另有自己的居所，距離我父親這邊將近二十哩。我得花些時間待在那裡。」

「你一定為此感到很難過！」

「每次離開愛琳諾，我總是很難過。」

「是呀，不過除了疼愛你妹妹之外，你一定也很喜愛這所寺院！住慣了諾桑覺寺這樣的地方，再來到普通的牧師公館，肯定會覺得不太習慣。」

亨利．蒂爾尼笑著說：「你對諾桑覺寺顯然已經有好印象了。」

「那當然啦，難道它不是座優雅的古寺，就像我們在書裡讀到的那樣？」

「那你也準備好要見識見識『書裡讀到的』這類建築裡可能發生的各種可怕情景了嗎？你的心臟夠強壯嗎？有膽量去看那些會動的嵌板和掛毯嗎？」

「噢！是的。我並不認爲自己是很容易受驚嚇的人，因爲屋裡應該有很多人啊，更何況這房子又不是一直空著沒人住，或是荒廢多年，再說你們也不會沒事先通知就突然回去。」

「的確如此。我們是不需要摸著廊道、走進一間只靠著快燃盡的柴火照明的晦暗大廳，也用不著在缺窗少門、沒傢俱的房間地板上打地鋪。不過你應該瞭解，一位年輕小姐無論是透過何種交情介紹給這樣的家庭，她都得與其他家庭成員分開住。當大家舒舒服服地回到自己所住的另一端時，她得由老管家桃樂絲[1]鄭重其事地領著爬上一段樓梯，穿過許多陰暗的走廊，到一間自從某位親戚二十多年前過世後就沒人再住過的房間。你忍受得了這樣的招待嗎？難道不慌亂嗎？當你發現自己置身於這樣一間陰森森的房間，覺得它太高、太大，整個屋裡只有一盞孤燈發出的微弱光線，四周牆壁掛毯上畫著眞人般大小的人像，床上被褥都是深綠色或紫紅色的天鵝絨，簡直就跟喪禮一樣。這時你的心能不跌入谷底嗎？」

「噢！但這事不會發生在我身上，我可以肯定。」

---

1 《烏多夫堡祕辛》的女管家就叫做桃樂絲。

「你會如何惶恐不安地檢視房間裡的擺設？而且，你會發現什麼呢？沒有桌子、梳妝台、衣櫃或是櫥櫃，或許只在牆的一角有把破琴，另一角則有一只怎麼用力也打不開的大立櫃，壁爐上方是一位英俊武士的畫像，他的容貌讓你無法自拔地迷上，無法將眼睛從畫像移開。同時，桃樂絲也同樣被你的神情所吸引，惴惴不安地盯著你看，丟下幾道捉摸不透的暗示。此外，為了使你打起精神，她還跟你說了些什麼，讓你覺得自己住的這邊肯定鬧鬼，並告訴你這附近沒有家僕供你差遣。說完這些令人毛骨悚然的話之後，她就告退了。你聽著她的腳步聲逐漸遠去，直至聽到最後一個回音，而當你，恐懼萬分地想把門鎖上時，突然驚覺到，門並沒有鎖。」

「噢！蒂爾尼先生，這該有多可怕呀！這真像是書裡寫的，但不可能真的發生在我身上。我可以肯定你們的女管家絕不會是桃樂絲。好吧，那後來呢？」

「也許第一個晚上沒有更驚人的事情發生。當你克服了對那張床莫名而起的恐懼之後，便上床休息了。你就這樣輾轉不安地睡了幾個鐘頭。就在第二天晚上，或者最遲在你抵達後的第三個晚上，你可能會遇上一場暴風雨。一聲聲的響雷席捲附近山區，那雷聲之大，彷彿要把整棟建築給震垮。在雷聲轟轟作響下，又颳來一陣陣可怕的勁風，這時你的燈還沒熄，可能發現掛毯上有一處震動得特別厲害。你當然無法抑止好奇心，簡直就是無法自拔，便立刻跳起，匆匆披上身邊的袍子，開始探尋這神祕之事。稍微查看之後，你會發現掛毯上有一處織得特別巧妙，即使仔細檢視也不容易看出來。當你一掀開這塊掛毯，立即出現一道門，門上只有幾根粗條和一把掛鎖。你試了幾次後，門打開了，你便提著燈，穿過門走進一間拱頂小屋。」

「不，絕不可能。我嚇都嚇死了，哪會做這種事。」

「怎麼！桃樂絲都告訴你，你的房間跟二哩外的聖安東尼教堂之間有條祕密通道，你也不去？面對這麼小的一趟冒險，你會畏縮不前嗎？不，不會的。你會走進這間拱頂小屋，又走過另外幾間這樣的小屋，一路上並沒發現任何奇異之處。或許，其中一間屋裡有一把匕首，另一間則殘留著幾滴血，第三間屋裡留有一些支離破碎的刑具，但都沒有什麼異於尋常之處。手中的燈火即將燃盡，你想走回房間，然而再走過那間拱頂小屋時，你的目光注意到一只老式烏木鑲金大立櫃。雖然你之前已經仔細查看過傢俱，卻沒有注意到這只櫃子。在一種無法抗拒的預感驅使下，你快速走向前，打開折門上的鎖，搜查每個抽屜。可搜了老半天，沒發現任何有價值的東西，只找到一大堆鑽石。不過最後，你觸碰到一道暗鎖，開啓了一層內抽屜，並發現一只卷軸，於是你馬上一把抓了出來，哇，裡面有許多張手稿。你緊接著如獲至寶般地急忙衝回房間，誰知才剛看到這句『噢，你，不管你是誰，一旦薄命的馬蒂爾達這些筆記落入你的手中』，這時，手中的燈火突然燒完，頓時陷入漆黑一片。」

「啊，別、別！別這麼說。好吧，接下來呢？」

但是亨利被他激起的這番反應給逗得太樂，無法再講下去。他無法在內容或口吻上，再裝出一本正經的樣子，只得請她自己發揮想像力來閱讀馬蒂爾達的不幸遭遇。一冷靜下來後，凱瑟琳便爲自己的急切感到羞赧，誠摯、信誓旦旦地對他說，自己一點也不害怕會眞的遇上他所說的那些事。

「蒂爾尼小姐，」她肯定地說，「絕不會將我安排到你所講的那種房間。我一點也不害怕。」

當他們越接近旅途終點，她越是迫不及待想看到諾桑覺寺，縱使這心情因亨利提起全然不同的話題而停了一陣子。可每到轉彎處，她都帶著肅然起敬的心情，期待能瞥見砌著灰色石塊的巨牆，聳立於老橡樹園間，太陽的餘暉跳躍於哥德式長窗上，閃現著燦爛的光輝。但那座建築坐落地勢如此低矮，當她穿過門房的大門，進入諾桑覺寺的庭園時，發現自己連個古老的煙囪也沒瞧見[2]。

凱瑟琳知道自己不該如此驚訝，但以這樣的方式進門，一點也不符合她的想像。走過兩排現代風格的門房，發現自己如此輕易就進入寺院領域，馬車疾駛於光滑平坦的石板路上，沒有遭逢任何阻礙、驚嚇或肅穆的氣息，委實讓她感到奇怪又不知所措。然而，她並沒有太多時間想這些事情。一陣突如其來的大雨打在她臉上，讓她無法再觀看其他事物，一心只顧著保護她那頂新草帽。其實，她已經來到寺院牆邊，在亨利的協助下跳出馬車，躲到老門廊下，趕緊跑進大廳，她的朋友和將軍已在那兒等著歡迎她的光臨，這讓她絲毫感受不到即將降臨在自己身上的苦痛，或者疑心這幢肅穆的建築裡曾發生過什麼樣恐怖的事件。微風似乎還沒颳來凶殺案的悲息，只帶來一陣濛濛細雨，她使勁地抖了抖衣服，準備進入客廳，好好思索自己身處何方。

一座寺院！是呀，能親臨其境眞是太神奇了！但當她環顧廳堂時，不禁懷疑自己所看到的東西是否有寺院的感覺。屋內擺設是如此富麗堂皇又現代。再說那座壁爐，她原本還期待會看到繁複的古代雕刻，誰料卻完全是座倫福特式壁爐[3]，用樸素又漂亮的大理石砌成，上面擺著一只漂亮的英國瓷器。她滿懷期待地望向那些窗戶，因爲她之前聽將軍說過，這些窗戶他特別謹慎地保留原本的哥德式樣貌，實際上卻與她想像的相距甚遠。的確，尖拱是保留了，形式也是哥德式的，甚至有古典的外推式鉸鏈窗扉，但是每塊窗玻璃都太大、太乾淨又太明亮！在凱瑟琳的想像中，她希望能看到最小的窗格、最笨重的石雕以及彩繪玻璃、髒汙和蜘蛛網。這樣的差異對她來講，實在太令人傷心了。

將軍看到她正四處望著，便開始謙稱屋子狹小、傢俱簡單，全是些日常用品，僅求舒適就好之類的話。不過他又得意地談起諾桑覺寺有幾間房間值得她看看，正當要提到那間造價不斐的鍍金屋時，他卻拿出錶來，驟然停下，大聲宣布道：「再過二十分鐘就五點了！」這句話猶如解散令，凱瑟琳發現蒂爾尼小姐正催促她快走，那副樣子讓她確信：在諾桑覺寺，必須非常嚴格遵守家庭作息時間。

大家穿過寬敞挑高的大廳，爬上一道又大又光滑的橡木梯，經過許許多多段樓梯和彎角，來到

---

2 為了營造肅穆悚然的氣氛，哥德式小說經常將古堡安排在峭壁高崖之上，而諾桑覺寺卻是位在山谷間的低矮地勢。

3 為與客廳裝潢相搭襯，而訂製了彼時最流行的倫福特式壁爐，燃燒室和煙囪皆細窄，以減少煙霧量，和凱瑟琳想像的中古世紀寬口壁爐有很大落差。倫福特伯爵（Count Rumford），即政客科學家湯普生（Benjamin Thompson, 1753-1814）。

一條又寬又長的廊道。一邊是一道道的門，另一邊則是一排窗戶，把走廊照得通亮。凱瑟琳才剛看到窗外是個四方院，隨即就被蒂爾尼小姐帶進一間房裡，只說句希望她覺得舒適的話後便離去，臨走時急切地懇求凱瑟琳盡量少換衣服。

Chapter

第二十一章

凱瑟琳大概看了一眼，就知道她的房間和蒂爾尼先生想嚇唬她所描述的房間截然不同。這房間一點也沒有大得出奇，既沒有掛毯，也沒有天鵝絨布；牆上貼著壁紙，地上鋪著地毯，窗戶和樓下客廳的窗一樣完善、明亮。傢俱雖不是最新穎樣式，但也相當漂亮舒適，且房裡的氣息一點也不陰森。如此一來，她立刻放下心，決定不再浪費時間仔細檢查，唯恐任何延遲會惹得將軍不高興。於是，她急急忙忙脫掉大衣，準備打開裝衣服的行李。爲了方便隨身使用，她把這件輕便行李放在馬車座位上帶了過來。就在此時，她突然發現一只又高又大的箱櫃，立在壁爐旁的深凹處。一見到這只箱櫃，她不由得心裡一驚，頓時忘了一切，嚇得動彈不得。

她直盯著箱子看，心裡同時間掠過這樣的想法：「眞是太奇怪了！我沒想到會看到這個！一只笨重的箱櫃！裡面會裝些什麼呢？怎麼會放在這裡？被刻意塞到裡面，好像不想讓人看見似的！我要打開來看看——無論付出多大的代價我也要打開來看看，而且馬上就要這麼做——趁現在天還亮著，要是等到晚上，我的蠟燭可能會燒完。」

她走過去仔細端詳一陣。這是一只杉木箱櫃，上面十分古怪地鑲著深色木片，放在一座用同樣材質做成的雕花架子上，離地約一呎高。鎖是銀製的，但因年久，已失光澤。箱子兩端有兩個殘缺不全的把手，也是銀製的，或許是早期受到外力破壞。另外，箱蓋中央有個神祕的暗號，同樣是銀製材質。凱瑟琳彎下腰仔細查看，仍看不出個所以然，無論往哪邊看，她都不認爲最後一個字母會是「T」[1]。然而，在他們家裡出現別的字母，反倒會讓人感到特別訝異。若是這箱子原本不屬於他們，那又是發生了什麼奇怪的事，才會落到蒂爾尼家呢？

凱瑟琳那惴惴不安的好奇心，隨著時間流逝，一分一秒滋長。她用顫抖的雙手緊抓鎖環，決心甘冒任何危險，也一定要查清楚裡面到底裝了些什麼。但冥冥中似乎存在一股抗力，她好不容易才稍稍把蓋子掀高幾吋的當兒，突然一陣敲門聲把她嚇得鬆開手來，蓋子就這麼大聲關上，教人膽戰心驚。這位不速之客是蒂爾尼小姐的女僕，她的女主人差她過來幫莫蘭小姐的忙。凱瑟琳立刻把女僕打發走了，不過這提醒了她應該做的事，遂強迫自己先放下想解開祕密的急切渴望，立即繼續整裝。她的速度並不快，因爲她的心思和目光仍專注在那只想必有趣又可怕的箱子上，儘管不敢再耽擱時間做第二次嘗試，偏偏腳步又離不開那箱子。最後，她終於把一隻手套進她的長禮服，梳妝似乎也快完成了，她大可放心地滿足自己迫不及待的好奇心。她當然可以抽出一點時間，拚命使盡全身力氣，除非蓋子被妖術鎖上，否則她應該很快便能夠打開來。她就帶著這樣的決心向前跨去，信心果然沒有白費，她用力往上成功掀開蓋子。豈知她驚訝的雙眼只看到一條白色棉布床單，整齊疊好，放在箱子內側的一邊，此外就別無他物了！

凱瑟琳呆呆地看著，驚訝之餘臉上不禁泛紅，恰在這時，蒂爾尼小姐擔心朋友是否做好準備而走進房裡來。凱瑟琳本來就爲自己荒唐的期待感到羞愧，現在又被人撞見自己亂搜東西，越發羞愧不已。

「這是一只古怪的舊箱櫃，不是嗎？」當凱瑟琳急忙關上蓋子轉身面對鏡子時，蒂爾尼小姐這樣說道，「誰也不知道這箱子放在這裡多少代了。我也不曉得當初是怎麼放到這房裡來的，但一直沒搬動它，想著它或許哪天會派上用場，像是放放帽子之類的。它最大的缺點就是太重了不好開，不過擱在角落至少不礙事。」

凱瑟琳頓時無言，立刻羞紅了臉，邊繫著禮服，邊痛下決心往後絕不再犯這種傻事。蒂爾尼小姐委婉地暗示怕要遲到了，不到半分鐘的時間，兩人便慌慌張張跑下樓去。她們的驚慌不是沒有理由的，畢竟蒂爾尼將軍正手拿著錶在客廳裡踱來踱去。一見到她們進門，他便用力拉了拉鈴，命令道：「晚餐立即送上桌來！」

凱瑟琳聽著將軍加重口氣的話語，不由得顫抖起來，她臉色發白、呼吸急促地坐在那裡，大部分時間淨在爲他的孩子擔心，並咒罵那只舊箱櫃。將軍看向她時，又恢復了客氣態度，其他時間則是在斥責女兒愚蠢地去催促好友，說根本就不需要這麼趕的，逼得貴客上氣不接下氣。凱瑟琳害得

---

1 即蒂爾尼（Tilney）這個姓氏的首字母。

兩位小姐急匆匆下樓，
卻見將軍手拿著錶在客廳裡踱來踱去。

朋友挨罵，加上自己又是這麼個大傻瓜，這雙重折磨可眞讓她有些消受不了。直到大家歡歡喜喜地圍坐在餐桌，將軍露出得意笑容，再加上凱瑟琳自己胃口來了，才使她回復平靜。

餐廳是間華麗的大房間，從規模來看，應該要有個比正在使用的這裡大上許多的客廳才相稱。餐廳的裝飾也十分奢華，可惜在凱瑟琳這位外行人眼中，根本就看不出個所以然，只看到寬敞的空間及眾多僕侍。她大聲讚美，將軍則一臉親切地認同這餐廳規模的確不小，接著他又說道，就像大部分人一樣，他不特別在意這種事，但確實認爲寬敞的用餐空間乃是生活必備條件。不過他覺得，凱瑟琳在艾倫先生府上，應該習慣使用比這間大得多的房間才是。

「不，並非如此，」凱瑟琳老實地回應道，「艾倫先生的餐廳不及這兒的一半大呢。」她生平還未見過這麼大的用餐空間。將軍聽了甚是高興。喔，既然他有這些屋子，不善加利用可就太可惜了，不過說實話，他覺得比這小一半的宅子或許更舒適。他敢說，艾倫先生的宅邸肯定是大小適中，能住得舒服快樂。

當天晚上並未再出現任何風波，甚至偶爾蒂爾尼將軍離席時，大家還覺得滿愉快的。只有當將軍在場時，凱瑟琳才稍稍感覺到旅途的疲累。即便如此，即便疲憊或拘謹襲來之時，她仍覺得愉悅蓋過一切，就連思及巴斯那群朋友時，也沒半點想要重聚的念頭。

入夜後，暴風雨來襲。整個下午就已不時颳著風，到他們散席的當兒開始狂風暴雨。凱瑟琳穿過大廳，滿懷憂懼地聽著暴風雨咆哮。當她聽見狂風凶猛地席捲過古寺一角，猛然將遠處一扇門重重關上時，心裡頭一次確切感覺到自己置身寺院裡頭。是的，這就是寺院特有的聲響，也讓她聯想起這類建築見證過暴風雨所造成的各種可怕情景與恐怖場面。而讓她欣喜的是，自己處於一棟嚴實建築之中，處境算是比較好的！用不著擔心午夜的刺客或醉漢[2]。蒂爾尼先生早上對她說的話無疑是鬧著玩的。在如此華麗且嚴密的房子裡，既無什麼好探索，也不會遭到任何不測，她大可安心地走回自己房裡，就像走到自己在富勒頓的房間一樣。

她一面上樓，一面如此理智地安撫自己，特別是想到蒂爾尼小姐的臥房離她僅有兩扇門之隔，她更放大了膽走進房間。她一進門就看到熊熊柴火燒得正旺，精神立即爲之大振。

「這眞是好多了，」她一面走向爐火邊，「回來就看到爐子生好，這可比在寒氣裡顫抖地等待好多了，不用像許多可憐的姑娘那樣，非得無奈地等到全家人都上床了之後，才有位忠實的老僕人突然抱著一捆柴火走進來嚇人！我眞高興諾桑覺寺是這樣！要是它像別的地方那樣，遇上這種夜晚，我可眞不知道自己會嚇成什麼樣子——不過現在，實在沒有什麼好害怕的。」

她環顧了一下房間，窗簾似乎在動。這並沒有什麼，只不過是狂風從百葉窗的縫隙裡鑽進來罷了，所以她勇敢行動，滿不在乎地哼著曲調移步過去，確認是否如此。她提起勇氣探視每片窗簾後面，看看矮窗台上有無什麼可怕的東西，接著，把手貼向百葉窗，確實感受到這股強風的力道。當她檢查完轉身時，瞥見了那只舊箱子，這一眼倒非毫無作用，她不禁嘲笑自己憑空亂想所產生的恐懼，隨後便泰然自若地準備上床。

「我應該從容不迫，不要催促自己，即使我是這屋子最後一個就寢的也沒關係。可是我不會給自己添柴火，那顯得太膽小了，好像躺在床上還需要火光壯膽似的。」

於是，那爐火就這麼熄滅了。凱瑟琳忙了大半個鐘頭，正待要爬上床最後再掃視一下房間時，突然發現一只老式的黑色大立櫃。這只櫃子雖然放在很顯眼的地方，她之前倒沒注意到。蒂爾尼先生的聲音馬上掠過她腦海，想起他話中那只剛開始不曾注意到的烏木櫃。雖然那裡頭不會眞的裝什麼，可卻有些古怪，如此驚人的巧合呀！她拿起蠟燭仔細觀察這只木櫃，木櫃並非眞是烏木鑲金，而是最漂亮的黑黃色頂級日本漆。在她手中燭光照耀下，那黃色頗似黃金。

鑰匙就插在櫃子上，她浮現一股奇怪念頭想打開來看看，雖說心裡不怎冀望會看到什麼，只是聽了蒂爾尼先生的話後，覺得太詭異了。總之，她要是不看一下便無法睡得著。於是，她小心翼翼地把蠟燭擱在椅子上，一隻手顫抖著嘗試打開櫃子，可竭盡全力也開不了。她心裡驚恐不已，但仍沒洩氣，遂嘗試其他辦法。鎖簧乍的彈開，她以爲成功了，眞是太不可思議了！豈知櫃門依然毫無動靜。她屏氣暫停了一下。狂風掃入煙囪，正怒吼著，大雨猛力打在窗戶上，一切彷彿都在訴說她的處境有多可怕。但是，到這當兒還無法弄清眞相，上床也是枉然，畢竟心裡一直惦記著眼前這只櫃子何以神祕地鎖上，哪可能睡得著？因此，她又轉動那把鑰匙。懷著最後一線希望，用力地以各

2《烏多夫堡祕辛》裡有兩名醉漢醉醺醺地找尋女主角所在的臥室，嚇壞了躲在房裡的主僕倆。

種方式扭轉，櫃門突然在她手中開啓了。這一勝利令她欣喜若狂，趕緊拉開那兩扇折門，第二扇門只別著幾根插銷，不比鎖來得複雜，然而在她看來，那鎖也不見任何異常之處。裡頭只有兩排小抽屜，小抽屜的上面跟下面都是些大抽屜，中間有扇小門，也上了鎖，插著鑰匙，可能是用來存放重要物品的。

凱瑟琳心跳加劇，卻沒有失去勇氣。期待讓她雙頰漲得通紅，眼睛因好奇而瞪得老大，手指抓住抽屜把柄往前拉開。裡面根本空空如也，沒有任何東西。她不像剛才那般驚恐，卻是更加急切地拉開第二個、第三個、第四個——每個抽屜都同樣一無所有。她沒放過任何一個抽屜，但一樣東西也沒找著。凱瑟琳曾仔細研讀過各種隱藏珍寶的訣竅，所有抽屜裡可能存在的假縫夾層都沒逃過搜查，她急切又敏捷地摸遍每個抽屜，依舊毫無所獲。

現在只剩下中間這個抽屜了。

她打一開始就不冀望會在櫃子裡翻出什麼東西，因此到目前爲止，對自己毫無所獲亦不覺得失望，但若是不趁機徹底搜查一番，那未免也太愚蠢了。然而，單是開門就讓她折騰了老半天，因爲內鎖就跟外鎖一樣難開啓。不過終究還是打開了，而且並不像之前那樣一無所獲，她的目光迅速落在被推到內側的一卷紙上，這顯然是刻意隱藏起來的。凱瑟琳此刻心情可眞是筆墨難以形容，整顆心跳得猛快，雙腳直發顫，雙頰已然發白。她以顫抖的手抓起那卷珍貴的手稿，眼睛稍微掃過就看出上面有字跡。她驚恐萬分地發覺，這事竟然應驗了蒂爾尼先生的預言，立刻決定要在睡覺前逐字逐句讀過一遍。

燭光轉暗時，凱瑟琳心裡緊張了起來，不過還好，並沒有立即熄滅的危險，應該還可以再燒上幾個鐘頭。要辨識出那些字跡，除了年代久遠所造成的難度外，想必是不會再有其他困難了，於是她趕快剪剪燭花。哎呀！她這一剪，竟然把蠟燭給剪滅了。要是油燈滅了也不會這麼可怕。有好一會兒工夫，凱瑟琳嚇得動彈不得。蠟燭全滅了，燭芯上連一絲再將蠟燭吹燃的餘火都沒有了。整個房間陷入一片漆黑，沒有半點動靜。驟然，一陣狂風呼嘯而起，頓時讓人毛骨悚然。凱瑟琳渾身上下抖個不停。

在一片靜寂之後，那對飽受驚嚇的耳朵聽見一道聲音，像是漸漸消逝的腳步聲以及遠處的關門聲。任憑誰聽了這聲音都要吃不消的，她的額頭冒出冷汗，手稿從手中掉落。凱瑟琳摸到床邊，趕緊跳上床去，死命鑽進被窩裡，期望能消除幾分恐懼。想要在這樣的夜晚閉上眼睛入眠，她想那是完全不可能的了。她的好奇心才剛被激起，全然處於激動狀態，想要睡著是絕對不可能的。外面的暴風又是如此可怕！她以前並不怕風，可是現在似乎每一陣狂風都捎來恐怖的訊息。手稿這麼湊巧地被發現，奇妙地證實了早上的預言，要如何解釋呢？手稿裡到底寫了些什麼？跟誰有關？是以何種辦法隱藏這麼久？而且怎麼就這麼離奇，單讓她給找著！在她未弄清楚內容之前，心裡是無法平靜或舒坦的，她決定等第一道曙光乍現，便立刻閱讀手稿。可這中間還餘下多少沉悶時光得熬過呀。她打著哆嗦，在床上輾轉難眠，只能羨慕每個沉睡的人。暴風依然持續大作，她那嚇壞的雙耳不時聽到種種聲響，甚至讓她覺得比風聲還要恐怖。有時床幔似乎在搖晃，有時房鎖好似在騷動，彷彿有人想要破門而入。走廊裡似乎響起沉沉的低吟聲，又有好幾次，遠方呻吟聲幾乎就要把她的血給凝住了。時間一個鐘頭又一個鐘頭過去了，疲累不堪的凱瑟琳聽到屋裡各處的鐘打了三下，在風暴平息之前，她已然不知不覺睡著了。

Chapter 22

第二十二章

翌日早上八點，女僕進屋拉起百葉窗發出的聲響把凱瑟琳吵醒了。她張開眼睛，一邊納悶自己是怎麼閉上眼的，一邊高興地看著眼前的景物。爐火已經燃起，一夜風暴過後，早晨一片清朗。當她恢復神智時，馬上想起那份手稿。女僕甫離開，她便飛跳下床，急忙撿起散落各處的紙張，然後奔回床上，趴在枕頭上津津有味地讀了起來。她現在才明白過來，自己不應該期望這份手稿跟那些她以前戰戰兢兢閱讀的書一樣長。因爲這卷紙，看來是由一些零散的小紙片組成的，加起來並沒有很厚，比她之前所想的要薄得多。

她貪婪地迅速掃過一張，內容讓她大吃一驚。這可能嗎？莫非是她的眼睛在欺騙她？一張衣物清單，潦亂的現代字體，似乎就是呈現在她眼前的所有內容了！如果她的眼睛還靠得住的話，她手裡拿的乃是一份送洗單。她又抓起另一張，看到的還是類似內容，沒什麼差別。她又抓起第三張、第四張、第五張，並沒看到任何不一樣的內容。每一張都是襯衫、襪子、領帶和背心；還有兩張，出自同一手筆，上面記載著一筆同樣無趣的開銷紀錄：郵資、髮粉[1]、鞋帶、肥皂；而包在外面最

1 十八世紀時，有種以上好麵粉或澱粉製成的香粉，可供男男女女做頭髮或假髮造型時噴灑，以營造把髮色染白或染灰的效果。

大的那張紙，密密麻麻的第一行字似乎寫著「栗馬濕敷藥」，一份獸醫清單！就是這麼一堆紙（她這時想到，或許是哪位僕人粗心大意放在她找到的地方），害得她充滿了期望與恐懼，奪走她大半夜的睡眠！她簡直羞愧極了。難道那只箱子還無法讓她學到教訓嗎？她躺在床上看到箱子的一角，似乎也在跟她作對。她最近這些想像有多荒誕，現在總算看得再清楚不過了。居然以為多年前的一份手稿會放在這麼現代舒適的房間，還可以不被發現！居然以為自己是第一個知道怎麼開鎖的人，明明任何人都會用那把鑰匙！

她怎麼能如此欺騙自己？老天保佑這樣的傻事可千萬別讓亨利．蒂爾尼知道！說起來這件事都得怪他，要是那只櫃子不要跟他探險故事中所描述的那麼吻合，她是絕對不會被勾起一丁點兒好奇心的。這是她唯一找得到的一點安慰。她迫不及待想清除自己犯了傻事所留下的討厭痕跡，那些撒了一床的可恨單據。於是凱瑟琳立刻起身，將單據一張張疊好，盡量疊成之前的樣子放回櫃中原本位置，衷心希望不會再發生任何意外讓它們再度出現，使自己無地自容。

但是，那兩把鎖起初為何會那麼難開，這事依然有點蹊蹺，畢竟她現在能夠易如反掌地開啓。這其中難保沒有其他玄機。她先自以為是地沉思了半分鐘，後來突然想到櫃門原來可能根本就沒鎖上，而是被她自己給鎖上的。想到這裡，凱瑟琳又不禁羞紅了臉。

一想起自己在這房裡做出的事情，她簡直難堪到極點，於是飛快離開房間，全速奔向前一天晚上蒂爾尼小姐指給她看的早餐室。早餐室裡只有亨利一個人。一見面他便說希望夜裡的風暴沒嚇著她，並故意談起他們這座屋子的特性，這些話讓凱瑟琳聽得坐立難安。她最怕別人質疑自己懦弱，然而她也無法撒出漫天大謊，只得承認風颸得她有段時間無法入眠。

「不過風雨過後，我們迎來了一個清爽迷人的早晨，不是嗎？」她趕緊接著說道，一心想擺脫這個話題。「風暴和失眠都無所謂了，一切都已經過去了。多漂亮的風信子啊！我最近才懂得欣賞風信子。」

「你是怎麼懂得的呢？是偶然，或是讓人說服的？」

「承蒙令妹啓發，我也說不上來是怎麼學的。艾倫太太曾花了好幾年時間費盡心思想讓我愛上風信子，偏偏我就是做不到，直到那天我在米爾森街看到那些花。我生來對花少了點感覺。」

「不過你現在愛上風信子，眞是太好了，又有可以讓你快樂的新東西。人生有越多樂趣越好呀！再說，女人是需要喜歡花的，這樣才可促使你們多到戶外走走，多活動活動，否則你們根本不出門。不過，喜歡風信子可能還是屬於室內娛樂，但誰知道，說不定一旦你被激起這方面的興趣，以後還可能會愛上薔薇呢！」

「可是我並不需要這樣的喜好促發我走出門。散步和呼吸新鮮空氣的樂趣，就足以引我走出去了。再說晴天時，我有泰半時間都待在戶外呢。媽媽總唸說我老是不在家。」

「無論如何，我還是很高興你學會了欣賞風信子。學習喜愛東西的習性本身就很重要。況且，一位年輕小姐稟性好學，當眞是上天賜予的福氣。我妹妹的教導方式是否尚可接受呢？」

正當凱瑟琳窘得不曉得該如何回答時，將軍剛好走進來，幫了她一把。他笑容滿面地問候她，一看就知道他心情愉悅，但他委婉地暗示說自己喜歡早起，這並沒有讓凱瑟琳心情更舒坦一點。

他們坐定後，那套精緻的早餐瓷器組不禁引起凱瑟琳的注意。碰巧這些都是將軍親自挑選的，凱瑟琳對他的審美觀表示讚賞，將軍聽了高興不已，坦承說——這套餐具有點樸素，不過他認爲應該多支持本國製造業。至於茶具一類的事，他倒是不太挑剔，覺得用斯塔福德郡的茶壺沏出來的茶，和用德勒斯登或塞夫勒的茶壺沏出來的茶並沒什麼差別[2]。這套餐具是兩年前購置的，在那之後，工藝水準已有大幅改進。他上次進城時，看到一些相當精美的樣品，還好他不是那麼愛慕虛榮的人，否則恐怕早已忍不住訂購一套新的了。而他相信，不久之後將有機會選購一套全新餐具，只不過應該不是爲他自己所買。凱瑟琳可能是在座的人當中，唯一不明白其中意思的。

才剛用過早餐不久，亨利便得離開他們前往伍德斯頓，因爲他必須過去處理事情，要待在那裡兩三天的時間。大家都來到門廳，看著他上馬出發。他們一回到早餐室，凱瑟琳便馬上走向窗邊，希望再看一眼他的身影。

「這回可眞夠你哥哥受的了，」將軍一面看著，一面對蒂爾尼小姐說：「伍德斯頓今天會是一

---

2 蒂爾尼將軍頗有捍衛本國製產品的意味，認為斯塔福德郡（Staffordshire）出品的瑋緻活（manufactured by Josiah Wedgwood）餐瓷品質比中國、甚至德國進口的都要好。而瑋緻活亦不時推出新款設計，以滿足蒂爾尼將軍這類追求時髦的消費者。

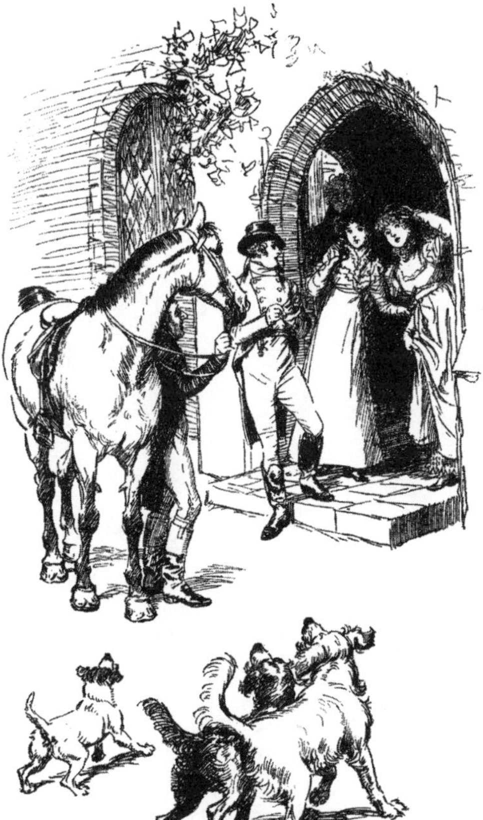

蒂爾尼先生有事要前往伍德斯頓，
凱瑟琳隨著大家來到門廳送行。

片陰霾。」

「那裡漂亮嗎？」凱瑟琳問。

「你覺得呢？愛琳諾？說說你的看法吧！在評論地點和欣賞男性的眼光方面，唯有女人最能說出女人想知道的。我認為以最公正的眼光來看，你還是得承認伍德斯頓有許多可取之處。房子朝著東南方向坐落在綠草如茵的草坪上，還有一塊上等菜園，同樣面向東南方，大約十年前，我為兒子親手建造、修築了那些圍牆。這是家傳職業，莫蘭小姐，附近一帶大部分產業都歸屬我名下，你可以相信，而且我保證這是個不錯的職位。假如亨利單只靠牧師俸祿維生，生活也不至於太拮据。這看起來或許稍嫌奇怪，長子之下就只有兩個孩子，我沒必要安排一份職業給他。當然，我們有時也希望他能擺脫這些繁雜的事務。我可能無法改變你們年輕小姐的看法，但是啊，莫蘭小姐，我敢肯定令尊也會贊同我的看法，認為應該要給每個年輕小伙子找點事做。錢算不得什麼，那並非重點，重要的是要擔負點職責。你瞧，就連我的長子腓德烈克，他所要繼承的產業應不比本郡任何一個人少，但他仍有自己的職業。」

這最後的論點所得到的效果，就跟將軍期望的那樣。莫蘭小姐的沉默證明這話無可反駁。

前一天晚上說到要帶客人四處看看，現在將軍自告奮勇當起嚮導來。雖然凱瑟琳原本只希望由蒂爾尼小姐帶她瀏覽就好，不過無論如何，這提議仍是頗讓人高興，她怎樣都會樂意接受，畢竟她都抵達諾桑覺寺十八個鐘頭了，卻只看到幾個房間而已。她剛才慢慢拉出來的針線盒，現在又給與沖沖地推回去了，隨時準備好出發。將軍還說，待他們繞完房子內部後，十分樂意陪她去灌木林和花園逛逛。凱瑟琳行了個屈膝禮表示同意。

——不過或許凱瑟琳會想先去灌木林和花園走走，現在天氣正好，每年這個時節，天氣總是千變萬化，很難持久。

——她會比較喜歡哪兒呢？將軍全憑她喜歡。

——女兒會覺得什麼才是她這位漂亮朋友最想做的呢？

——不過，他覺得自己就能察覺得到。是的，他能從莫蘭小姐眼神中窺出她想趁天氣正好到外面走走的絕佳意願。

——她的判斷怎麼會錯呢？寺院室內隨時都很安適乾爽。

將軍已然決定，立刻去拿帽子陪她們出發。他就這麼走出房間，而凱瑟琳這廂則帶著失望擔憂的神情，說她不想讓將軍勉強自己帶她們出去，還誤以爲這會逗她開心。不過她的話被蒂爾尼小姐帶點慌亂的語氣打斷了。

「上午天氣這麼好，我想，出去走走是再明智不過了。你無須擔心我父親，他總習慣每天這個時候出去散步的。」

凱瑟琳不知道自己應該如何理解這樣的情況。爲什麼蒂爾尼小姐會覺得尷尬呢？難道是因爲將軍不想帶她參觀寺院？但這是他自己提議的呀。他總是一大早就出去散步，這豈不是很奇怪嗎？她父親和艾倫先生從不這麼早出去散步的。這事委實令人費解。她急著想參觀房子，對庭園毫無興趣。要是蒂爾尼先生和他們在一起，那該有多好！現在即使看到美麗的景色，也沒心情欣賞了。這是她心裡所想的，但她並沒說出口，縱使心裡老大不願意，她還是耐著性子戴上帽子。

然而，出乎她意料的是，當她第一次從草坪回望寺院時，才驚覺它有多雄偉。整座建築環繞著大庭院，四方院的兩側有著華麗的哥德裝飾，令人為之驚嘆。其他部分則圍繞著參天古木及茂密林木，寺後以陡峭的蒼山為屏，即使在草木凋零的三月天，依舊秀麗宜人。凱瑟琳從未見過能與此相比的景致，驚喜之情簡直難以自抑，不需等任何人開口，便大膽發出驚嘆讚美之語。將軍帶著贊同與感激之心聽著，彷彿在這之前，自己一直對諾桑覺寺沒個看法似的。

他們接著觀賞菜園，將軍帶她們穿過園林的一角。

這園子所佔的面積，讓凱瑟琳聽了不由得嚇了一跳，因為即使將艾倫先生和她父親的園子，以及教堂的墓地與果園全加在一起，都還不及它的一半大呢。圍牆似乎多得數不清，長得無邊無盡，園內的溫室多得好似一座村落，整個教區的人全都到此工作也容納得下。將軍得意地看到她如此驚訝的神情。她臉上的表情其實已經表露無遺了，但他還是硬要她說出口，說她以前從未見過可與之媲美的菜園。

將軍隨即謙虛地回應：「我自己可不敢如此奢想，一點這樣的心思也沒有，不過我的確相信國內沒有哪個園子比得上這裡。要是說我有什麼喜好的話，那就是獨好此事。我喜歡庭園。雖說我在飲食方面不甚講究，倒是喜歡上等水果，或者說，即使我不喜歡的話，我的朋友和那些孩子也很喜歡。只是照顧這樣的果園可眞麻煩，即使付出最精心的照料，也無法保證能種出最好的果實。去年鳳梨就只收成一百個。我想，艾倫先生肯定也跟我一樣，爲這些事情嫌麻煩。」

「不，一點也不。艾倫先生並不在乎果園，從未踏進過。」

將軍臉上露出得意洋洋的笑容，說希望自己也能像艾倫先生這樣，因爲他每次一踏進園子，總會發現有哪個部分跟不上自己的計畫，因而煩心不已。

「艾倫先生的輪作溫室做得怎麼樣了？」將軍一面說起自己的溫室，一面往裡走。

「艾倫先生只有一個小溫室，讓艾倫太太冬天時放置花草，裡面不時會生上火。」

「他可眞有福氣！」將軍說道，一臉自滿又鄙視的神情。

他帶莫蘭小姐看過每一區，走遍每一個角落，直到莫蘭小姐實在看膩了，再沒驚嘆的動力，他才允許兩位小姐順道走出一道外門。接著他又表示想去看一下涼亭最近的修繕成果，提議要是莫蘭小姐還有精神不嫌累的話，不妨再走一段，肯定值得的。

「你要上哪兒去，愛琳諾？爲什麼要挑一條又陰又暗的小徑呢？莫蘭小姐會沾濕身子的。我們最好從莊園那兒穿過去。」

「我最喜愛這條小徑，」蒂爾尼小姐說，「總覺得這條路是最好的近路，不過路上或許有點潮濕。」

那是一條狹窄蜿蜒的小徑，穿過一片茂密的蘇格蘭老杉木林。凱瑟琳深受這條幽林小徑所吸引，想趕快鑽進去，即使將軍不大贊成，也禁不住向前踏出腳步。將軍看出她的意向，瞭解再勸她保重身體也是枉然，基於禮貌便不再反對了。不過他本人只得失陪了，他說：「我不喜歡那裡的光線。我走另一條路，跟你們會合。」將軍轉身離去，凱瑟琳驚覺到，他走後自己有種如釋重負的輕鬆感。然而這份驚訝並不比解脫來得眞切，因爲它一點也不痛苦。她開始興高采烈地說起這片林子給人一種愉悅的憂鬱感。

「我特別鍾愛這裡，」她的同伴嘆了一口氣，說道：「這是我母親生前最喜歡散步的地方。」凱瑟琳以前從未聽過這家人提及蒂爾尼太太，蒂爾尼小姐溫柔的回憶激起了她的興趣，並馬上表現在她驟變的神情上。她小心翼翼地靜待對方繼續說下去。

「我以前常和她來散步，」蒂爾尼小姐接著說，「雖然我當時並不像後來那樣喜歡這裡。當時，我確實想不通她怎麼會鍾愛這裡。不過出於對她的思念，讓我現在更喜歡這裡了。」

「她丈夫，」凱瑟琳心裡想道，「不也應該喜歡這裡嗎？將軍卻不願意踏進來。」蒂爾尼小姐依舊沉默不語，凱瑟琳大膽接腔說：「她的過世，一定是相當沉重的悲慟。」

「深沉而且與日俱增的悲慟。」蒂爾尼小姐低聲回應道，「母親去世時，我才十三歲。雖然對一個孩子來講，我應該已經夠悲慟了，然而我當時並不知道，也無法瞭解自己的損失有多大。」她停了一下，接著又以非常堅強的口吻繼續說：「你知道的，我並沒有姐妹。雖然亨利——雖然我的兩個哥哥都相當疼我，尤其亨利也經常在家，我已經算是萬分幸運了，但還是不時覺得孤單。」

「你一定總想念著他。」

「若是媽媽的話，便會一直在我身邊。媽媽就像個常相左右的朋友，影響要比任何人都大。」

「她是個十分迷人的女士吧？長得漂亮嗎？寺院裡有她的肖像嗎？她爲什麼特別鍾愛這片林子呢？是因爲心情不好嗎？」凱瑟琳迫不及待提出一連串的問題。前三個問題隨即得到肯定的答案，另外兩個則略過。無論有沒有得到答案，凱瑟琳每提出一個問題，對已故的蒂爾尼太太就增加一分興趣。她認定，夫人的婚姻一定不美滿。將軍準是個不體貼的丈夫，就連妻子散步的地方都不喜歡了，難道還會愛她嗎？再說，他雖然外表英俊，但身上散發出一種訊息，讓人覺得他對妻子不好。

「她的肖像，我想，」凱瑟琳爲自己油滑的問題漲紅了臉，「應該掛在令尊房裡吧？」

「不是的，原本打算掛在客廳，可是我父親嫌肖像畫得不夠好，因而有段時間找不到地方掛。母親過世後不久，我便把畫索要過來，掛在我房裡。我十分樂意帶你過去看看，畫得很像我母親呢。」這又是一個證據。過世妻子的畫像——而且畫得很像——做丈夫的卻不稀罕。他對妻子肯定很冷酷！

無論將軍之前的表現有多麼殷勤備至，凱瑟琳現在都不想再掩飾自己的感覺了。而之前的懼怕和討厭，現在則變成了極度的厭惡。是的，厭惡！將軍殘酷地對待一個如此迷人的女人，眞教她厭惡。她經常在書裡看到這種人物，艾倫先生常說這樣的人浮誇不自然，現在竟有個活生生的例證。

她剛想到這裡，就走到了小徑盡頭，馬上遇見了將軍。儘管她滿腔義憤填膺，終究還是得和他走在一起、聽他說話，甚至陪著他笑。然而，她再也無法享受周圍景色，腳步也開始變得蹣跚起來。將軍覺察到這點，考慮到她的安適，便催促凱瑟琳和他女兒趕快返回屋裡，這看起來似乎是在責備凱瑟琳對他懷有那番想法。將軍不消一刻鐘就會隨後抵達。他們再度分開了。但他又馬上把愛琳諾叫了回去，嚴格要求在他到家之前，絕不可以帶她朋友在寺院裡到處亂轉。這再度證明他急切地要延遲凱瑟琳想做的事，教她更感到古怪。

Chapter 23

第二十三章

一個鐘頭過去了，將軍仍沒回來。這段時間，他的年輕嬌客反覆思量，還是不喜歡他的人格。「遲遲未歸、獨自亂逛，都顯示他的心並不平靜，或備受煎熬。」後來他終於出現了，而且無論他的內心有多陰鬱，他還是能微笑以對。蒂爾尼小姐多少體會她朋友想參觀這座房子的好奇心，於是很快又提起這件事。出乎凱瑟琳意料的是，將軍竟然毫不推拖延遲，只耽擱五分鐘吩咐備妥茶點，等著他們回房享用，便準備好陪她們參觀去了。

他們出發了，將軍踏著愉快大方的步伐，儘管十分迷人，仍無法讓飽讀小說的凱瑟琳拋開疑慮。他帶著她們穿越大廳，走過日常起居室及一間毫無用處的前廳，進入一間無論規模或擺設都相當宏偉華麗的房間——也就是只有在接待貴客時才會使用的客廳。這間客廳眞是富麗堂皇！著實迷人！凱瑟琳只說得出這幾句話，因爲她那眼花繚亂的眼睛，幾乎連緞子的顏色都分不清了。所有細緻入微的讚美、所有意味深長的讚美，全都出自將軍之口，而房間裡的擺設有多昂貴、多優雅，凱瑟琳根本漠不關心，任何超過十五世紀以後的傢俱她也興致缺缺。將軍滿足自己的好奇心後，仔細查看每件他熟得不能再熟的飾品，接著他們走向書房。這屋子，在某種程度上也同樣華美富麗，陳列著豐富藏書，會讓最謙虛的人都自豪了起來。凱瑟琳帶著比之前更誠摯的心聽著、讚美著、驚嘆著，她才瀏覽了半個書架，想從這座知識寶庫裡盡情吸收知識，他們便準備繼續前往下一站去了。不過各間套房並不如她所期待，就只是跟建築一樣壯觀，而她早看過最宏偉的地方了。

雖然他們告訴她，除了廚房之外，她已經參觀了環繞庭院三側的六、七間房，但她實在無法相信，老懷疑有許多隱藏密室。不過，令她高興的是，他們要回到日常起居室時，得穿過幾間面對著院子較不重要的房間，途中偶爾有幾條走道，稍微錯綜複雜地將各部分連接起來。一路上她更進一步瞭解到，現在所走的路乃是以前的修道院迴廊，嚮導還指出了密室的陳跡，她甚至看到幾扇主人既沒打開也沒向她介紹的門。接著她走過撞球室和將軍的私人房間，弄不清這些房間到底是怎麼相通的，離開時不小心還會轉錯方向。最後，他們穿過一間昏暗的小房間，這是亨利的私人用房，堆放著他的藏書、獵槍和大衣。

雖說她老早瞧過餐廳，而且每天五點都會看到，但將軍為了讓莫蘭小姐更清楚瞭解一些細節，還興致勃勃地用腳度量長度，殊不知凱瑟琳對此既不懷疑也不感興趣。他們抄近路走到廚房，那是修道院的老廚房，依然保留昔日的厚牆和陳年的煙熏，同時有現代化的爐灶和烤箱。將軍的改造天才並未遺漏這裡，在這廚師的大舞台裡，他採用各種現代化設備來協助廚師的工作。凡是別人無能為力之處，他總是能憑藉著自己的天才，把事情做得臻至完美。光是這一點，或許就有可能讓他榮登這座修道院最有貢獻的人選。

諾桑覺寺的古跡就到廚房這幾座牆面爲止，由於庭院的第四側已然瀕臨坍塌，將軍的父親遂將之拆除，並在原址蓋起現在所見的建築。所有最珍貴的部分就此絕跡。這新建築不只是新，它本身也宣示著自己有多新穎。這裡原本僅打算用來當備用下房，但後方又圍上馬廄，欠缺考量建築風格的一致性。就只是爲了節省開支，而毀了諾桑覺寺的其餘價值，不禁讓凱瑟琳想好好責罵那位始作俑者。要是將軍允許的話，她希望能避過到這麼糟糕的地方散步，免得惹自己傷心。

話說回來，倘若將軍有心炫耀，那必是在下房的配置上。他相信，在莫蘭小姐這種人心中，若是看到那些足以減輕下人工作的設施與舒適的環境，必定會讚賞不已。因此他盡可帶她過去，不需覺得抱歉。他們大略看過了所有設施。出乎凱瑟琳意料的是，自己的確對這些設施與其便利性留下深刻印象。在富勒頓，人們認爲只要有幾個不成樣子的食物櫃，和一個不怎麼舒適的水槽就足夠了。可是這裡，所有東西都擺放在適當的位置上，既舒適又寬敞。無數的僕從川流不息，就跟無數的下房一樣令她驚訝，無論他們走到哪裡，都有一群穿著木套鞋的女僕停下行禮，有些下工後穿著便服的男僕則偷偷溜走。然而，這是一座寺院啊！這些家務的設計，跟她在書裡讀到的可眞是大相逕庭——在書中，寺院和城堡無疑都比諾桑覺寺來得大，但是屋裡所有雜活，最多也只交由兩位女傭負責。她們怎麼可能做得完？這問題常讓艾倫太太百思不解。當凱瑟琳發現這裡需要這麼多人時，不禁又感到一陣驚訝。

他們回到門廳，以便爬上主梯，讓客人瞧瞧梯上那精美的木質與繁複的雕飾。爬到頂後，他們往凱瑟琳臥房的反方向走，很快就進入另一條格局相同的走廊，只是較長、較寬。她在這裡連續參觀了三間大套房，連同各房間的化妝室，每一間都陳設得相當美善華麗。凡是金錢及品味能讓套房更添舒適雅致的東西，都購置到這裡了。因爲這些都是最近五年添購的，都是些一般人會喜愛的物件，卻完全沒有凱瑟琳感興趣的。當他們看完最後一個房間，將軍隨便列舉了幾位偶爾會來此光臨的名人，然後滿面笑容地轉向凱瑟琳，大膽希望下一次首批來訪的客人，會是「我們富勒頓的朋友」。凱瑟琳不由得受寵若驚，深深後悔自己不該懷疑這麼一個待她如此親切、對她家人如此禮遇的人。

走廊的盡頭是一扇折門，蒂爾尼小姐走上前霍然打開，然後走了進去，裡面又是一條長長的走廊。她正想用同樣動作打開左邊第一扇門時，將軍卻急忙走上前把她叫住（看在凱瑟琳眼裡似如發怒），問她要上哪兒去？那裡有什麼好看的？莫蘭小姐不是看過所有值得參觀的地方了嗎？走了這麼久，她的朋友應該很想吃些點心休息一下了吧？

蒂爾尼小姐立刻退回來，沉重的折門便在困窘的凱瑟琳面前關上了。不過在那短短的瞬間，凱瑟琳趁機瞥向門內，見到狹窄的通道上有無數門扉，似乎還有一道螺旋梯，讓她認定自己終於來到眞正值得參觀的地方。她老大不願意地順著走廊往回走，心想要是可以的話，她寧可看看房子這端，也不想去參觀其他那些華奢的部分。將軍分明就是不想讓她去看，這不禁又激起她的好奇心——裡面肯定藏著些什麼！雖然她最近的想像出了一兩次錯誤，可這回絕對錯不了。到底是隱藏了什麼呢？

她們兩人跟著將軍下樓時，蒂爾尼小姐見離將軍有點距離，便趁機說道：「我本想帶你參觀我母親的房間，也就是她臨終時住的地方——」她只說了這兩句，凱瑟琳聽了卻覺得其中隱含著許多訊息。難怪將軍不敢去看那房間。自從那可怕的事件讓他飽受苦痛的妻子解脫後，他八成就不曾再踏進那裡，只留下無盡的良心煎熬。

一和愛琳諾獨處，凱瑟琳便抓緊機會，冒昧地表示希望能允許她去看看那房間，以及附近其他區域。愛琳諾答應只要時間方便就帶她過去。凱瑟琳明白對方的意思，就是只能等將軍不在家時，才能走進那房間。「我想，那房間應該還是跟以前一樣沒變吧？」她帶著傷感的語氣說。

「是的，原封不動。」

「你母親去世多久了呢？」

「家母去世九年了。」九年的時間，凱瑟琳知道以一個飽受苦痛而過世的妻子而言，根本就不算長，一般要在死後許多年，才能收拾好屋子。

「我想，你當時應該守著她直到最後吧？」

「沒有，」蒂爾尼小姐嘆了口氣說，「不幸的是，我當時並不在家，母親的病發得突然又急促。我還沒到家，她就過世了。」

凱瑟琳聽了這話後，自然因一些可怕的聯想而感到毛骨悚然。這有可能嗎？蒂爾尼先生的父親難道會——?然而有多少先例證明，即使是最壞的猜疑都有可能是眞的。晚間凱瑟琳和她的朋友一起做刺繡活兒時，看到將軍在客廳裡緩緩踱步，垂著眼、雙眉深鎖，整整沉思了一個鐘頭。這時凱瑟琳覺得，自己對他的種種猜疑一定是眞的。那簡直就是蒙透尼[1]的神態!還有什麼比這更能道盡一個尚存一絲天良的人回想起過去罪行的恐懼呢?不幸的人呀!這些陰鬱的心思導致凱瑟琳一直瞅向將軍，引起蒂爾尼小姐的注意。

「我父親，」愛琳諾悄聲說，「經常這樣在屋裡走來走去，沒有什麼奇怪的。」

「這可更糟糕了!」凱瑟琳心想。在這詭異的時間踱步，就跟他不合時宜的晨間散步一樣，絕對不是什麼好兆頭。

晚上就這麼度過了，乏味的漫漫長夜，分外讓凱瑟琳瞭解到亨利對他們有多重要。她由衷高興自己終於可以告退了，儘管她是在無意中瞥見將軍使眼色要女兒去拉鈴。男管家剛想爲主人點蠟燭，卻被制止，原來將軍還不準備去休息。

「睡覺之前，我還想看點書。」他對凱瑟琳說，「當你睡著之後，我或許得再花上幾個鐘頭來研究國家大事，還有比我們倆更恰如其分的分工嗎?我的眼睛將爲別人的福利而累瞎，你的眼睛卻爲了往後的淘氣而休息。」

但是，無論是他所宣稱的工作，還是那華麗的恭維，都動搖不了凱瑟琳的想法，她認爲將軍會這麼晚才休息，必然另有其因。家人都入睡後的這麼多個小時，都在讀那些無聊的小冊子，這不大可能，其中一定有更深不可測的理由——他準是有什麼事情，非得等到全家人入睡後才能去做。蒂爾尼太太很可能還活著，因爲某種不爲人知的原因而被監禁了起來，每天晚上只能從她那無情無義的丈夫手中取得一點殘羹剩飯，這就是凱瑟琳接下來必然會推演出的結論。這個念頭雖然驚人，總比殘忍地快速致死來得好些。照事情的自然發展來看，悲慘女主人再過不久應該就會被釋放了。聽說她突然生病，當時她女兒不在家，其他孩子應該也都不在身邊——所有情況都傾向於她被監禁的推測；至於原因嘛——或許是起於妒忌，或是惡意的殘暴——這還有待釐清。

凱瑟琳一面換衣服，一面思考這些問題時，突然有個不無可能的想法掠過她腦海，說不定她今天早上就曾經過囚禁那不幸女人的地方，或許就僅距離她殘喘度日的囚室不過幾步遠。因爲，還有哪個地方會比保有著修道院遺跡的這裡更適合監禁人呢？那條用石頭鋪砌而成的拱頂走廊，她已經膽戰心驚地走過一回了，依然清楚記得那一扇扇將軍沒介紹的門。這些門到底通往何處？爲了證明這項推測的可信度，她還進而想到，那段無法參觀的走廊，也就是蒂爾尼太太的房間所在，根據她的記憶，這段走廊應恰好位於那排可疑的密室上方。而她匆匆瞥見那些房間旁有段階梯，那無疑是通往密室的通道，可能就是爲了方便蒂爾尼將軍的殘暴行爲所用。蒂爾尼太太一定是被精心策畫的計謀弄昏後，給抬下樓的。

1《烏多夫堡祕辛》中，姑父蒙透尼虐待女主角。

凱瑟琳有時對自己的大膽推測感到心驚不已，有時她希望、或害怕是自己想得太過火。但從表面跡象來看，這些推測又是那麼合理，讓她拋不開這些念頭。

根據她的看法，她認爲將軍的惡行是在四方院那邊進行的，也就是她房間的對面。這讓她想到，如果監視得宜，將軍去囚室見妻子時，燈光或許會從下方窗口透出來。上床之前，她曾偷偷溜出房間兩次，到走廊上的窗口查看有沒有燈光出現。可是外面一片漆黑，想必時候還太早，而且從樓梯傳來吵雜的腳步聲來看，僕從們應該還沒休息。午夜之前，她應該看不到什麼；到了午夜，當鐘敲打十二下、萬籟俱寂時，若不畏懼黑夜，她還想再溜出去看一次。當鐘敲了十二下——凱瑟琳已經沉睡半個鐘頭了。

第二十四章

翌日也沒有機會好好查看那幾間神祕的房間。那是星期天，早禱和晚禱之間的時間全讓蒂爾尼將軍給佔去了，先是出去散步，後來又在家吃冷肉[1]。儘管凱瑟琳非常好奇，但是她也沒膽在晚餐後六、七點之間，只憑暮色餘暉去看那些房間，若是打著較亮的燈光去看，燈光能照到的部分究竟有限，也不可靠。因此，那天就這麼平白過去了，沒有任何足以連結她腦中想像的事情發生，只在教堂的家族座席前看到一塊十分精緻的蒂爾尼夫人紀念碑。她一看到這座碑，目光馬上被吸引，注視了許久，並仔細閱讀那篇極爲矯情的碑文。碑文中，那位以某種方式毀了夫人的無情丈夫，將所有美德都加諸夫人身上，讓人看了簡直要感動落淚。

將軍建立這樣一座紀念碑，而且能夠正視它，也許並非多麼奇怪。然而，他居然能夠如此鎮定自若地坐在它面前，保持一副道貌岸然的神態及無畏無懼的樣子。還不止如此，他甚至敢走進教堂，這在凱瑟琳看來太不可思議。不過，也有許多像這樣犯了罪亦無罪惡感的例子。她可以數出幾

1 家中僕人即便無法在週日休假，仍希望去教堂做禮拜，因此這一天供餐可以為主人準備冷肉。

十個犯下各種惡行的人，又一而再、再而三地犯罪，想殺誰就殺誰，未顯半點人性或悔恨之意，直到最後不是死於非命，就是潛歸於宗教，這才了結了他們邪惡的一生。豎立紀念碑這件事，也絲毫動搖不了她對蒂爾尼太太是否確已過世的懷疑。即使讓她下去放置蒂爾尼太太遺骸的墓窖，親眼看到大家說放著她遺體的棺木——這又有什麼意義呢？凱瑟琳讀過太多書了，完全瞭解要在棺材裡放一個蠟人、辦一場假喪禮[2]有多簡單。

翌日早晨看來似乎有點希望了。將軍的晨間散步，雖然說怎麼看都覺得散步時間很奇怪，但現在倒是頗有幫助。凱瑟琳一得知將軍出門，便馬上向蒂爾尼小姐提議要她履行承諾。愛琳諾立刻答應了。凱瑟琳還提醒她別忘了另一項承諾，於是她們先去蒂爾尼小姐的房間看肖像畫。畫中是一位十分迷人的女子，面容溫柔，未脫憂鬱，這都證明了：到目前爲止，她的推測無誤。不過，畫像並非各方面都吻合凱瑟琳的期待。因爲她預期容貌、神情、氣色方面要不是與亨利相似，就是和愛琳諾一樣。常浮現在她腦海中的幾幅肖像畫，母子幾乎都是彼此的翻版。一旦畫出一幅肖像來，往往就能看出幾代人的相貌。但是在這幅肖像畫裡，她得仔細打量，認眞思索、研究，才能找出一點相似之處[3]。然而，儘管有這項缺憾，她還是激動地仔細端詳，倘若不是因爲還有更感興趣的事情，她可眞捨不得離開了。

當她們走進主廊道，凱瑟琳激動得說不出話來，只能默默地看著她的同伴。愛琳諾面帶憂鬱，但還算鎭靜，這正說明了她已對她們正要前往的傷心景物習以爲常。她再次穿過折門，她的手再度抓著那關鍵的門把，而凱瑟琳則緊張得無法呼吸，正戰戰兢兢地轉過去關上前面那扇折門。就在這當兒，將軍那要命的身影竟出現於走廊那頭，站在她面前。同時，將軍以他最大嗓門喊了一聲「愛琳諾」，響徹整棟樓，讓女兒知道父親來了，這可眞是把凱瑟琳給嚇破膽了。她一看見將軍，第一個出於本能的動作就是想躲起來，然而又明知逃不過他的法眼。她朋友帶著抱歉的神情，匆匆地從她身邊跑過去，隨著將軍消失了。爲了安全起見，凱瑟琳連忙跑回自己房裡，鎖上門躲起來，心想自己永遠不會再有勇氣走下樓去。

她至少在房裡待了一個鐘頭，心裡惴惴不安，並深切地憐憫她那位可憐朋友的處境，同時也等著盛怒的將軍傳喚自己到他房裡。可是並沒有人來叫她。最後，當她看見一輛馬車駛進寺院，便壯起膽子走下樓，仗著客人的庇護和將軍見面。早餐室裡有許多人，熱鬧非凡。將軍一一向客人介紹說，莫蘭小姐是他女兒的朋友。將軍恭敬有禮的神態，把自己滿腹怒火掩飾得密不可見，讓凱瑟琳覺得至少自己現在是安全的。而愛琳諾，爲了維護父親的尊嚴，極力保持鎭定，她一找到機會便對凱瑟琳說：「我父親只是把我叫來回覆一封短信。」這時，凱瑟琳開始希望將軍眞的沒看見她，或

---

2 《烏多夫堡祕辛》中，斜臥在黑帷幕後方的正是個蠟人。此外，凱瑟琳也想起有些小說會提到，遭受迫害的女主角往往會被宣稱已死。

3 藉著欣賞家族肖像畫，往往能從畫像容貌的高度相似來斷定男女主角就是畫中人的後代，此為哥德式小說／情感小說慣用的寫作手法。

者以某種策略考量來講，應該讓自己如是想。也因爲這樣的信念，等客人告辭之後，她依然敢留在將軍面前，且相安無事。

經過這天早上的反覆思量，凱瑟琳決定下次要自己去闖那道禁忌之門。以各方面來看，不讓蒂爾尼小姐知道應該是最好的辦法；再讓她捲入被發現的風險，誘使她走進令她心痛的房間，未免太不顧朋友情分了。將軍對她再怎麼生氣，總不可能像對他女兒那樣。再說，她認爲自己單獨去探查，總比有人在旁方便些。她不可能向蒂爾尼小姐說出自己的懷疑，因爲對方可能到目前爲止都幸運地從未有過這樣的想法。況且，她也不可能當著蒂爾尼小姐的面，搜尋將軍殘酷無情的證據。這種證據雖然可能尚未被發現，但是她有信心能在某個角落找到一本日記，斷斷續續寫到生命的最後一刻。她現在已經相當熟悉通往那個房間的路了。明天亨利就要回來，她希望能在他返家之前完成這件事，所以眼下沒有時間耽擱了。今天天氣晴朗，她也膽量十足。四點鐘時，距離太陽下山尚有兩個鐘頭，選在此時行動，別人會以爲她只是比平時早半個鐘頭去換裝而已。

事情就這麼辦了。鐘還沒敲完，凱瑟琳已隻身一人在走廊上。她無暇細想，只加快腳步，穿過折門時盡量不發出任何聲響，也顧不得停下來看看或喘口氣，就急忙衝往那道神祕之門。門鎖一轉就開了，尤其幸運的是，沒發出任何會驚動人的可怕聲響。她踮起腳尖走了進去，房間就在她眼前。不過，她有好一會兒無法向前踏出一步。眼前的情景把她震懾住了，整個人激動不已——她看到一間寬敞又布置合宜的房間，華麗的麻紗幄帳床，女僕仔細地鋪整得像沒人用過一樣。晶亮的巴斯暖爐、桃花木衣櫥及精心彩繪的椅子，擺在兩扇現代化上下推拉窗扉耀射進來的夕陽餘暉下！

凱瑟琳本就預期自己的心情會異常激動，而今果然如此。先是驚訝與懷疑緊揪著她，接著又用一般常理仔細一想，幾分羞愧的苦澀情緒便湧上心頭。她不可能走錯房間的，然而每件事情都錯得離譜！不但誤解了蒂爾尼小姐的意思，又作出錯誤的判斷！她原以爲這房間相當古老，埋藏著可怕的過去，事實上卻只是將軍父親所修建的房子一端。房裡還有兩道門，應是通往更衣室的，但她並不想打開任何一扇門。那麼，蒂爾尼太太最後散步時所戴的面紗，或者她最後所閱讀的書籍，會不會留下半點蛛絲馬跡呢？不，將軍太過狡猾了，無論他犯下什麼樣的罪行，絕不可能留下任何線索。凱瑟琳已經不想再搜索了，只想靜靜待在自己房裡，將自己犯下的蠢事深鎖心底。

她正要像進來時那樣輕手輕腳走出去時，突然聽見一陣腳步聲，弄不清楚是從哪裡傳來的，嚇得她整個人僵住不前，全身顫抖不已。要是被人發現她在這兒，即使是被僕人看到，也很糟糕。若是讓將軍看見了（他總是在最不希望他出現的時刻出現），那就更糟糕了！她仔細聽著，腳步聲停住了。她決定不再耽擱，遂走出門並把門關上。就在此時，樓下一扇門突然打開，似乎有人正快步上樓，但凱瑟琳偏偏得經過樓梯口才能抵達走廊。她再沒有力氣移動了，帶著一股不可名狀的恐懼，眼睛直直盯著樓梯口。不一會兒，亨利．蒂爾尼出現在她眼前。

「蒂爾尼先生？」她以異常驚訝的口氣喊道，亨利看來也很驚訝。「天啊！天啊！」凱瑟琳繼續喊道，沒留意對方的問候，「你怎麼到這兒來了？怎麼從這道樓梯上來了？」

凱瑟琳完成查探任務後，
看到蒂爾尼先生上樓來，驚訝地叫喊出聲。

「我怎麼從這樓梯上來了！」亨利十分驚訝地答道，「因爲從馬廏到我的房間，就屬這條路最近。爲什麼我不能從這兒上來呢？」

凱瑟琳鎭靜一下心神，窘得滿臉通紅，再也說不出話來。亨利瞅著她看，似乎想從她臉上找到她嘴巴不肯說出的實情。凱瑟琳隨即往走廊而去。

「那麼，現在是否輪到我，」亨利說道，一面推開折門，「問你怎麼到這兒來了？從早餐室到你房間，這可說是一條相當曲折離奇的路線，就像從馬廏到我房間那樣奇異。」

「我是來，」凱瑟琳垂下眼睛說，「看看你母親的房間。」

「我母親的房間！那裡有什麼特別的東西可看嗎？」

「沒有，什麼也沒有。我原以爲你明天才會回來。」

「我離開時，原本以爲沒辦法提早回來。但是三個鐘頭前，我欣然發現自己可以離開了。嗯，你臉色看起來好蒼白。恐怕是我上樓時跑得太快，讓你受驚嚇了。也許你不知道——不知道這樓梯是從共用下房那兒通上來的？」

「是的，我不知道。對了，今天天氣很好，很適合騎馬吧？」

「天氣的確很好。嗯，是愛琳諾讓你自己四處看看的嗎？」

「噢，不是的！星期六那天她就帶我看過大部分房間了。當時我們正要看這幾間房間——不料——」她壓低聲音，「你父親過來了。」

「因此妨礙了你，」亨利說道，若有所思地看著她，「你看過這條走廊上的所有房間了嗎？」

「沒有，我只想看看——時候不早了吧？我得去更衣了。」

「才四點一刻。」他拿出手錶給她看，「你現在不是在巴斯，不必像去劇院或社交堂那樣打扮。在諾桑覺寺，有半個鐘頭就足夠了。」

凱瑟琳無以辯駁，只好硬著頭皮留下。不過，她害怕蒂爾尼先生再繼續追問，這是她認識他以來第一次想逃離他身邊。他們兩人順著走廊慢慢走過去。

「我走了以後，你有沒有接到巴斯的來信？」

「沒有，我也覺得很奇怪，伊莎貝拉曾忠誠地允諾說會馬上寫信。」

「如此忠誠的允諾！忠誠的允諾！這就教我無法理解了。我聽說過忠誠的行爲，倒不曾聽說過忠誠的允諾。但是忠誠的允諾——允諾的忠誠度！這是不値得去相信的，因爲它會讓你上當、使你痛苦。我母親的房間很寬敞，不是嗎？又大又舒適，更衣室也布置得很好！我總覺得這是整個家裡最舒服的房間。我覺得很奇怪，愛琳諾爲什麼不想搬進去那裡住。我想，是她讓你來看的吧？」

「不是的。」

「那麼這全是你自己的主意囉？」

凱瑟琳不發一語。稍許沉默了一會兒，亨利仔細地打量她，接著又說：「既然屋裡並沒什麼有趣的東西，那肯定是仰慕我母親的性情囉。就如愛琳諾所說的，讓人一想到她就景仰不已。我想我在這世上還未見過比她更美好的女性，不過這不是常見例子——一個默默無聞的女人，在家裡表現出的樸實美德，通常不會激起這麼深切的仰慕之情，驅使一個人去看她的房間，像你一樣。我想，準是愛琳諾提過很多關於我母親的事情吧？」

「是的，提過很多。也就是說——不，也不是非常多，不過她所談到的事情都很耐人尋味。她死得過於突然（這話說得很緩慢，而且有些吞吞吐吐），而你們——你們都不在家——我想，你父親——或許不是那麼喜歡你母親。」

「以這些情況來講，」亨利回答，他敏銳的眼光緊盯著她的眼睛，「你或許推斷出有什麼疏失——某種（凱瑟琳不由自主地搖搖頭）——或者，也許是——某種更加無法饒恕的罪過吧。」凱瑟琳抬起頭來看著他，眼睛從未瞪得如此大過。

「我母親的病，」他繼續說，「讓她致命的那次，的確很突然。病因本身是她常患的膽熱——這個病因與體質有關。總而言之，到了第三天，當我們終於勸服她就醫後，便請來一位醫生為她診療。那是一位備受尊重的醫生，母親一向很信任他。以他診斷出來的危險程度，翌日又請了兩個人，幾乎是二十四小時日夜看護著。到了第五天，她便過世了。她患病期間，我和腓德烈克都在家，密集地去探望她；根據我們見到的情況，可以證明母親受到大家細心的照顧，或者說，受到她社會地位所應得到的一切照顧。可憐的愛琳諾當時並不在家，遠道趕回來時，只見到母親已入殮在棺了。」

「可是令尊，」凱瑟琳說，「他很傷痛嗎？」

「他一度非常悲慟。你錯以爲他不愛我母親。他很愛我母親的，我是這麼相信著，他幾盡全心地愛著我母親。你知道的，我們的性情並非一樣地溫柔體貼，我不敢聲稱母親生前都沒有受過氣。雖然父親的脾氣惹她傷心，不過他從未看輕過她。他對母親的愛是眞心的。他可能不會因爲她過世而一直傷心著，但失去她，確實曾經讓父親悲慟萬分。」

「我很高興聽到這個，」凱瑟琳說，「要不然，那就太可怕了！」

「如果我沒理解錯誤的話，你所猜測的是一種我說不出口的可怕情況。親愛的莫蘭小姐，想想你的無端臆測才多可怕呀。你是從哪兒冒出這樣的想法呢？請記住我們所生活的國家與時代。記住我們是英國人，是基督教徒。請用腦袋分析一下，想想有沒有可能，看看周圍的實際情況——我們所受的教育會讓我們犯下如此的惡行嗎？我們的法律能容許這樣的惡行嗎？在我們這樣的社會，文化交流如此頻繁，若有這樣的事情，怎麼可能不會宣揚出去？每個人都被周圍的人監視著，而且公路和報紙的傳遞，也讓所有事情都能公諸於世。親愛的莫蘭小姐，你這腦袋瓜怎裝得進這樣的想法呀？」

他們走到走廊盡頭，凱瑟琳含著羞愧的眼淚跑回自己房裡。

第二十五章

Chapter 25

所有浪漫的幻影歸於破滅，凱瑟琳已經完全清醒了。蒂爾尼先生的話語雖然簡短，卻比幾次失望的結果更能讓她徹底張開雙眼，看清自己近來的想像有多荒誕。她羞愧得無地自容，痛哭得肝腸寸斷，不僅自己覺得丟臉，還使蒂爾尼先生瞧不起她。她的愚蠢行爲，現在看來簡直是犯罪，結果現在全讓他知道了，他一定會看輕自己的。她竟敢放肆地把他父親的人格想得如此低劣，他有可能寬恕她嗎？她那荒唐的好奇與恐懼，他有可能忘懷嗎？她說不出有多麼嫌惡自己。在這萬念俱灰的早晨之前，蒂爾尼先生曾經——她覺得他曾經一、兩次表現出喜歡她的樣子。可是現在——總之，約有半小時的時間，她盡可能地折磨自己，直到鐘敲到五點時，才帶著破碎的心下樓去。當愛琳諾問她是否一切安好時，她幾乎無法說出個合宜的答案。她才剛進屋不久，令人畏懼的亨利也緊隨而至，他對待她的態度，唯一的差別只是比平常更加關注。凱瑟琳從來不覺得有比現在更需要人安慰，而他似乎也感覺到這一點了。

夜晚就這麼緩慢過去，亨利也一直保持這種讓人寬慰的禮貌，凱瑟琳的心情總算是慢慢平復了。但她不會因此而忘記過去，或爲過去辯解，她只希望別再張揚出去，才不至於讓自己完全失去蒂爾尼先生對她的好感。她的思緒還沉落在自己莫名恐懼所產生的錯覺、所做出來的傻事，這完全是她胡思亂想、主觀臆斷的結果，所以馬上就眞相大白了。因爲她還未抵達諾桑覺寺之前，就決計要嘗嘗恐懼的滋味，因此任何芝麻小事都要衍伸出無限想像，而且心裡只要認定一件事，所有的事情都要硬往這上頭扯。她想起當初準備瞭解諾桑覺寺時，自己是懷著什麼樣的心情。而她發現，早在她離開巴斯之前，心裡就好像著了魔，種下禍根。現在看來，一切可能都是受到她在巴斯讀的那類小說所影響。

雖然芮德克里夫夫人的作品十分引人入勝，甚至摹仿她的作品也不減吸引力，但從這些書裡也許看不到人性，至少看不到英格蘭中部一帶人們所具有的人性。這些作品可能會鉅細靡遺地描述阿爾卑斯山及庇里牛斯山[1]松林裡發生的種種惡行，而在義大利、瑞士和法國南部，也可能出現像書上描繪的各種恐怖行爲。但凱瑟琳不敢懷疑本國以外的情況，即使是本國，要眞問得緊，她也會承認，在極北端和極西部亦可能發生此類情事。不過在英格蘭中部，即使是一位不受寵愛的妻子，這個國家的法律和社會風氣，仍能確保她的安全。殺人是絕不容許的，僕人亦非奴隸，況且毒藥和安眠藥可不像用來做瀉劑的大黃，所有藥舖都買得著。在阿爾卑斯山和庇里牛斯山區，也許沒有多重性格的人——凡是不像天使那樣潔白無瑕，必然就會像魔鬼一樣。但是英國並非如此。她相信，英國人的心地和習性，通常是善惡不等比例混雜著。基於這一信念，即使將來發現亨利和愛琳諾身上有些小缺點，她也不會吃驚的。基於同樣這一個信念，她不必害怕承認他們的父親在性格上確實有些缺點。她以前對他有過的懷疑，對他是莫大的侮辱，將使她羞愧終身。現在，儘管懷疑澄清了，可認眞細想，她覺得將軍確實不是個和藹可親的人。

凱瑟琳把這幾點想清楚之後，便下定決心：以後作任何判斷或行動時，絕對要奉行理智至上原則。她現在再也無法彌補什麼，只能原諒自己，並比以前更快樂。時間一向有著憐憫之手，對她助益甚大，翌日就揮別痛苦。亨利驚人的寬宏大量與高貴情操，隻字不提過往之事，拉了凱瑟琳一把。她才剛覺得自己就要墜入痛苦深淵之時，心神便已完全變得安然無事了，能和以前一樣，越聽蒂爾尼先生說話心情就越好。但是她認爲仍有幾件事情只要一提起就教人膽戰心驚，例如不要提到箱子和立櫃，而且她還是不喜歡見到任何漆器用品。不過她自己也承認，偶爾想想過去所做的蠢事，痛苦之餘倒也不是毫無益處。

日常的憂慮沒多久就取代了幻想中的恐懼。她一天比一天急欲收到伊莎貝拉的來信，迫不及待想知道巴斯的變化和社交堂的情況，特別想確認她離開時讓伊莎貝拉配的細綢線是否已經好了，以及伊莎貝拉是否依然和詹姆斯感情要好。她唯一的消息來源只能靠伊莎貝拉了，因爲詹姆斯早先聲明過，他回到牛津之前不會寫信給她；而在艾倫太太回到富勒頓之前，也不用指望對方來信。但是伊莎貝拉一再保證會來信的，凡是她答應的事情，總會確實辦到，因此這就更奇怪了！

1 阿爾卑斯山脈西起法國東南部，貫穿瑞士南部、義大利北部地區，止於奧地利。庇里牛斯山乃法國和西班牙兩國界山。

接連九個早上，凱瑟琳都因遲遲沒收到信大失所望，一天比一天更難過。但是，到了第十天早上，當她一走進早餐室，亨利馬上迫不及待遞給她一封信。她由衷感謝他，彷彿這封信是由他寫的一樣。她看了看寄信人，說：「是詹姆斯寫的呢。」

她打開信。信是從牛津寄來的，主要內容如下：

親愛的凱瑟琳：

天曉得，我多不願寫這封信，但我覺得自己有義務告訴你，我和索普小姐的關係已經結束了。我昨天離開了她和巴斯，而且永遠不想再見到此人、重回此地。我無意詳述一切，說了只會徒增你的痛苦。你很快就會從另一方聽到足夠的訊息，知道錯在哪兒。而我希望你會發現，你的哥哥除了愚蠢輕信自己的癡情會得到回報之外，並無其他過錯。感謝老天，讓我及時醒悟！只是那打擊太沉重了！在父親仁慈地同意我們的婚事後——但這已經不必再提了。她害得我永陷痛苦之淵！請盡快來信，親愛的凱瑟琳，你是我唯一的朋友，我只能期待你的愛了。希望你能在蒂爾尼上尉宣布訂婚之前，及時結束你的諾桑覺寺之行，否則你將會陷入極度難堪的處境。可憐的索普人就在城裡，我害怕見到他，這厚道朋友肯定會非常替我難過。我已經寫信給他，也捎信給父親了。她的口是心非最讓我痛心。直到最後，若是我找她對質，她還是會堅稱自己就和以前一樣愛我，並嘲笑我多慮。我一想到自己竟忍受了這麼久就羞愧不已，然而，若有哪個男人相信自己曾被愛過，那肯定就是我。直到現在，我還是不明白她在做什麼，就算她想擄獲蒂爾尼，也用不著玩弄我呀。我們兩人最後同意分手——但願我們從不曾相識！我永遠不想再認識這樣的女人！最親愛的凱瑟琳，當心別愛錯人了。請相信我……

凱瑟琳還沒讀上三行，臉色就唰地變了，並傷心地發出聲聲嘆息，表示自己收到不好的消息。亨利直盯著她讀完信，明顯看出信的結尾並不比開頭好。不過，他沒讓自己露出擔心的樣子，因爲他父親走進來了。他們立刻進入早餐室，凱瑟琳幾乎吃不下東西。她眼裡含著淚水，坐著時，淚水甚至沿著臉頰流淌。那封信一會兒在她手裡，一會兒又放到她腿上，接著又放進口袋，看樣子她並不知道自己在做什麼。很幸運地，將軍一邊看報、一邊喝可可，無暇注意到她，然而她的痛苦卻看在那對兄妹眼裡。一到能夠告退的時候，她便急匆匆跑回自己房間，不巧女僕正在裡面忙著收拾，她只得又回到樓下。她轉進客廳想清靜一會兒，誰知蒂爾尼兄妹倆也躲在那兒，正專心討論她的事。她說了聲抱歉即往回走，卻被他們輕輕地拉了回來。愛琳諾親切表示希望自己能幫上點忙，安慰安慰她，說罷他們兩人便轉身出去了。

經過半個小時盡情的憂傷與思考後，凱瑟琳這才覺得可以去見她的朋友了，但要不要把自己的苦惱告訴他們，則又是另一件有待考慮的事情。或許，要是他們特別問起，她可以只說個大概——稍微暗示一下——不能多說。要揭發一個朋友，一個像伊莎貝拉這樣要好的朋友！而且蒂爾尼先生的哥哥又跟這件事情有極其密切的關聯！她覺得自己乾脆什麼也不說。早餐室裡只有亨利和愛琳諾，當她走進去時，兩人都憂慮地看向她。凱瑟琳在桌邊坐下，沉默了一會兒後，愛琳諾開口說：

「但願不是來自富勒頓的壞消息？莫蘭夫婦——還有你的兄弟姐妹——但願他們都安好？」

「是的，謝謝你。」她接著嘆了口氣，「他們全都很好，那封信是我哥哥從牛津寄來的。」

接下來幾分鐘又是一陣沉默，爾後她淚眼汪汪地說：「我想自己永遠不會再期望收到信了。」

「真抱歉，」亨利說，一邊闔上剛翻開的書，「我要是知道信裡捎來不好的消息，就會以另一種心情把信交給你的。」

「信裡寫著誰也意想不到的壞消息！可憐的詹姆斯實在太不幸了！你們不久就會知道原因。」

「有這樣一位善良貼心的妹妹，」亨利親切地回道，「在他心情低落時，無疑是莫大安慰。」

「我有件事情想拜託你們。」過了一會兒，凱瑟琳局促不安地說：「那就是，如果你們的哥哥要到這兒來，請讓我知道，我好離開。」

「我們的哥哥！腓德烈克！」

「是的，我很難過這麼快就要與你們分別，但因某件事的變故，恕我不願和蒂爾尼上尉待在同一棟屋子裡。」

愛琳諾停住了手邊的工作，兩眼驚訝地瞪得老大。亨利則開始猜測實情，說了句話，裡頭夾帶著索普小姐的名字。

「你腦筋轉得眞快！」凱瑟琳叫道，「我必須說，你猜中了！可是當我們在巴斯談論這件事情時，你哪想得到會有這樣的結局？伊莎貝拉──難怪我迄今都沒收到她的來信──伊莎貝拉拋棄了我哥哥，要嫁給你們的哥哥了！你們能相信世界上竟有這種朝三暮四、見異思遷，一切都糟透了的事情嗎？」

「但願，關於我哥哥的消息不是眞確的。我由衷希望他與莫蘭先生的失戀沒有任何關係。他不大可能娶索普小姐，我想你肯定弄錯了。我眞爲莫蘭先生難過──難過你所愛的人遭遇到這種不幸。但是這件事最讓我驚訝的是，腓德烈克要娶索普小姐。」

「偏偏這是千眞萬確的。你可以自己看看詹姆斯的來信。請等等──有一段──」當她想起最後一行話時，不禁臉紅了起來。

「你方便將有關我哥哥的那些段落唸給我們聽聽嗎？」

「不，請看吧。」凱瑟琳叫道，她再仔細斟酌後，心裡就更清明了些。「我也不知道自己在想什麼。」她再度因剛才臉紅的事而臉紅，「詹姆斯只是好意地想給我點忠告。」

亨利欣然接過信，並仔仔細細看過一遍，還信時說道：「嗯，如果事實眞是如此，我只能表達遺憾。腓德烈克不是天底下第一個去選擇非家人所期待的伴侶，但我並不羨慕他的處境，無論是以情人或兒子來講。」

蒂爾尼小姐也在凱瑟琳的許可下讀著信，同樣表示出憂慮與驚訝，隨後問起索普小姐的家庭背景和財產。

「她母親是一位很好的女士。」凱瑟琳回答。

「她父親是做什麼的呢？」

「我想應該是位律師。他們住在普特尼。」

「他們家富有嗎？」

「不，並非特別富有。我想伊莎貝拉恐怕一點財產也沒有，不過你們家應該不在乎這個。你父親是這麼開明！他那天跟我說，錢的價值對他來講，就只在於錢財能讓他的孩子們過得更幸福。」

那對兄妹互相看了看彼此。「但是，」愛琳諾停頓一會兒後說，「讓他娶這麼一個女孩能讓他幸福嗎？她準是個不忠誠的人，否則便不會如此利用你哥哥。而且腓德烈克會有這樣的迷戀也眞奇怪！愛上一個在他眼前毀掉自己與另一男子心甘情願訂下婚約的女孩！亨利，這太教人難以置信了！不是嗎？還有腓德烈克，一向自視甚高，老覺得沒有哪個女人值得他愛！」

「這是最糟糕的情況了，勢必引發大眾對他的強力抨擊。一想起他過去所說的話，我就不能幫他找藉口了。再加上，我認爲那位一貫講求謹慎的索普小姐，不至於在沒有把握得到另一個男人之前，就急著與另一個分手。腓德烈克眞的完了！他沒救了——毫無理智可言。準備迎接你的嫂嫂吧，愛琳諾，你肯定會喜歡這樣一個嫂嫂的！開放、坦率、天眞、誠實，情感豐富又不脫單純，不矯揉造作。」

「亨利，這樣一個好嫂嫂，我肯定會很喜歡的啊。」愛琳諾笑著說。

「不過，」凱瑟琳說，「雖然她有愧於我們家，對你們家也許會好些。現在她既然已經找到自己眞正喜愛的人，也許會忠貞不渝的。」

「的確，恐怕她會的，」亨利答道，「她應該會忠貞不渝，除非再碰上一位從男爵——這是腓德烈克唯一得救的機會。我要找份巴斯的報紙，看看最近都來了些什麼人。」

「那麼你認爲這全是她的野心囉？是吶，這麼說來，有幾件事情是有點徵兆。我還記得，當她第一次聽我父親承諾將給予他們多少財產時，她似乎好失望沒辦法再增加。我有生以來從未像這樣被任何人哄騙過。」

「你從未被你所熟識和觀察過的各種人哄騙過。」

「對她的失望和難捨已教我萬分傷心，對可憐的詹姆斯來講，恐怕是永遠也振作不起來了。」

「目前你哥哥確實很值得同情，不過我們也不能只顧著他的傷痛，而小看了你的。我想，你失去伊莎貝拉，就像丟掉半個自己，像心被掏空了，什麼也塡補不了。跟人來往也變得厭煩啦，一想起沒有了她，就連你們過去常在巴斯一起做的那些消遣，也變得討厭了。例如，你現在說什麼也不想參加舞會了吧！覺得再也沒有一個可以暢所欲言的朋友，覺得自己無依無靠、乏人關心，有了困難也無人可商量。你是否有這些感覺呢？」

「沒有，」凱瑟琳沉思了一下，說道：「我並沒有——我應該有這些感覺嗎？說實話，雖然我非常傷心又難過，無法再去愛她，不能再收到她的信，也許再也不會見到她了，可是我並不像大家所想的那麼痛苦。」

「你的感情，就跟你平常一樣，總是最合乎人情的。我們應該仔細傾聽這些情感，他們才是最貼近眞理的。」

不知出於何種緣故，凱瑟琳突然覺得這番談話讓她心情輕鬆許多。多不可思議，她就這麼把事情說出來了，但一點也不覺得後悔。

第二十六章

自此之後，這三個年輕人就時常談論這件事。凱瑟琳驚奇地發現，她這兩位年輕朋友一致認爲，伊莎貝拉既沒地位又沒財產，要嫁給他們的哥哥應該很難。他們認爲，除去人格問題，單憑這一點，將軍就要反對此樁婚事了。凱瑟琳聽了之後，不由得爲自己的處境擔心。她自己就跟伊莎貝拉一樣微不足道，也許還像她一樣沒有財勢。要是蒂爾尼家族的財產繼承人都嫌自己不夠威風、富有，那麼他弟弟的要求該有多高啊！這麼一想就令她難過不已，唯一稍感寬慰的是，將軍對她的偏愛可能對自己有點幫助。因爲自從認識將軍的第一天起，她就在他的言談舉止中看出，自己有幸博得他的喜愛。而且，一回想起將軍曾多次表示對金錢的慷慨與淡泊，這讓她覺得，一定是他的孩子誤解了他對金錢的看法。

不過，他們深信自己的哥哥沒有勇氣親自來請求父親同意。尤其他們一再向她保證，他們的哥哥目前絕對最不想回諾桑覺寺，這才讓她緊張的心放鬆下來，不必再想著要突然告別。然而她又想，蒂爾尼上尉來請求他父親同意時，應該不會如實說出伊莎貝拉的行爲，所以最好先讓蒂爾尼先生把整件事情的來龍去脈告訴將軍，讓將軍以冷靜公平的看法，準備一個較爲公正的理由來回絕大兒子，而不是只能說「門不當戶不對」這樣的話。於是，她向亨利提出這個想法，但亨利對這個辦法並不像她所期待的那麼熱切。

「不，」亨利說，「我父親不需別人火上加油，而且腓德烈克所做的傻事，犯不著別人先去說，應該由他自己來說。」

「可是他只會說出事實的一半。」

「只要四分之一就足夠了。」

就這麼過了一兩天，蒂爾尼上尉依舊毫無動靜，他的弟弟妹妹也完全摸不著頭緒。有時他們覺得，若是他已經訂婚了，那自然會有這樣的反應；然而有時又覺得與那件事毫無關係。這段期間，將軍雖然每天早上都為腓德烈克疏於寫信而發脾氣，但他並不真的擔心大兒子，他最關心的倒是如何讓莫蘭小姐在諾桑覺寺過得快快樂樂。他時常擔心這點，擔心家中每天一成不變的社交生活與事務會讓她厭倦這裡，希望福雷瑟夫人這時能在鄉下。他還時常提到要舉辦大型宴會，有一兩次甚至還開始算起附近有多少能跳舞的年輕人。可惜眼下正是最清寂的時節，沒有野禽獵物，福雷瑟夫人也不在鄉下。最後，他終於想出了個法子。有一天早上將軍對亨利說，下次他再去伍德斯頓時，他們可能會在哪天意外出現在那兒，跟他一起吃頓飯。亨利感到既榮幸又興奮，凱瑟琳也很喜歡這個主意。

「爸爸，你想我大概何時可以盼到這次歡樂的會面呢？我星期一必須回伍德斯頓參加教區會議，大概得待個兩三天。」

「好啊，好啊，我們就趁這幾天去吧。不必先訂下日期，你也不用特意挪開時間。家裡有什麼，就吃什麼。我想我可以擔保，小姐們不會挑剔一個光棍家的餐點。讓我想想，星期一你會很忙，我們就不去了；星期二我沒空，上午我的調查員要從布羅克翰帶報告過來，之後基於禮貌，我得去一趟俱樂部。要是我不打聲招呼逕自走開，以後可就沒臉見朋友了，因為大家都知道我在鄉下，這樣走掉太失禮。莫蘭小姐，我有個原則，要是犧牲一點時間及精神可以避免掉的事，我絕不願意得罪任何鄰居。他們都是非常值得交往的人。諾桑覺寺每年會送兩次半隻鹿肉的分量給他們，我一有空就會跟他們聚會用餐。所以說，星期二是去不成的。不過，亨利，我想星期三你應該可以期待我們出現。我們可能會早點到你那兒，以便有時間自己四處看看。我估計到伍德斯頓大概需要兩個小時四十五分鐘左右，我們可以在十點鐘上車，這麼一來，星期三那天大約十二點四十五分你就可以看到我們了。」

凱瑟琳非常想看看伍德斯頓，覺得舞會都比不上這趟旅行有意思。約莫一個鐘頭後，當亨利穿著靴子、大衣，走進她和愛琳諾坐著的房間時，她的心還高興得撲通撲通撲通跳。

亨利說：「年輕小姐們，我是來說教的。我想說的是，我們總得為這世界上的快樂付出點代價，常要吃大虧或犧牲垂手可得的真正幸福以換得未來的夢想，而且還有可能是無法實現的夢想呢。因為我希望星期三能在伍德斯頓見到你們，所以現在得立刻動身了，這比我原本計畫的提早了兩天。誰知道呢，或許還會因爲壞天氣或是其他種種因素，而讓你們來不了呢。」

「你要走啦，」凱瑟琳沉下臉說道，「爲什麼呢？」

「爲什麼？你怎麼會提出這個問題呢？因爲我得馬上去把我的老管家嚇個魂飛魄散——我當然得去爲你們準備餐點啊。」

「噢！這不是眞的！」

「是眞的，而且也很難過，因爲我還眞不想走。」

「可是將軍都說那些話了，你怎麼還想這麼做呢？他特別不想給你添麻煩，因爲我們吃什麼都可以的呀。」

亨利只是笑了笑。

「你千萬不必爲你妹妹和我準備什麼，這點你一定清楚知道的，而將軍也特別強調不需另外準備什麼。再說，即使他沒有這麼明說，他在家總是吃得很好，偶爾一天吃得差些也沒關係啊。」

「但願我能像你這麼想，這對他或我自己都好。再見了。愛琳諾，明天是星期天，我不能回來了。」

他就這麼離開了。無論是在什麼樣的情況，凱瑟琳總覺得與其懷疑自己的想法，還不如直接認同亨利的想法要來得簡單許多，因此，儘管凱瑟琳不希望亨利離開，她很快就讓自己相信他這樣做是對的。然而，這也讓她老想著將軍令人費解的行爲。凱瑟琳從自己的觀察中發現，將軍相當講究飲食，不過他爲什麼能信誓旦旦地說著與事實完全相反的話呢？這是最令人費解的！照這麼來看，怎麼樣才能瞭解一個人呢？除了亨利，還有誰能瞭解他父親呢？

無論如何，星期六到星期三他們是沒有亨利陪伴了。再怎麼想，這都是最終的傷心結果。他不在時，蒂爾尼上尉準會來信，而且她還很確定星期三會是個下雨天。過去、現在和未來都一樣悲慘。哥哥是如此不幸，自己又因爲失去伊莎貝拉而難過不已。亨利不在，愛琳諾的心情總會受到影響！還有什麼可以引起她的興趣和讓她歡樂的呢？她已經厭煩了那些樹林和灌木叢——總是那麼平整又乾燥。現在寺院本身對她來講，也跟別的房子沒什麼差別了。只有想起自己曾在這棟建築做過的傻事而感動痛苦時，才能觸發她情緒上的波折。她的想法已經有了多大的變化啊！之前曾經多麼渴望拜訪寺院！現在卻沒有什麼比得上一座簡樸舒適、起居便利的牧師公館更令人嚮往，就像富勒頓的屋子那樣，不過要更好一些；富勒頓仍有些缺點，但伍德斯頓可能沒有。眞希望星期三趕快到來！

星期三眞的到了，正如她們所期待的那樣是個晴朗好天氣，凱瑟琳高興得像踩在雲端。十點鐘一到，那輛四馬馬車便載著她們出寺院。行進將近二十哩的愉快旅程後，他們抵達了伍德斯頓。這是個熱鬧的大村莊，環境相當優美。凱瑟琳不好意思說出自己覺得這地方有多美，因爲將軍似乎認爲這裡平坦的地勢與村子的規模不夠好。但是在她心裡，這兒比她到過的任何地方都更好，她羨慕不已地看著那些比農舍還要好一個等級的整齊房舍，以及他們路過的一家家小雜貨舖。在村子的另一端，與其他房子有點距離之處，坐落著牧師公館。那是一棟新蓋的基石房子，有一條蜿蜒小徑和綠色大門。當馬車駛到門口，亨利帶著他獨居時的夥伴，一隻大紐芬蘭犬和兩、三隻小狗，等著歡迎並好好款待他們。

凱瑟琳走進屋時還懷著滿腹心思，因此並沒有多看或多說些什麼，直到將軍徵求她對這房子的意見，她還不知道自己坐在什麼樣的房間裡。她環顧了一下四周，立即發現這是天底下最舒適的房子，不過她謹慎地沒說出這想法，而她淡淡的讚美讓將軍大失所望。

「我們不能說這是棟好房子，」將軍說，「無法拿它與富勒頓或諾桑覺寺相比——我們只把它當作一座牧師公館來看，小而精簡，這點我們承認，但仍算體面，還能住人，整體來講並不比一般房子差；或者，也可以這麼說，我想全英格蘭沒有幾座鄉下牧師公館有它一半好。然而，這房子還是有改進的空間。我絕不能否定這點，只要是合理的改善，比如說補個凸窗——不過我私下跟你說，我最討厭的就是翻新外推出去的凸窗。」

凱瑟琳沒有聽見這席話，既沒聽明白也沒因而傷心。亨利故意談起其他話題，並讓話題延續下去。在此同時，僕人端上滿滿一盤點心，將軍馬上又恢復了他志得意滿的樣子，凱瑟琳也和平常一樣輕鬆快活。

這房間確實相當寬敞、格局勻稱，布置成餐廳也不失氣派。當他們走出餐廳到庭院參觀時，他們先是帶她去參觀一間較小的屋子，這是主人的房間，現下收拾得特別乾淨。接著來到規畫當客廳

亨利獨居牧師公館的生活中，
最佳夥伴是一隻大紐芬蘭犬和兩、三隻小狗。

用的地方，雖然還沒有任何布置，已足以討凱瑟琳歡心，甚至達到將軍滿意的程度。這是一間造型別致的屋子，裝設著幾扇落地窗，窗外僅只有一片綠草地，看上去卻格外賞心悅目。凱瑟琳很喜歡這間房間，遂毫無避諱地說出自己的感覺。

「噢！你爲什麼不布置這間屋子呢，蒂爾尼先生？不裝飾一下眞可惜！我從未見過這麼漂亮的屋子——可說是天底下最漂亮的！」

「我相信，」將軍露出無比滿意的笑容說，「很快就會布置的，就等著看女主人喜歡什麼樣的風格。」

「嗯，假如這是我的屋子，我永遠都不會坐到別的地方去了。噢，樹林裡的那間小屋有多可愛啊，那些蘋果樹也是！那是最迷人的小屋了！」

「你喜歡它，想留它當窗景——那就行了。亨利，記住跟羅賓森說一聲：小屋要留著。」

將軍這番恭維惹得凱瑟琳相當羞赧不安，讓她馬上沉默了下來。儘管將軍特意問她會選擇什麼顏色的壁紙和帷幔，她就是不肯說出自己的想法。還好，新鮮的景物和空氣幫了個大忙，沖散那些讓人難爲情的浮翩聯想。他們來到屋子四周修整過的地方，這兒有一塊環繞著小徑的草地。大約半年前，亨利開始發揮他的修整天才，雖然草坪上的矮樹叢還不到角落的綠椅高，但凱瑟琳慢慢恢復平靜後，認爲自己從未見過這麼美麗的休憩地點。

他們又走進另外幾處草地，經過村子的其他地方，到馬廄看看修繕工程，並跟一窩剛會爬滾的可愛小狗玩了一會兒，就已經四點鐘了，凱瑟琳還以為不到三點鐘呢。他們準備四點鐘用餐，六點鐘動身回家。沒有哪一天是過得這般飛快的！

凱瑟琳很難不注意到，將軍對這頓豐盛的晚餐似乎不顯半分訝異。不僅如此，他還看向邊桌找凍肉，但沒找著。看在兒女眼裡卻不一樣，他們很少看到將軍在自己家之外吃得這麼津津有味，更從沒見他這麼不在乎融掉的奶油。

六點時，將軍喝完咖啡，馬車回來接他們了。整個拜訪期間，將軍的舉動大體上都讓人覺得十分愉快，也讓凱瑟琳更確定他心裡的期盼。如果凱瑟琳對他兒子所懷心思也這麼肯定的話，離開時就不會過分擔憂自己如何或何時才能重返伍德斯頓了。

Chapter 27

第二十七章

翌日早上，凱瑟琳意外地收到伊莎貝拉的來信，內容如下：

我最親愛的凱瑟琳：

我滿懷欣喜地收到你的兩封來信，也因未能及早回信而感到萬分抱歉。我真為自己的懶惰慚愧，不過在這個糟透的地方，根本就找不到時間成點事。打從你離開巴斯的那天起，我就想提筆寫信給你，但總被一些無聊的瑣事打斷。請務必馬上回信給我，直接寄到我家中。

感謝老天！我們明天就要離開這個令人討厭的地方了。你離開了之後，我在這裡再無快樂可言——到處都烏煙瘴氣的，所有喜愛的人都走了。我想，要是能見到你，我就不在乎其他人了，因為你對我來講，比任何人所能想像得都更親。我很擔心你親愛的哥哥，他去牛津以後就杳無音訊，我怕有什麼誤會。若是你能好心地從中斡旋，一切就會沒事的——你哥哥是我唯一愛過並值得愛的人，我想你能讓他確信這點。

春季服裝開始上市了，那些帽子真是難看到令人無法想像。我希望你過得愉快，但是我想，你恐怕一點也不想念我。我不想多談和你在一起的那家人，因為我哪能器度狹小，讓你討厭你所尊重的人。然而，很難知道究竟哪個人才是靠得住的，年輕男人的心總是搖擺不定。我很高興地告訴你，那個全巴斯最令我討厭的人已經離開了。從我的形容，你一定知道我指的是蒂爾尼上尉。你記得吧，就是那個在你還沒離開之前，癡纏著我、挑逗我的人。後來他更變本加厲，簡直成了我的影子。很多女孩子可能會這麼上他的當，因為那是你從未見過的殷勤，但我太瞭解男人的花心啦。他兩天前歸隊了，我想我再也不會受他糾纏。他是我所見過最典型的花花公子，也是最令人討厭的。最後兩天他總是纏在夏綠蒂．戴維斯身邊，噢，我真同情他的品味，但不加理會他。最後一次在巴斯街遇見他時，我立刻轉進一家商店，讓他沒有機會跟我說話——我見都不想見他。後來他走進泉廳，我說什麼也不想隨他進去。他和你哥哥只能說是天壤之別！

請捎信帶點你哥哥的消息來吧。我真為他擔心，他離開時狀況似乎很不好，該是著涼了，還是心情受影響了。我本想親自寫信給他，卻不知道把他的地址放到哪兒去了。而且，就如我前面所提，他恐怕誤會我了。請將這一切對他作個完整的說明吧；或者，若是他還有任何質疑，請他直接寫信給我，或者下次赴倫敦時到普特尼找我，應該就可將一切解釋清楚。我好久沒去社交堂，也沒去看戲，只有昨天晚上陪哈吉斯家去看了一場半票的鬧劇；都是他們逗我才去的，因為我不想讓他們調侃說蒂爾尼一走我就閉門不出。我們湊巧坐在米契爾一家旁邊，他們見我出門，裝出一副非常驚訝的樣子。我知道他們不懷好意，他們一度對我很不客氣，現在卻成了朋友。但我不是傻瓜，絕不會上他們的當。你知道我一向很有主見。安・米契爾見我上星期在音樂會戴著一塊頭巾，也學我戴上一塊，結果難看得很——我想那塊頭巾剛好適合我這張古怪的臉，至少那個蒂爾尼上尉當時是這麼對我說的，還說所有人目光都在我身上；不過他的話是全天下我最不願意相信的。現在我只穿紫色的，我知道自己穿紫色多難看，但是沒有關係，畢竟這是你親愛的哥哥最喜歡的顏色。

我最親愛、最可愛的凱瑟琳，請別耽擱，立刻寫信給你哥哥和我吧。祝好運！

愛你的伊莎貝拉　書於巴斯，四月

這等拙劣的把戲連凱瑟琳都騙不了。她從一開始就覺得這封信前後矛盾、瞎話連連。她為伊莎貝拉感到羞恥，也為自己曾經對她付出友愛而感到羞恥。她那些親熱的表示，現在聽來真教人噁心，就跟她的託詞一樣空洞，跟她的要求同樣無恥。

「替她寫信給詹姆斯！休想！詹姆斯絕不會再從我這兒聽到伊莎貝拉的名字。」

亨利一從伍德斯頓回來，她就把腓德烈克安好無恙的消息告訴他和愛琳諾，並真心為此恭喜他們，接著又以忿然口氣大聲唸出信裡最重要的幾段。

「真是夠了，伊莎貝拉，」她唸完之後嚷道，「我們的友情到此結束！她一定以為我是個笨女孩，否則不會寫這樣的信給我。不過呢，這封信或許能讓我更看清楚她的為人，而她卻不清楚我是怎樣的人。我終於瞭解她用心何在。她是個愛慕虛榮的風騷貨，可惜這些花招全白費了。我想她從沒把詹姆斯和我放在心上，眞希望自己不曾認識她這個人。」

「你很快就會像是不認識她了。」亨利說。

「只有一件事我還不明白。我知道她想勾搭蒂爾尼上尉的伎倆並未得逞，但我不明白蒂爾尼上尉在這整件事上的用意何在。他爲什麼會百般殷勤地追求她，讓她和我哥哥鬧翻，然後又突然溜走了呢？」

「我也不清楚腓德烈克的用意何在，只能猜測而已。他和索普小姐一樣愛慕虛榮，兩人的主要差別在於，腓德烈克比較理智，並未因此受傷。既然你認爲他所作所爲的結果已足夠證明他是錯的，我們便無須深究其因了。」

「那麼你覺得他並沒有眞的對索普小姐動情囉？」

「我想應是如此。」

「而且可能只是純粹出於搗蛋才這麼做的？」

亨利點頭表示同意。

「嗯，如果是這樣的話，那我必須說我一點也不喜歡他。雖然事情的結局對我們來講還不錯，但我實在不喜歡他。事情這麼發展並沒造成什麼傷害，畢竟我想伊莎貝拉應該也沒付出多少眞心。不過，說不定腓德烈克眞讓她愛上他了呢？」

「我們必須先假設伊莎貝拉有所謂的眞心可以付出——那麼她就完全是不同生物了。若是這樣的話，她應會得到完全不同的結果。」

「你站在你哥哥那邊本是理所當然的。」

「如果你也站在你哥哥那邊想，就不會爲索普小姐情場失意而傷心了。偏偏你心裡寄望人人都要有誠實的美德，才無法接受偏向自家人的冷酷現實，遑論心生那股報復的念頭。」

凱瑟琳聽了這番讚美，遂打消心中的怨艾。蒂爾尼先生既然如此和藹可親，蒂爾尼上尉應不至於犯下不可饒恕的罪行。她決定不回信給伊莎貝拉，並試著不再去想這件事。

Chapter 28

第二十八章

此後不久，將軍有事得去倫敦一個星期。他離開諾桑覺寺時誠摯地表示，哪怕得離開莫蘭小姐一個鐘頭，都讓他深感遺憾，並千叮萬囑他的孩子們，他不在家裡這段期間，首要任務就是照顧莫蘭小姐的舒適和樂。他的離開讓凱瑟琳第一次體驗到何謂凡事有失也有得。現在，他們的日子過得十足快活，每件事都是自己心之所趨，想笑就縱情大笑，每次用餐都那麼輕鬆愜意，想到哪兒散步隨時都可以去；他們的時間、快樂和疲倦，都掌握在自己手中，這才讓她眞正瞭解到將軍在家時他們有多拘束，並無比欣慰地發現自己終於解脫了。這樣的自在與快樂讓她一天比一天喜歡這裡，以及這裡的人；要不是因爲擔心不久後就要離開愛琳諾，或擔心亨利不像自己愛他那麼愛自己，她每天時時刻刻都會感到幸福滿滿。但現在已是她來訪的第四週了。將軍回來之前，這第四週也要結束了，若是繼續待下去，恐嫌太過打擾。每次想到這兒，她心裡就覺得難過，急著想放下這心中重擔，因此她決定立刻跟愛琳諾談這件事，先提出要離開，瞭解對方心意後再看事情怎麼發展。

她知道這不愉快的話題若拖得越久就越難開口，於是便把握第一次突然和愛琳諾獨處的機會，趁愛琳諾講別的事情講到一半時，開口說她不久就要返家了。愛琳諾的表情和話語都透露出萬分關切之情，她本來希望凱瑟琳會和她待久一點——也許是因爲心裡有這樣的想望，便誤以爲凱瑟琳答應要多住些時間。愛琳諾相信，莫蘭夫婦要是知道女兒住在這裡有多快樂，一定不會急著催女兒回去的。

凱瑟琳解釋道：「噢！關於這一點，爸爸媽媽倒是不著急。只要我高興，他們就沒意見。」

「那麼我就要問你了，爲什麼非這麼急著走呢？」

「噢！因爲我在這兒住太久啦。」

「得了，要是你這麼說，我就不好再強留了。要是你眞覺得自己待太久了——」

「噢，不！我絕對沒有這個意思。要是光顧著自己的快樂，我可以再跟你待上四個星期。」於是兩人立刻商定，要是凱瑟琳沒住滿四週，那麼離開的事情想都甭想。由於不安的根源這麼開開心心地解決了，另外一件事情相對就不那麼讓她擔心。愛琳諾挽留她的時候，態度和善又誠懇，亨利一聽說她決定不走時，立刻喜形於色；這都說明他們很重視她，讓她心裡只留下一點點人們必定會有的憂慮。她幾乎總是相信亨利愛她，而且相信亨利的父親和妹妹也很愛她，甚至希望自己成爲他們的家人。既然有了這樣的想法，再去懷疑和憂慮，就徒是庸人自擾罷了。

亨利無法遵守父親的命令，在父親去倫敦期間好好待在諾桑覺寺照顧兩位小姐。伍德斯頓的副牧師有事找他，星期六起得離開她們幾天。亨利不在家，終究不比將軍在家而他缺席的光景，縱然少了幾分樂趣，倒仍不失安適感。兩位小姐的嗜好相仿，關係越來越親密，覺得即使只有她們兩個也很好。亨利走的那天，她們直到十一點鐘才離開餐廳，這在諾桑覺寺算是很晚了。她們剛走到樓上，隔著厚厚的牆壁似乎聽見了馬車駛進門口的聲音，響亮的門鈴聲隨即傳來，證實她們沒有聽錯。

「天哪！會出了什麼事呢？」愛琳諾一開始的惶恐不安平息之後，馬上斷定來人應該是她大哥。雖然從沒這麼晚回來過，但他常常這麼突然出現。愛琳諾連忙下樓去迎接。

凱瑟琳朝自己的臥房走去，好不容易才下定決心要好好認識蒂爾尼上尉，畢竟蒂爾尼上尉的所作所爲給她留下了不好的印象；另外她也認爲，像他這樣時髦的紳士根本就不會把她看在眼裡。但令她安慰的是，至少他們不需要在某些情況下見面，害自己傷心。凱瑟琳相信他絕不會提及索普小姐，是啊，蒂爾尼上尉現在一定爲自己當時的作爲心感慚愧，因此並不需要擔憂這件事。她想，只要避談巴斯的事情，她便能以禮相待。時間就在這番沉思中過去了。愛琳諾一定很喜愛她大哥，因爲她是如此高興見到蒂爾尼上尉，有很多話要跟他說，所以上尉到家已快半個鐘頭了，還不見愛琳諾上樓來。

此時凱瑟琳彷彿聽見走廊響起愛琳諾的腳步聲，她仔細聆聽接下來的動靜，卻陷入一片靜寂。然而，就在她以爲是自己聽錯時，又聽見有什麼東西向她門口走來的聲響，嚇了她一跳。好像有人在摸她的門——接著門鎖輕輕動了一下，看來是有人想開門。一想到有人想偷偷進來，不禁讓她害怕起來。可是她決心不再讓那些看似可怕的小事嚇倒，或再受自己無端的幻想而誤導，於是她悄悄走上前，一把將門打開。

愛琳諾，只有愛琳諾站在那兒。但是凱瑟琳的心情只平靜一下子，因爲愛琳諾雙頰蒼白，舉止異常慌亂不安。雖然她分明想進來，但似乎需要鼓起勇氣才做得到。進門後，似乎需要更多勇氣才能開口說話。凱瑟琳以爲她是因蒂爾尼上尉之故而感到有些不安，便只是默默地關懷她，讓愛琳諾坐下來，拿薰衣草水按摩她的太陽穴，並親切地俯身安慰她。

「親愛的凱瑟琳，你不必——你眞的不必——」愛琳諾這才接連說出這幾個字來。「我很好，你對我這麼好，更教我不知如何是好，我擔當不起……我是因爲這樣的事情才來找你的！」

「有事——找我！」

「我要怎麼跟你說呢？噢！我要怎麼跟你說呢？」

有個新念頭忽然跑進凱瑟琳腦海裡，她的臉色馬上變得和她朋友一樣蒼白，喊道：「是伍德斯頓的人送信來了！」

「你眞誤會了，」愛琳諾回答道，並滿懷同情地看著她，「不是伍德斯頓的人，是我父親回來了。」

她提到她父親時，聲音發顫，眼睛直盯著地板。單是將軍突然回來這件事，就已經夠讓凱瑟琳沮喪的了。有好一會兒，她幾乎認爲不可能還有比這更糟的消息了。她什麼話也沒說。愛琳諾則努力整理心緒，試著以堅強的語氣張口說話，眼睛仍只盯著地板看。

「我知道你人很好，不會因爲我被迫做這件事而將我視爲壞人。我實在不希望自己是傳這些話的人。我們才商量好，決定你會如我所期望地在這兒多待幾個星期——這讓我有多高興，多麼感謝啊！我怎麼能開口說你的好意被拒絕了？你跟我們在一起，帶給我們那麼多快樂，得到的回報卻是——我實在是說不出口。親愛的凱瑟琳，我們得分開了。我父親想起一個約會，星期一就得帶我們全家離開。我們得到赫里福德附近的朗敦勛爵家住上兩個星期。我沒辦法向你解釋或道歉，恐怕想這麼做也沒辦法。」

「親愛的愛琳諾，」凱瑟琳嚷道，竭盡所能地壓抑自己的情緒，「別這麼難過。先訂好的約定當然比後訂的重要。我眞的非常、非常難過我們就要分開了，來得如此快，也如此突然！但我並不生氣，眞的。你知道的，我隨時都可能結束這趟拜訪啊，我也希望你能來拜訪我家。當你從勛爵家回來之後，可以到富勒頓來嗎？」

「這我沒辦法決定，凱瑟琳。」

「那等你方便的時候過來吧。」

愛琳諾沒有回答。凱瑟琳則想到自己比較關心的事情，便自言自語地說：「星期一——這麼快——你們全都要離開了！那麼，我想——不過我應該來得及走。你知道的，我只要比你們早一點出發就好了。別難過，愛琳諾，我星期一走也行的。我父母親不知道我要回去也不打緊。將軍會派個僕人陪我，我敢說，會送到半路——接著我很快就會抵達索爾茲伯里，從那兒返家僅僅九哩路程。」

「啊，凱瑟琳！若眞這樣安排，倒還不至於讓我難受，雖然這麼做虧待了你，可起碼有些補償。可是——我該怎麼跟你說呢？其實已經決定讓你明天早上離開，就連時間都由不得你決定。馬車也叫好了，七點鐘就會到這兒，而且也不會派僕人送你[1]。」

凱瑟琳坐下來，既無法呼吸，也無法言語。

「當我聽到這話時，簡直不敢相信自己的耳朵。不管你此刻有多麼不高興、多麼氣憤，我生氣的程度就跟你一樣——不過我不該談論自己的感受。噢，但願我能爲你求情！天哪！你的父母親會怎麼說？是我們讓你離開眞正能照顧你的朋友，結果卻落得這般下場——離家幾乎比原來的地方遠上一倍，還如此不近人情、不顧情面！親愛的、親愛的凱瑟琳，傳達這樣的命令，就好像是我自己侮辱了你。然而，我相信你會原諒我的，因爲你已經在我們家住了一段時間，應該看得出我只不過是名義上的女主人，根本無權管事。」

「我是不是惹將軍生氣了？」凱瑟琳以顫抖的聲音說。

「哎！以身爲女兒的感覺，就我所知、所能回答的來講，你不可能有讓他生氣的理由。他當然是心煩意亂到極點，我很少看他如此煩躁。他脾氣本來就不好，現在又出了點事把他氣到非比尋常，有點失望、有點氣惱，而他似乎又把這事看得很嚴重。但是我怎麼也想不出你和這事有什麼關係，畢竟哪有可能呢？」

凱瑟琳難過得說不出話來，只是看在愛琳諾的份上，她才勉強說了幾句話。

「眞的，」她說，「如果是我惹將軍生氣了，我眞的感到很抱歉，那絕不是我想做的。不過別難過，愛琳諾，既然約定好了就應該去的。我只是很遺憾將軍沒能早點想起這件事，否則我就可以寫封信回家了。不過這也沒多大關係。」

「我希望，誠摯地希望你能夠平安抵家。但除了這點之外，還有很多方面，像是你的安適、體面和妥當等等方面，對你的家庭和周遭世人都影響很大。要是你的朋友艾倫夫婦仍在巴斯，或許你可以先去找他們，這對你來講會輕鬆些，幾個鐘頭就可以到了。可你沿路得乘換那麼多輛馬車走上七十哩，以你的年紀，要和出租馬車的車夫同行，卻沒有自己人陪伴！」

「噢！這點路算不了什麼。別為這個擔心了。再說，反正我們本來就要分開了，早幾個鐘頭或晚幾個鐘頭，並沒有什麼差別。我七點之前就可以準備好。只要讓人準時叫我就行了。」愛琳諾看出她想一個人靜靜，再談下去對她們倆未必較好，於是說了聲「明天早上見」便離開了。

凱瑟琳滿腹委屈需要發洩。在愛琳諾面前，友誼和自尊都制止了她的淚水，等愛琳諾一走，她的淚水便潰湧而出。讓人趕出門，而且是以這樣的方式！對於這麼突然又粗暴的方式沒提個合理的解釋，也沒有任何抱歉的表示，甚至是這樣蠻橫。亨利遠在別處，她根本無法跟他告別。所有對他

1 一般都知道，讓年輕女孩單獨旅行極為不妥，但蒂爾尼將軍要將凱瑟琳遣走，卻未替她安排隨行僕人，足見是非常明顯的侮辱之舉，也意味他根本不在乎凱瑟琳將一人孤身旅行。

的希望與期待，全都要就此中斷了，至少目前是如此，誰又說得準會持續多久的時間呢？誰知道他們何時才能再見面？——而這一切都是像蒂爾尼將軍這樣的人所造成的，原本是那麼彬彬有禮、有教養，之前也一直是那樣地寵愛她！這眞是既令人傷心又無法理解。事情究竟是怎麼引起的，結果又會如何，都同樣讓人困惑又害怕。這件事做得實在是太無禮，急著趕她走，不考慮她的方便，也不費心做點表面功夫讓她選擇上路的時間與方式。本來還有兩天的時間，卻定在第一天，幾乎是第一時間就催她離開，好像打定主意要逼她在將軍起身之前離開，免得再見到她。這樣做除了存心侮辱她之外，還會有別的意思嗎？無論如何，她一定是不幸得罪了他。愛琳諾不想讓她有如此痛苦的想法，可是凱瑟琳怎麼也無法置信！若這事與她無關，或者至少別人認爲與她無關，將軍要是遇到什麼傷害或不幸，也不會把怒氣發洩在她身上。

這夜可眞難熬。睡眠，或者稱得上睡眠的休息，當然是不可能的。這房間，在她乍到時因自己的胡思亂想而讓她備受煎熬，此時又再次讓她忐忑不安、輾轉難眠。然而，這次不安的原因與當初大不相同，無論是現實上或本質上，都更讓人傷心！她的憂慮是有事實根據的，她的恐懼也建立在可能的基礎上。因爲滿腦子都在想著這些眞實而自然的惡行，眼下孤單的處境、漆黑的臥房和古老的建築，對她來講都起不了任何影響。雖然風很大，不時颳過屋子而突然發出奇怪的聲響，她只是清醒地躺在那兒，一個鐘頭、又過一個鐘頭，並不感到好奇或恐懼。

一過六點，愛琳諾便來到她房裡，急切地想表示點關心或盡量幫點忙，不過該做的都做了。凱瑟琳沒有耽擱一點時間，她已經大致穿整好，東西也收拾得差不多了。愛琳諾進屋時，凱瑟琳突然想到或許是將軍派女兒來講和的。還有什麼比這更自然呢？人的火氣一過，接著便是後悔。而她只是想知道，經過這些風波後，要怎麼接受對方的道歉才不失尊嚴。可即使她知道要怎麼做，在此也毫無用武之地，完全不需要。她表現自己寬宏大量和體現尊嚴的機會都落空了。

愛琳諾終究沒帶來任何訊息。兩人見面後沒說什麼話，雙方都覺得沉默是最保險的，因此她們還在樓上時，只說了幾句無關緊要的話。凱瑟琳忙著更衣，愛琳諾雖然沒有什麼經驗，但是出於一番好意也試著幫忙打包。所有事情都準備好了之後，她們便離開房間，凱瑟琳只比她的朋友多留半分鐘，看了最後一眼自己所熟悉、珍惜的東西，隨即下樓來到早餐室，早餐已經備妥。她試著吃點東西，省得痛苦地聽別人勸進，另一方面也想讓她的朋友好過點，只是她一點胃口也沒有，無法多嚥下幾口。拿今天和昨天她在這屋裡吃的兩頓早餐相比，又讓她產生新的苦澀感，越發厭惡眼前的一切。

上次在這裡吃早餐還不到二十四小時，情況卻是天差地別！當時她心裡有多麼輕鬆歡快，儘管這是建立在虛假的保障上。她當時看著周圍的事物，都是那麼可愛，對未來幾無憂慮，只掛心亨利要去伍德斯頓一天這件事情而已！多麼愉快的早餐啊！因爲亨利當時在這兒，就坐在她身旁，幫她服務。她一直沉湎於這些回憶中，沒有受到同伴的打擾，因爲愛琳諾也跟她一樣，坐在那兒陷入沉思，直到馬車駛來才讓她們倆驚醒，回到現實。凱瑟琳一見到馬車，馬上漲紅了臉，她所受到的侮辱，此刻真讓她心如刀割，一時只感到氣憤。愛琳諾現在迫於情勢，似乎得說點話了。

「你一定要寫信給我，凱瑟琳，」她哭道，「一定要盡快捎來信息。要是沒接到你平安到家的消息，我一時一刻也無法安下心來。無論如何，都要捎信來，讓我放心知道你已經平安回到富勒頓，知道你家裡的人都安好。在我獲准能和你通信之前，只能期望你捎一封信來。把信寄到朗敦勛爵家，收信人請務必寫上『愛麗絲[2]』。」

「不，愛琳諾，如果收到我的信是不受允許的，我想我還是別寫較好。我一定會平安到家的。」

愛琳諾只回答道：「你會有這樣的心情，我並不覺得奇怪。我也不勉強你。即使相距遙遠，我仍相信你有顆最仁慈的心。」可是這幾句話，再加上愛琳諾臉上憂傷的表情，就足以立刻融化凱瑟琳的自尊，只聽她馬上說：

「噢！愛琳諾，我一定會寫信給你的。」

蒂爾尼小姐還有一件事情急欲解決，雖然有點不易啓齒，但她想到凱瑟琳離家好一陣子，身上的錢可能不夠這趟旅程花費，便以最委婉的方式提議要借點錢給凱瑟琳，事實果然如她所料。直到此刻，凱瑟琳才想到這件事；現在一查看錢包，才發現若不是朋友體貼，她被趕出去以後恐怕連隨身盤纏都不夠回到家。臨別前，她們兩人心裡淨想著若是沒錢，路上可能會遇到什麼樣的麻煩，因此幾乎沒再多說些什麼話。不過，時間很短暫。馬車已經備好了。凱瑟琳立即起身，彼此用親暱擁抱取代離別話語。兩人走進門廳時，凱瑟琳覺得她們一直沒有提起某個人的名字，不能就這麼離開，便停了一下，雙唇顫抖著勉強說，請愛琳諾向「不在家的朋友」致意。不想還沒提及他的名字，她就再也壓抑不住自己的感情，只得盡可能用手絹遮住臉，快速穿過門廳，跳上馬車。馬車轉眼間就駛出了大門。

2 愛麗絲必定是蒂爾尼小姐的貼身女僕。

Chapter 29

第二十九章

由於凱瑟琳太過傷心了，反而不覺得害怕。這趟旅行對她來講原本就沒什麼好怕的，只要一踏上旅程，便無懼於路程遙遠，也不感到孤寂。我們的女主角倚靠在馬車裡一角，淚流不止，直到馬車駛出寺院好幾哩，才抬起頭來；直到園林院落的最高點差不多被遮住時，她才能回眸望向它。令人難過的是，她現在所走的這條路，恰是她十天前興高采烈地往返伍德斯頓時所走的路。在這十四哩路程中，沿途的景物再度看上去，都令她越發難受，因為上次看的心情是如何不同啊。每走一哩路，越靠近伍德斯頓一點，心裡的痛苦便增加一分。當她經過那個通往伍德斯頓僅相距五哩之遙的岔路時，一想到亨利是如此靠近卻又全然不曉，心裡的難過與焦灼更是達到最高點。

她在伍德斯頓度過的那天，是她一生中最快活的時光。就在那裡，就在那天，將軍提及亨利和她時所用的字眼、說話的語氣及表情，都讓她篤定將軍確實希望他們能成眷屬。是的，就只在十天前，他那句意味深長的話語還讓她為之雀躍不已——那種顯而易見的意圖攪得她心慌意亂！而現在，她究竟做了什麼，或者沒做什麼，竟讓他出現如此的轉變呢？

她自覺只有一件事情算得上冒犯了將軍，但這件事不大可能傳入他耳中。唯有亨利和她知悉那些駭人聽聞的疑神疑鬼，她相信亨利會像她自己一樣嚴守祕密。至少，亨利不會故意背叛她。倘若，眞的不幸讓將軍知道她那些膽大妄爲的臆測與窺探，知道她那些無稽的幻想和有傷體面的搜查行動，他發再大的火，凱瑟琳也不會覺得奇怪。要是將軍知道她曾把自己視爲殺人凶手，他即使把她攆出家門，她也不會感到詫異。但是這些折磨人的事情，她深信將軍應無從察知。

儘管她憂心忡忡地繞在這點上想著，她思索最多的倒非這件事。還有件萬分緊迫的事情，她更迫切、更急著想知道。當亨利．蒂爾尼明天回到諾桑覺寺聽說她離開了之後，會怎麼想、怎麼看、有何感覺，比起其他問題，她更想知道這一點。始終縈繞在她腦海中的問號，讓她又惱又安慰。有時她害怕亨利會默默認同，有時又燃起甜蜜的信心，認爲他一定會感到遺憾和氣憤。當然，他不敢對將軍說什麼，但是面對愛琳諾——關於她的事情，哪有什麼不能跟愛琳諾說的呢？

她就這麼不斷地猜想、自問，無論是哪一方面，都無法爲她帶來片刻的安寧。時間就這麼過去了，她的旅程比自己所想像的快得多。他們越過伍德斯頓附近地區之後，滿懷的焦慮思緒讓她沒心思去觀賞眼前景物，也沒讓她去注意這趟路程。儘管路上的景物絲毫沒引起她片刻注意，但也不讓她覺得厭倦。這乃是另有原因的，她並不急著抵達目的地——雖說她已離家十一週之久，可是以這種方式回到富勒頓，幾乎等於破壞了與她最親愛家人團聚時的歡樂。她要怎麼說才不會讓自己丟臉，也不帶給家人難受呢？要怎麼如實說出，才能避免讓自己更加悲傷、增添無謂的怨恨，或是不分青紅皀白地將所有無辜的人都牽扯進來呢？她怎麼也無法道盡亨利和愛琳諾的好，那股強烈的情感畢竟非言語無法表達。若是這兩兄妹因他們父親的緣故而被人討厭、被人憎惡，那可要教她心如刀割。

說穿了，她這些感受，與其說是想念，還不如說是害怕見到那座知名的尖塔[1]，因爲一望見它就知道自己離家已不到二十哩遠。她離開諾桑覺寺之後，就知道要往索爾茲伯里的方向，但第一段旅程走完後，多虧驛站長告訴她沿途的地名，她才知曉如何接續旅途。不過，她並沒有遇上什麼麻煩或令人害怕的事情。她年輕有禮，也付了豐厚的酬勞，讓自己獲得一個旅客應有的照顧。他們一路上除了停下來換馬匹之外，接連走了十一個鐘頭，皆未發生任何意外或驚險事件，在傍晚六、七點鐘左右便駛進了富勒頓。

寫書人總偏好這樣詳細描述故事的結局：女主角快結束生命時，回到自己的家鄉，勝利地挽回聲譽，帶著伯爵夫人的體面尊嚴，後面還跟著一長串貴族親戚，分坐在好幾輛雙馬四輪馬車裡，以及一輛坐著三位侍女的旅行用四馬馬車。這樣的結局的確讓故事精采度加倍，作者無疑也跟著沾了不少光。——然而我的故事卻不走這路線。我讓我的女主角孤伶伶又有失光彩地回到家鄉，連我自個兒也提不起勁再詳加描述了。一位坐在出租馬車的女主角多麼煞風景，再寫得如何悲壯也挽回不了什麼。因此，不如就讓車夫趕著馬車，在週日人群的注目下飛快駛進村子，女主角匆匆地跳下馬車吧。

話說無論凱瑟琳心裡有多難過，無論寫她傳記的作者有多慚愧，當她這麼走向牧師公館時，不嗇給家裡人準備了一份非同小可的喜悅。首先，是馬車的出現，接著是她本人。旅行馬車在富勒頓本來就不常見，全家人立刻把目光移向窗外。當馬車停在大門口時，每個人都開心不已，充滿了各種想像，畢竟這是誰也沒料到的喜事，除了兩個小傢伙之外——喔，就是那個六歲的男孩及那個四歲的女孩，每次看見馬車都盼望是哥哥姐姐回來了。頭一個看到凱瑟琳的有多高興啊！報告這項發現的聲音有多興奮啊！不過這快樂究竟是喬治還是哈麗葉的，則無從辨知了。

凱瑟琳的父母親、莎拉、喬治和哈麗葉，全都聚集到門口來，親切熱烈地歡迎她，這一幕喚醒凱瑟琳心裡頭所有最棒的感覺。她走下馬車、擁抱每個人時，發現自己比原本以爲的還輕鬆許多。她這麼被圍繞著、呵護著，心裡甚至漾起某種幸福感呢！凱瑟琳沉浸在親情歡樂中，所有的悲傷瞬時停止了。見到凱瑟琳所帶來的喜悅，讓他們一開始也顧不得靜下來好奇詢問，直到所有人圍坐在茶桌邊。多虧莫蘭太太急著安頓這位長途旅行的可憐人兒，畢竟是做母親的，她在大家還沒直接提出任何需要得到明確答案的問題之前，一下就注意到女兒臉色蒼白、神色疲憊。

聽了半個鐘頭的話後，凱瑟琳才勉勉強強、吞吞吐吐地道出一番說詞，出於禮貌，她的聽眾或許能將之當作解釋。只是在這當兒，他們恐怕仍不太明白或瞭解她突然回家的詳細原因。他們本性不愛計較，是那種即使受到任何侮辱也不會立即發怒，或是感到憤慨萬分的人，然而，待凱瑟琳全

1 指索爾茲伯里大教堂的尖塔，建於十四世紀，為英國境內最高的尖塔。

六歲弟弟及四歲妹妹這次總算盼到親愛的凱瑟琳回來，
興奮得跑去向媽媽報喜。

盤托出事情眞相後，他們全認爲這是不容忽視的侮辱，尤其在前半個鐘頭裡更認爲不能輕易原諒。

莫蘭夫婦想到女兒在這趟漫長而孤單的旅程中，雖沒有受到任何驚嚇，仍不禁替她抱屈，這種罪就連他們自己也絕對不願意去受的。蒂爾尼將軍的行爲實在是太不體面、太不仁厚了，既不像個有教養的人，也不像個有兒女的人。他憑什麼這麼做，哪來天大事情惹得他違反待客之道，他原本非常寵愛凱瑟琳的，爲何會突然變得如此反感？至少在這點上，他們跟凱瑟琳一樣完全摸不著頭緒。不過他們並沒有爲此苦惱太久，胡亂猜測一番後便以「這眞是件怪事，他一定是個怪人」這句話來表達他們所有的憤怒與臆測。倒是莎拉仍然沉浸在甜蜜的疑惑中，以年輕的熱情大聲猜測著。她母親最後只得說：「親愛的，你不需自尋煩惱。放心吧，這壓根兒不是什麼値得費神的事。」

「我可以理解當他想起那場要赴的約定時，會想讓凱瑟琳離開，」莎拉說，「但爲什麼不能用更客氣的方式處理呢？」

「我替那兩位年輕人感到難過，」莫蘭太太說，「他們一定很傷心。至於其他的事情，現在都不要緊了，凱瑟琳已經平安到家，我們的安適又不靠蒂爾尼將軍來決定。」

凱瑟琳嘆了口氣。

「好啦，」她那位豁達的母親繼續說，「幸虧當時我不知道你已經上路了。不過現在事情既然都已經過去，或許也沒什麼壞處，讓年輕人經歷一些磨練總是好的。而且你知道的，我親愛的凱瑟琳，你一向是個浮浮躁躁的小傢伙，這回你也不得不變得機靈些，自己得一路換那麼多次車呀什麼的，我希望你沒有把任何東西落在車上了。」

凱瑟琳也希望如此，並試著爲自己的成長而高興，不料她已經精疲力竭了，很快的，她心裡唯一的希望是獨自清靜一下，於是立刻順從母親讓她早點休息的提議。她的父母認爲凱瑟琳面容憔悴、心緒不寧，乃是心情鬱悶及旅途過勞的自然反應，所以當凱瑟琳離開時，只覺得她睡一覺就會好的。第二天早晨大家見面時，她並沒有恢復到他們所期望的程度，但他們仍深信這背後沒有深藏什麼更嚴重的原因。做父母的居然一次也沒想到她的心，一個十七歲大的姑娘，才剛從她的初次遠行歸來，這還眞是怪事！

一用完早餐，凱瑟琳便坐下來履行她對蒂爾尼小姐的諾言。蒂爾尼小姐相信，時間和距離會改變這位朋友的心情，現在她朋友的信念果眞得到印證了，凱瑟琳已在責怪自己離開時對愛琳諾太過冷淡，責怪自己從未眞正看重愛琳諾的優點和仁慈。而且昨天留下她一個人痛苦，自己卻沒給予足夠的同情。然而，這些感情的力量，對她下筆寫信倒沒什麼實質幫助。她從前提筆從沒像給愛琳諾．蒂爾尼寫信這麼困難。寫這封信既要恰如其分道出她的情感及現況，還要能表達感激之意而不過分懊悔，要謹愼而不冷淡，誠摯而不怨恨，必須是一封愛琳諾看了不會感到痛苦的信；尤其最重要的是，即便讓亨利碰巧看見也不至於讓她自己感到臉紅[2]。這一切嚇得她遲遲無法動筆。困擾了許久之後，最終決定，將信寫得短一點是確保不出任何差錯的萬全之道。於是，她把愛琳諾先墊的錢裝進信封後，只寫了幾句表示感謝和衷心祝福的話。

「這眞是一段奇怪的友誼，」莫蘭太太待女兒寫完信後說，「結識得快，結束得也快。這樣的發展眞教人遺憾，因爲艾倫太太認爲他們都是非常好的年輕人，而你跟伊莎貝拉也眞不走運。唉！可憐的詹姆斯！也罷，人就是要經一事才長一智，希望你以後的朋友能值得更長久的交往。」

凱瑟琳急紅了臉，激動地回答：「沒有人比愛琳諾更值得長久交往了。」

「要是這樣的話，親愛的，我相信你們遲早會再見面的，不用擔心。幾年之內，你們八成還會碰到一塊兒的，到那時候該有多高興啊！」

莫蘭太太安慰得並不合宜。她希望他們幾年內能再見面，這只讓凱瑟琳揣想，這幾年內會出現什麼樣的變化，也許會讓她害怕再見到他們。她永遠也忘不了亨利．蒂爾尼，恐怕將永遠像現在這樣溫柔多情地思念他，但是他可能會忘掉她的。噢，在這種情況下再見面！凱瑟琳想到這樣重逢的景況，眼眶不禁盈滿了淚水。她母親發現自己的婉言相勸沒能得到正面效果，便又提出一個振奮精神的建言，提議她們一起去拜訪艾倫太太。

兩家相距僅四分之一哩。一路上，莫蘭太太一古腦兒說出自己對詹姆斯失戀的看法。

「我們眞爲他感到難過，」她說，「不過，除此之外，這門親事吹了倒也沒什麼不好。其實我們並不大希望他與一個我們不甚瞭解的女孩訂婚，而且一點背景也沒有，現在她又做出這種事，我

---

2 除非有婚約關係，否則年輕男女之間一般而言不能通信，但可藉由寫信給與自己同性別的對方手足，巧妙達到通信目的。

們壓根兒就不喜歡她。只是這段期間對可憐的詹姆斯來講並不容易，但這不會持續太久的。我敢說他頭一次就傻乎乎地選錯了人，往後一輩子都會更謹慎行事。」

母親對這件事的扼要看法，凱瑟琳極其勉強才聽完，再多說一句話就可能激得她失去自制而說出不理智的話，因為她馬上就把整副心思投注在被喚起的記憶：從上次走過這條熟悉的道路以來，自己在心情和精神上究竟有多少變化。不到三個月之前，她還欣喜若狂地期待，每天在這條路來回奔跑上十幾趟，心裡輕鬆愉快、自由自在，一心期待著那些從未嘗試過的天真快樂，一點也沒意識到厄運的存在。三個月前她還是這個樣子的，而現在呢，她回來之後簡直判若兩人！

對於她突如其來的出現，艾倫夫婦以最親切的熱情款待她，他們向來就疼愛凱瑟琳，自然要親切備至地歡迎她。當他們聽到凱瑟琳的遭遇，難掩震驚且憤慨不已，即使莫蘭太太講述時並未加油添醋，也沒有故意煽動他們的情緒。

「昨天晚上，凱瑟琳嚇了我們一大跳，」莫蘭太太說，「她自己一個人從那麼大老遠的地方坐車回來，而且直到星期六晚上才被人家告知。蒂爾尼將軍不知打哪兒冒出什麼怪念頭，突然厭煩她待在那裡，幾乎是把她攆出家門。太不友善了，眞是的，他肯定是個怪人。不過我們很高興她又回到我們身邊了！也很安慰地看到她並不是個沒用的可憐蟲，可以變得如此獨立。」

身為一位公正的朋友，艾倫先生針對這件事提出合乎情理的憤慨，而艾倫太太覺得丈夫的說詞十分得當，馬上跟著複述一遍。接著，她又把他的驚奇、猜測和解釋照說一次，要是突然出現尷尬的停頓時，便自己再加上一句「我實在受不了這位將軍」。艾倫先生出去後，她又把這話說了兩遍，當時氣還沒消，話也沒太離題。說到第三遍時，就開始有點扯遠了。重複第四遍後，她便立即接下去說：「親愛的，只要想想我離開巴斯之前，居然補好了我那上好蕾絲大得可怕的開口，而且根本看不出補在哪裡。哪天我一定要拿給你瞧瞧。凱瑟琳，巴斯畢竟是個好地方，說實話，我還眞不想回來。索普太太在那兒給了我們不少方便，不是嗎？你也知道，我們倆一開始多孤單呢。」

「是啊，不過那並沒有持續太久。」凱瑟琳回應道，一想到在巴斯最初的那些日子是如何讓她神采煥發的，眼睛便又亮了起來。

「的確如此，我們不久後遇見了索普太太，接著就萬事齊備了。親愛的，你瞧我這副絲手套美不美？我們初次去舊社交堂時，是我第一次戴它，之後又戴了好多次。你還記得那個晚上嗎？」

「我記得嗎？喔！當然。」

「那是個非常棒的夜晚，不是嗎？蒂爾尼先生跟我們一起喝茶，我總覺得有他參加眞好，他是如此討人喜歡。我想你好像還跟他跳了舞，不過我記不清楚了。我記得我穿上自己最喜愛的禮服。」

凱瑟琳無法回答。之後，艾倫太太又提起幾個不同的話題，最後又回過頭來說道：「我實在受不了那位將軍！他看起來明明是個討人喜歡、值得尊重的人哪！莫蘭太太，我想你一輩子都沒見過像他那麼有教養的人。凱瑟琳，他走的那天，那間屋子就租出去了。不過這也沒什麼奇怪。你知道的，就是米爾森街的那間。」

在回家的路上，莫蘭太太再度努力想讓女兒瞭解，能交上艾倫夫婦這樣好心又可靠的朋友有多幸運！既然這些老朋友如昔喜歡、疼愛她，便不需把蒂爾尼家那種交情淺的人對自己的怠慢無禮放在心上。儘管這番話說得頭頭是道，但總有些時候，理智會對人心失卻影響力。幾乎莫蘭太太所提出的每一個論點，都導引凱瑟琳產生幾分相反的情緒。她目前的快樂就取決於這些淺交情朋友的態度。就在莫蘭太太成功用一套自以爲公正的說法證明自己論點時，凱瑟琳默默在心裡想著：蒂爾尼先生現在應該已經回到諾桑覺寺了；現在他一定已經聽到她離開的消息；而且現在，他們或許已經動身前往赫里福德了。

第三十章

Chapter 30

凱瑟琳的性情並非天生坐得住，生性也不十分勤奮。但是，無論她之前在這方面的缺點如何，她母親現在怎麼也無法忽視這些缺點益加的嚴重了。她無法靜靜坐著，或讓自己做個十分鐘的活兒，老是在花園、果園裡不斷轉悠著，好像就只想這麼一直走動，而且看樣子，她寧願繞著房子走也不肯老老實實在客廳待上一分鐘。然而，她意氣消沉才是主要的轉變。閒逛和懶散只是過去的老毛病，她的沉默和憂鬱，則和以前的性情大相逕庭。

頭兩天，莫蘭太太任憑她這麼過，一句話也沒說。可是休息了三個晚上後，凱瑟琳仍無恢復興致，依舊不肯做點正經事，也不想做刺繡活兒。這時候，莫蘭太太再也忍不住了，便溫和地責備了女兒幾句：「我親愛的凱瑟琳，我想你眞變成千金小姐了。要是可憐的理察只有你一個親人的話，我眞不知道他的圍巾何時才能織好。你滿腦子淨想著巴斯，可是不同的時間要做不同的事情啊，有時候可以跳舞看戲，有時候也該做點活。你已經玩樂夠久了，現在應該試著做點正經事啦。」

凱瑟琳立刻拿起針線，並以頹喪的語氣說：「我腦子裡並沒有淨想著巴斯。」

「那你是在煩惱蒂爾尼將軍的事囉，你眞是太傻啦，因爲你十之八九不會再見到他了，絕不應該爲這種小事自尋煩惱。」稍微沉默了一會兒後，莫蘭太太又說：「好凱瑟琳，我希望你不要因爲家裡不比諾桑覺寺氣派而嫌棄家裡，否則這次遠行眞讓你學壞了。無論你身在何處，都該知足常樂，特別是在自己家裡，因爲這是你要度過最多時間的地方。我不喜歡在吃早餐時聽你一直講著諾桑覺寺的法式麵包。」

「說眞的，我並不在乎那個麵包，吃什麼對我來講都一樣。」

「樓上有本書，書裡有篇深富智慧的文章，說了很多一些年輕女孩因爲交上了不起的朋友便嫌棄自己家的事。是叫做《明鏡[1]》吧，我想應該是這本書沒錯。我哪天要找出來給你讀讀，肯定對你很有幫助的。」

凱瑟琳沒再說什麼，只想努力做該做的事情，便埋首於手邊的刺繡活兒。但是過了幾分鐘，又再度陷入消沉，無精打采了起來，就連她自己都沒有察覺到。而且身子因爲疲憊又煩躁，一直在椅子上扭動著，比她動針的次數還要多。莫蘭太太看到這老毛病又犯了，還發現女兒的神情恍惚又不知足，認爲這完全證實了自己的看法：她之所以如此鬱悶不樂，正是因爲無法安貧樂道。於是這位母親便急忙離開房間去找那本書，迫不及待想把這個可怕的毛病給治好。她費了一番工夫才找到那本書，後來又被其他家務事給絆住，過了一刻鐘才帶著那本她寄予厚望的書下樓來。她在樓上時只

1 《明鏡》(The Mirror)，由蘇格蘭小說家亨利・麥肯錫(Henry McKenzie, 1745-1831)編纂的期刊，發行約莫一年。

莫蘭太太費了好一番工夫，
才找到那本能夠開導女兒的書。

聽得到自己忙亂的聲音，全沒聽見外頭有什麼動靜，因此並未察覺最後幾分鐘內來了位客人。直到她走進屋時，一眼看到的是一位從未見過的年輕男子。這位男子立刻恭恭敬敬地站起來，女兒則彆扭地向她介紹說這是「亨利．蒂爾尼先生」。接著，蒂爾尼先生以頗尷尬的語氣爲自己的來訪致歉，說發生了那樣的事情，無權期待自己會在富勒頓受到歡迎，並說他之所以冒昧趕來，是因爲他急著想知道莫蘭小姐是否已經平安返家。幸而聽他講話的人，性情不偏激也不好憤恨。莫蘭太太對仁慈的亨利兩兄妹一向懷著好感，並未把他們與其父親的惡劣行徑等同視之，她立刻喜歡上亨利的儀表，以純摯的情感接待他，感謝他如此關心她女兒。她要他放心，說只要是孩子的朋友，永遠都歡迎到她家作客，並要他別再提起過去的事了。

亨利毫無異議地遵從了這一點，想必是他的心情的確因這意外的寬宏大量而鬆了一大口氣。但同時在這當兒，他也說不清楚事情的原委，於是他沉默地坐回原位，彬彬有禮地回答莫蘭太太一些關於天氣和旅途的尋常問候。這時的凱瑟琳，焦躁、激動、快樂、興奮的凱瑟琳，則一句話也沒說。不過，她那緋紅的臉頰與明亮的雙眸，讓母親相信這場善意的拜訪至少可以暫時讓女兒的心情好轉。這位母親遂欣然地將那本《明鏡》擱在一旁。

莫蘭太太看到客人爲著他父親的緣故而窘迫不安，她眞心感到同情，因此急於希望得到莫蘭先生的協助，能夠一面跟客人說話、一面鼓勵他。她老早派了一個孩子去找丈夫，但是莫蘭先生並不在家。在這麼孤立無援的情況下，過了一刻鐘後就找不著話聊了。沉默了幾分鐘，亨利在莫蘭太太進屋後第一次轉向凱瑟琳，突然輕快地問她艾倫夫婦此時是否在富勒頓？本來只需要一個字就能回答的問題，凱瑟琳卻含含糊糊地說了好幾句，亨利揣摩出其中的意思後，立即表示想過去拜訪，並紅著臉問凱瑟琳是否能好心帶路。

「先生，你從窗戶這邊就可以看到他們的房子了。」莎拉順口回道，那位先生只是點了點頭致謝，而那位做母親的也向莎拉點了點頭示意她住口。

莫蘭太太轉念一想，客人之所以想去拜訪那位受他們尊敬的鄰居，也許是有意解釋一下父親的行爲，而這件事必定得單獨跟凱瑟琳談，因此她無論如何都會讓凱瑟琳陪他過去。

他們兩個就此上路了，莫蘭太太並沒有完全誤會亨利的意圖。他的確是想解釋一下父親的行爲，但是他最重要的目的，乃是告白。他們還沒走到艾倫先生的庭院前，他就已經清楚完整表達出自己的情感，凱瑟琳這廂覺得那番話是怎麼也教人聽不厭的。亨利向她確定了自己對她的愛意，而且也請求她的愛。其實，他們倆何嘗不明白呢，那顆心早已屬於他。雖說亨利現在確實衷心珍愛凱瑟琳，知道且喜愛她性格上的許多優點，並眞心喜歡和她在一起，然而我必須在此坦白，他的愛原本只是出於一片感激之情，或者換個方式說，他只是因爲知道對方喜歡自己，才開始認眞看待這件事的。我承認，這種情形在愛情小說裡是前所未有的，且當眞有損女主角的尊嚴。但話說回來，如果這般情形在日常生活中絕無僅有，那起碼我還可以爲自己博得個想像力無限的美名。

他們在艾倫太太家只坐了一會兒，亨利隨便聊了些既無意義又不連貫的話，而凱瑟琳，則只顧著沉溺在自己滿心說不出的幸福中，幾乎都沒開口說話。告別出來後，他們又親暱地談起話來，還沒談完之前，凱瑟琳便可看出蒂爾尼將軍對兒子這次前來求婚所抱持的態度。兩天前，當亨利由伍德斯頓返回，在寺院附近便遇見他那位氣急敗壞的父親，父親急促且氣沖沖地把莫蘭小姐離去的消息告訴他，並命他不准再想她。

亨利眼下就是在這樣的情況下來向她求婚的。當凱瑟琳戰戰兢兢地聽這些話時，可眞是嚇壞了。然而令她欣慰的是，多虧亨利想得周到，在求完婚後才提起這件事，否則凱瑟琳會覺得自己應該拒絕這樁婚事。當亨利繼續說到詳細情況，並解釋父親行爲背後的動機時，她的心情頓時轉爲一種勝利的喜悅。將軍根本沒有理由責備她，也沒有理由控訴她，她是在不知不覺中成了將軍本人自尊所無法容忍的欺騙道具，而且這種欺騙是，假若他自尊心再強一些，甚至還會羞於承認自己受騙的那種。凱瑟琳唯一的過錯就是不如將軍原先想像的那麼富有。當他在巴斯認識她時，誤信她身懷巨產，便竭力邀她到諾桑覺寺作客，還打算娶她作兒媳婦。當他發現自己的錯誤之後，覺得馬上將她趕出家門似是最好辦法，雖然這麼做還不足以表示自己對凱瑟琳的怨憤以及對她家人的鄙視。

最先是約翰．索普誤導了他。將軍有一天晚上在劇院發現兒子特別注意莫蘭小姐，偶然問起索普是否瞭解她的身世。

約翰．索普一向最喜歡和蒂爾尼將軍這樣有身分地位的人攀談，便興致勃勃且得意洋洋地吹噓了起來。當時，詹姆斯．莫蘭隨時都可能跟伊莎貝拉訂婚，而他自己又很想娶凱瑟琳爲妻，因此他的虛榮心讓他把莫蘭家形容得比他的虛榮和貪婪所想像的還要富有。爲了抬高自己的身價，無論是哪個與他有關、或者可能沾上點親故的人，總要誇大對方的家世。哪個人和他往來較親密，那個人的財勢就會被吹噓得越誇張。因此，他對他的朋友莫蘭將要繼承的財產，一開始就高估了，而自從莫蘭認識伊莎貝拉之後，他又一直往上添。他把這家人當時的資產整整增加了兩倍，把他自己認爲莫蘭先生的收入誇大兩倍，將他私有的資產抬高三倍，又賜給他一位有錢的姑媽，還把孩子的數量減半，這便足以讓將軍認爲他們是個相當體面的家庭了。索普知道，將軍有興趣瞭解的對象是凱瑟琳，也就是自己追求的對象，因此又特別誇大了點，說她除了繼承艾倫先生的家產之外，她父親還會給她一萬或一萬五千英鎊這樣可觀的額外收入。他是見凱瑟琳與艾倫家關係密切，便一口斷定她會從那裡繼承一大筆財產，當然順勢就把她說成富勒頓呼聲最高的繼承人。

將軍於是根據這樣的情報開始採取行動，因爲他從未懷疑消息的可信度。約翰．索普對這家人的興趣，是因爲他妹妹即將要和其中一位成員結親，再加上他自己又看中另一位成員（他同樣大肆誇耀這件事），在在都足以讓人相信他所言爲眞。除此之外，艾倫夫婦相當富有且無子嗣，莫蘭小姐又頗受他們照顧，再加上——跟他們熟識之後，他就覺得他們待她親如父母，這些都是鐵一般的事實。因此將軍很快便下定決心。他早就從兒子的臉上看出他喜歡莫蘭小姐，另外也算是要感謝索普先生通風報信，讓他幾乎馬上決定盡全力打壓他的追求，破壞他的癡心妄想。

這一切發生時，凱瑟琳和將軍的兩個孩子全都給蒙在鼓裡。亨利和愛琳諾看不出凱瑟琳的情況有什麼值得父親特別青睞的，十分驚訝地看著父親對她突然關心了起來，且一直都是那樣照顧得無微不至。甚且後來，將軍還向兒子給予一些幾乎是命令的暗示，要他盡力去親近凱瑟琳，亨利因此相信，父親一定認為這是門有利可圖的親事。直到最近在諾桑覺寺把事情解釋清楚之前，他們絲毫沒想到原來父親是受誤導才這麼催促他的。

原來，將軍前去倫敦時又碰巧遇見當初提供他這些訊息的索普本人，才知道這全都是假的。

索普這時的心境剛好和上次相反——受凱瑟琳拒絕而惱羞不已，不過最主要還是最近他試著讓莫蘭與伊莎貝拉言歸於好的努力又告失敗，確信他們是不可能復合了。因此他摒棄這無用的友誼，連忙推翻自己以前對莫蘭家的吹捧——承認自己完全錯看了他們的家境和人品，被他那自吹自擂的朋友詹姆斯所誤導，以為他父親是個有錢有勢、德高望重的人，他也是經過最近兩、三個星期的交往才知道事實並非如此。第一次跟兩家提親時，莫蘭先生急忙答應，並提出許多慷慨的條件，但當事人機靈地直搗問題時，他才不得不承認自己甚至無法提供這對年輕人一點過得去的資助。事實上，他們是個窮困的家庭，子女又比一般家庭還多。而且索普最近藉由某個特殊機會才發現，這家人根本不受鄰居敬重，生活排場根本不是他們的經濟所能允許的，還妄想高攀有錢人家來改善自家境況。眞是一群輕浮、愛說大話、愛耍心機的傢伙。

嚇壞了的將軍帶著質疑神情說出艾倫的姓氏，而索普說這件事也弄錯了。他本想艾倫夫婦和他們已經是多年的鄰居錯不了，他還認識那位將來要繼承富勒頓產業的年輕人。將軍聽到這裡就已經夠了。除了對自己之外，幾乎對這世上所有人都生氣，翌日便馬上動身回諾桑覺寺，而他在那裡的所作所爲，諸位都已經知道了。

我想讓讀者用自己的智慧去判斷：當時亨利向凱瑟琳說明時，說了多少事實？又有多少是從他父親那裡聽來的？哪些問題是他自己推測而得的？哪些還有待詹姆斯來信才能確定？我自己已經把這些片段串連起來了。無論如何，凱瑟琳所聽到的一切，已足以讓她覺得自己之前懷疑將軍謀殺或是監禁妻子這件事，事實上並沒有侮辱他的人格，也沒有誇大他的殘暴性格。

亨利在講述父親的這些事情時，幾乎就像當初他聽到這些事情時一樣令人同情。當他迫不得已說出他父親那句不仁厚的勸告時，不由得羞紅了臉。他們在諾桑覺寺的談話並不怎麼平和。當亨利聽到凱瑟琳是如何受虧待，也瞭解了父親的想法，還逃不過兄妹倆被逼著遵從的命運後，便公然大膽地表示自己的憤慨。將軍已經習慣自己對家裡所有事情下命令時，別人最多只會在心裡默默反抗，從沒想到有人膽敢將違抗之意說出口。偏偏他兒子出於理智和良心使然的反抗又是如此堅決，簡直讓他無法忍受。但是，雖說這件事引發的怒火肯定很嚇人，卻嚇不倒亨利，他之所以能夠如此堅定不移，乃因他認定自己是公正的。他覺得無論在道義上，或是在感情上，自己都應該對莫蘭小姐負責。他還認爲，父親要他去贏取的那顆心，現在已然屬於他了。用不光明的手段撤回心照不宣的承諾，因無理的怒火推翻既定的事實，都動搖不了他對凱瑟琳的忠誠，也影響不了他因此所下的決心。

亨利毅然拒絕陪他父親去赫里福德郡，那個爲了要趕走凱瑟琳而臨時訂下的約定，並堅決地說出他想向凱瑟琳求婚的心意。將軍大發雷霆，兩人因此鬧得不歡而散。亨利的心情激動得要好幾個鐘頭才能平復下來，他馬上回到伍德斯頓，翌日下午便動身前往富勒頓。

Chapter

第三十一章

當蒂爾尼先生請求莫蘭夫婦同意他和凱瑟琳結婚時，他們震驚了好一會兒，因爲他們想都沒想過這兩個人會彼此相愛。然而有人會愛上凱瑟琳，這畢竟是再自然不過的事情，因此很快就成了欣喜萬分的得意自豪。光就他們自己來講，絲毫沒有反對這門親事的想法。亨利討人喜愛的舉止及智慧，就是證明自己的最佳憑證，而且從沒聽聞關於他的壞評價，他們也不認爲有人會說他的壞話。憑著好感就足以彌補從未相處過的問題，他的人格根本就不需要其他佐證。

「凱瑟琳肯定會是個迷糊的年輕主婦呀！」母親事先警告，不過隨即安慰道：「實際做做就上手啦。」

簡而言之，現在就只剩下一道障礙，此障礙若沒有消除，他們是不可能答應這門婚事的。他們的性情溫和有餘，但對於該要求的原則卻是堅定不移。亨利的父親既已擺明了反對兩家結親，他們自然也不能鼓勵這門親事。將軍得親自來提親，或者至少應該誠心誠意地贊同這門婚事……他們不會那麼講究地訂出上述這些華麗的規矩，但是對方必須給個體面的應允，一旦取得他的同意（他們相信將軍不會堅持太久的），他們就會馬上跟著點頭答應了。他們只要求將軍表示同意，他們不希求、也沒有權利覬覦他的錢財，雖說根據結婚分授財產規定，他兒子終究會得到一筆十分可觀的財產。亨利目前的收入也算夠用，還能過得頗舒適。無論從哪個經濟觀點來看，這都算是他們家女兒高攀了的一門婚事。

這兩位年輕人對這樣的決定並不驚訝。他們只是深感遺憾，可絲毫沒有任何怨意。他們就此分開了，儘管渺然，仍全心希望將軍能改變心意，才能讓他們對彼此的愛再度結合。亨利回到他目前唯一的家，照顧他的小植物，並爲凱瑟琳布置出更舒適的環境，迫不及待地想和她一起共享；凱瑟琳則留在富勒頓含淚等待。他們私下的信件往來是否能彌補一點亨利不在身邊的傷痛，我們還是別問得好。莫蘭夫婦從來不這麼問，他們的心太軟，不忍逼他們提出任何承諾；當時，凱瑟琳常常收到來信，但是每次來信時，他們總是把臉別開。

在這麼恩愛的情況下，亨利和凱瑟琳對他們最終的喜事，自是心急如焚，凡是愛他們的人一定也十分著急。不過這種焦灼的心情恐怕不會傳達至讀者心中，諸位一看故事給壓縮到眼下這麼短短幾頁，就明白我們正一起邁向完滿的結局。唯一的疑問只在於他們要如何才能早日成親：什麼情況才能讓將軍那種脾氣的人改變心意？原來，促成他們結合的主要契機在於那年夏天，將軍的女兒嫁給一位有錢有勢的對象。將軍遇上這麼體面的喜事，心情頓時大好，愛琳諾捉住他心情歡快的時機請求原諒亨利，並允許讓她哥哥——「愛做個傻瓜就去做吧！」

愛琳諾．蒂爾尼結婚後，便脫離了這座自從亨利被趕出門後就變得相當黯淡的諾桑覺寺，前往

有情人難以成眷屬，每當凱瑟琳接到亨利來信，
莫蘭夫婦便識趣地別開臉。

她自己選擇的家和對象，我想這件事一定會讓所有認識她的人大大滿意。我自己也由衷感到欣慰。愛琳諾是如此樸實賢慧，長久以來又一直忍受著苦痛，沒有人比她更應該得到幸福了，自然快樂無比。她對這位先生的鍾愛不是最近才開始的，對方也一直因爲自己的身世卑微，不敢向她求婚。後來他意想不到地承襲了爵位和財產，這才排除一切困難。當將軍第一次尊稱女兒爲「子爵夫人」時，心裡對她的寵愛，可謂勝於愛琳諾長年陪伴父親身旁幫他做事、耐心忍受的種種付出。她丈夫的確配得上她的，即使不看他的爵位、財產和一片癡心，他本人也是全天下最可愛的年輕人。他的其他優點就不必在此一一贅述了，只要說他是天底下最可愛的年輕人，大家便能立刻想像得到他是怎樣的人了。關於這位先生，我只想再說一件事——我知道，在寫作規矩中，不應該把與本書無關的事物牽扯進來的。其實呢，這位先生在諾桑覺寺住過很長一段時間，那卷洗衣單就是他一位迷糊的僕人落下的，結果害得我的女主角捲入了一場可怕冒險。

子爵和子爵夫人給亨利幫上最大的忙，就是讓將軍清楚瞭解莫蘭先生家的情況，一旦將軍願意聽，他們就願意說。他這才明白自己被約翰·索普騙了兩次，先是誇大了莫蘭家的財產，接著又惡毒地推翻自己的說詞，還落井下石。其實莫蘭家一點也不窮困，凱瑟琳還有三千英鎊的嫁妝。這件事大大改善了他近來的看法，也讓他那受傷的自尊得到莫大安慰。還有個消息對他也有影響：他私下好不容易才打聽到，富勒頓的產業全歸目前的業主支配，因而很容易引起某些人的覬覦之心。

經過了種種努力，就在愛琳諾結婚不久，將軍便允許兒子回到諾桑覺寺，讓他送一封措詞十分謙恭、但內容有些空泛的同意信給莫蘭先生。信中所批准的那件事隨即接著舉辦，亨利和凱瑟琳結婚了，教堂鐘聲響起時，每個人都洋溢著笑容。從他們兩人初次相會到現在，整整歷經了十二個月才開花結果。雖然將軍殘酷的行爲嚴重拖延了他們的婚事，他們似乎並沒因此受到多大的損害。在男方二十六、女方十八歲之時，展開他們幸福的婚姻生活，還算是相當美滿。我尤其深信，將軍無理的阻撓其實並沒有眞正影響到他們的幸福，或許還大有助益，增進了他們對彼此的瞭解，更加堅定他們對彼此的愛。而本書究竟是贊成父母專制，還是鼓勵子女叛逆呢，不妨留給那些對此感興趣的人自己去判斷吧！

國家圖書館出版品預行編目資料

諾桑覺寺【經典插圖版】／珍・奧斯汀（Jane Austen）原著；簡伊婕、伍晴文翻譯 .
—— 二版 . ——臺中市　：好讀，2018.11
面：　公分，——（珍・奧斯汀小說全集；05）

譯自：Northanger Abbey

ISBN 978-986-178-472-4（平裝）

873.57　　107016007

好讀出版

珍・奧斯汀小說全集 05

諾桑覺寺【經典插圖版】

填寫線上讀者回函
獲得更多好讀資訊

原　著／珍・奧斯汀
翻　譯／簡伊婕、伍晴文
總 編 輯／鄧茵茵
文字編輯／王智群
行銷企畫／劉恩綺
發 行 所／好讀出版有限公司
407 台中市西屯區工業 30 路 1 號
407 台中市西屯區大有街 13 號（編輯部）
TEL:04-23157795 FAX:04-23144188　http://howdo.morningstar.com.tw
（如對本書編輯或內容有意見，請來電或上網告訴我們）
法律顧問 陳思成律師

總經銷／知己圖書股份有限公司
106 台北市大安區辛亥路一段 30 號 9 樓
TEL：02-23672044　23672047 FAX：02-23635741
407 台中市西屯區工業 30 路 1 號 1 樓
TEL：04-23595819 FAX：04-23595493
E-mail：service@morningstar.com.tw
網路書店 http://www.morningstar.com.tw
讀者專線：04-23595819 # 230
郵政劃撥：15060393（知己圖書股份有限公司）
印刷／上好印刷股份有限公司

二版／西元 2018 年 11 月 1 日
定價：250 元
如有破損或裝訂錯誤，請寄回 407 台中市西屯區工業 30 路 1 號更換（好讀倉儲部收）

Published by How-Do Publishing Co., Ltd.
2018 Printed in Taiwan

ISBN 978-986-178-472-4